Das Audit

Anne Buscha

Das Audit

Kriminalroman

Engelsdorfer Verlag

Leipzig

2021

Bibliografische Information durch die
Deutsche Nationalbibliothek:
Die Deutsche Nationalbibliothek verzeichnet diese Publikation
in der Deutschen Nationalbibliografie; detaillierte
bibliografische Daten sind im Internet über https://dnb.de
abrufbar.

ISBN 978-3-96940-080-7

Korrektorat: Kerstin Hohmann, Petra Leonhardt
Umschlagfoto: Andreas Buscha

Hergestellt in Leipzig, Germany (EU)
www.engelsdorfer-verlag.de

14,00 Euro (DE)

Mittwoch, 2. Juni

Dieser Mittwoch Anfang Juni war ein besonders sonniger, warmer Tag. Man hatte das Gefühl, dass es noch mehr Menschen als sonst in die Rotterdamer Innenstadt trieb, um dort die Geschäfte, Fastfood-Restaurants und die Terrassen der Cafés zu füllen. Durch dieses Gedränge schob sich auch Leni Weber auf ihrem Weg zur Arbeit. Mit ihrer großen Tasche in der Hand blieb sie kurz vor den Schaufenstern eines riesigen Schuhgeschäfts stehen, das seit zwei Tagen mit fünfzigprozentigen Rabatten warb. Sie überlegte, ob sie einen kleinen Abstecher wagen sollte, entschied sich aber dagegen. Zum einen war der Laden mit kauffreudigen Damen an der Grenze seiner Platzkapazitäten angelangt, zum anderen unterband ihr Kontostand im Moment Kaufaktivitäten, die über die alltäglichen Bedürfnisse hinausgingen. Nichtsdestotrotz war Leni guter Dinge. Sie hatte noch reichlich Zeit, sich im Institut für deutsche Sprache und Kultur, für das sie als Honorarlehrkraft im Bereich Deutsch als Fremdsprache tätig war, auf ihren Abendkurs vorzubereiten. Zügigen Schrittes überquerte sie die kleine Brücke über die Gracht auf dem Westersingel, der mit einer Reihe von Skulpturen auf bemerkenswerte Weise den Weg zum Museumspark wies.

Das Institut war aufgrund seiner zentralen Lage in der Nähe des Bahnhofs Rotterdam Centraal, schräg gegenüber dem Konzertgebäude De Doelen und einem großen Parkhaus, für Besucher einfach zu erreichen. Die Front des Hauses passte mit den hohen Fenstern und den hellen Klinkersteinen perfekt zu den angrenzenden Gebäuden mit einer ähnlichen Fassadenansicht, die einen chinesischen Supermarkt sowie eine chinesische Kirchengemeinde beherbergten. Allerdings standen die zweisprachigen deutsch-niederländischen Aushänge mit Hinweisen auf Kulturveranstaltungen oder Sprachkurse in den Fenstern der Bibliothek in einem deutlichen Kontrast zu den beleuchteten chinesischen Schriftzeichen auf der rechten und linken Seite. Den Kampf um die Aufmerksamkeit der vorbeieilenden Passanten konnten die Ankündigungen im Posterformat jedoch nicht für sich entscheiden. Immerhin leisteten die Leuchtröhren nach Goethes Farbenlehre, die unterhalb der Fenster in der ersten Etage angebracht waren, der chinesischen Farbenpracht abends eine gewisse Gegenwehr. Das Gebäude selbst, Eigentum des deutschen Staates, war nicht so historisch, wie es die Straßenansicht vermittelte, denn es wurde erst Ende der 1990er Jahre im Auftrag des deutschen Außenministeriums komplett entkernt, neu aufgebaut und im Jahr 2000 eingeweiht. Zudem hatte es durch einen zusätzlichen Anbau an der Rückseite eine von außen nicht zu vermutende Tiefe.

Im Eingangsbereich befand sich ein offener, halbrunder Tisch, an dem auch an diesem Tag Hieronymus saß. Hieronymus Wachtel, das Kind eines Künstlerehepaars, hatte an der Kunsthochschule in Dresden Malerei studiert und war nach einem halbjährigen Stipendium im Rahmen eines Austauschprogramms mit Künstlern beider Partnerstädte in Rotterdam hängen geblieben. Nun verdiente er seinen Lebensunterhalt als Rezeptionist und wartete auf die große Gelegenheit einer eigenen Ausstellung im Institut oder anderswo. Leider mangelte es seiner Kunst bisher an der nötigen Anerkennung, weshalb er mit Fotos seiner abstrakten Ölgemälde, die er während seiner Dienstzeit auf dem Empfangstresen auslegte, Besucher auf seine Talente aufmerksam machen wollte. Mit den Fotografien, seiner fantasievollen Kleidung, dem kunstvoll geflochtenen Haar und den bunten Bändchen, die geschickt um Arme und Beine geschlungen waren, verlieh er der ansonsten nüchternen Rezeption eine gewisse kreative Atmosphäre.

Als Leni gegen 17 Uhr das Gebäude betrat, hob sie kurz den Arm zur Begrüßung und eilte zur Treppe. Noch während er den Hörer des klingelnden Telefons abnahm, rief Hieronymus: „Warte mal, es gibt ein paar Neuigkeiten." Leni blieb stehen und lief zurück. „Ich habe eine gute und eine schlechte Nachricht. Welche willst du zuerst hören?"

„Erst die schlechte. Das Gute bitte zum Schluss."

„Okay. Ich beginne mit der schlechten: Beate Neumann ist tot. Ein Nachbar hat sie gestern Abend in ihrer Wohnung gefunden. Die Tür stand wohl sperrangelweit auf." Hieronymus machte eine kurze Pause, den Hörer hielt er noch immer in der Hand. „Sie lag neben dem Sofa – mit Blut am Kopf."

„Und was ist die gute Nachricht?"

„Beate Neumann ist tot." Jetzt lächelte er verschmitzt und wendete sich mit seinem telefonischen Willkommensgruß: „Institut für deutsche Sprache und Kultur. Was kann ich für Sie tun?", dem Anrufer zu.

Da es in dem Gebäude keinen Fahrstuhl gab, musste sich jeder, der die Klassenräume in der ersten, die Büros in der zweiten Etage oder das Lehrerzimmer unterm Dach erreichen wollte, sportlich betätigen und Treppen steigen. Für ein Haus aus dem Jahr 2000 war dies recht ungewöhnlich, aber im Institut ging das Gerücht um, dass die Berliner Architekten bei der feierlichen Institutseröffnung nach ein paar Gläschen zu viel zugegeben hatten, an einen Lift bei ihrer Planung schlichtweg nicht gedacht zu haben. Als Leni, schon leicht außer Atem, die vorletzte Stufe zur zweiten Etage genommen hatte, kam ihr der Leiter der Sprachabteilung, Klaus Dieter Wisch, entgegen.

„Leni", er blieb kurz stehen, „gut, dass du schon da bist. Furchtbar, nicht? Die Sache mit Beate."

„Ja. Hieronymus hat es mir gerade erzählt. Was ist denn passiert?"

„Das wissen wir noch nicht genau. Ich habe nur gehört, dass die Polizei in Beates Wohnung war. Sag mal, kannst du den Kurs von Beate übernehmen? Den C2-Kurs morgen Abend, die Weit-Fortgeschrittenen. Es muss ja irgendwie weitergehen und du bist die Einzige, die so schnell einspringen kann. Du hast doch morgen keinen Unterricht, oder?" Die Antwort wartete er nicht ab. „Ich traue dir das C2-Niveau auch zu, Leni. Das schaffst du mit links." Der Nachsatz war ihm noch rechtzeitig eingefallen und er verfehlte seine Wirkung nicht.

„Klar, das mache ich." Abgesehen davon, dass sich die Angesprochene ein bisschen geschmeichelt fühlte, profitierten von dem Vorschlag beide: Der Sprachabteilungsleiter hatte ein Problem weniger, Leni ein paar Unterrichtsstunden, also auch ein paar Euro mehr.

Oben in der dritten Etage roch es, wie immer um diese Zeit, nach Ozon. Der Kopierer stand direkt vor dem Lehrerzimmer und war gerade dabei, massenweise Seiten zu produzieren, zu sortieren und zu stapeln. Das alte Schild mit der Raumbezeichnung Lehrerzimmer, das neben der Tür befestigt war, fehlte seit einiger Zeit. Es entsprach nicht mehr der neuen gendergerechten Sprachregelung. An diesem Mittwoch sah Leni zum ersten Mal die neue, zweisprachige Variante: *Lehrende / Docenten*. Als sie die Tür öffnete, standen Martin Behrens und Elli Geiger am

Bücherregal und blätterten in Lehrmaterialien. Birgit Kaminski saß an dem großen, ovalen Arbeitstisch in der Mitte des Raums und schnitt aus A4-Bögen kleine Kärtchen aus. Leni war offensichtlich nicht die Einzige, die ihren Abendkurs im Institut vorbereiten wollte. Das lag vermutlich auch daran, dass sich der Raum mit der Lehrerhandbibliothek, dem riesigen Tisch, den drei Computern an der Seite und dem schnellen Schwarz-Weiß-Drucker dazu an und für sich gut eignete. Eine Voraussetzung für das ungestörte Arbeiten war allerdings, dass nicht zu viele Kollegen gleichzeitig auf diese Idee kamen. Und noch besser wäre es, wenn das Chaos vor dem Drucker, das den ungehinderten Zugang stark beeinträchtigte, irgendwann einmal von seinem Urheber, dem Hausmeister und IT-Verantwortlichen Rob Lorenz, beseitigt würde. Der hatte dort allerlei Werkzeug und einige Geräte geparkt, die nicht nur viel Platz einnahmen, sondern den Raum in eine Art Abstellkammer verwandelten.

Lenis leises *Hallo!* wurde von Martin und Elli erwidert, Birgit brauchte es etwas dramatischer. „Hast du es auch schon gehört? Das mit Beate."

„Ja, furchtbar", bestätigte Leni, obwohl sie Beates Ableben, wie Hieronymus, eher in die Kategorie gute Nachrichten eingeordnet hätte. Sie lief zu ihrem Fach, nahm ihre Klassen- und Anwesenheitsliste heraus und entschied sich kurzfristig dafür, die weitere Arbeit im Klassenraum fortzusetzen.

„Ich bin fix und fertig. Ich kann heute nicht unterrichten. Das ist unmöglich", legte Birgit nach und ließ die Schere, mit der sie durch das Ausschneiden der Kärtchen genau den Unterricht vorbereitete, den sie ihrer Meinung nach nicht geben konnte, laut auf den Tisch fallen.

„Tut mit wirklich leid, Birgit. Ich habe im Moment keine Zeit zum Reden, ich muss noch einiges vorbereiten." Damit schloss Leni die Tür hinter sich.

Im Büro der Institutsleiterin Martina Müller-Bär herrschte angespannte Stimmung. Die Leiterin saß an ihrem Schreibtisch, auf dem sich neben dem Computer ausgedruckte Mails, Veranstaltungsprogramme, Kunstkataloge und Kalender in verschiedenen Größen stapelten und Besucher beim Anblick des Papierberges sofort ahnten: Hier wird hart gearbeitet. Vor ihr stand Klaus Dieter Wisch und suchte nach den richtigen Worten. Seine körperliche Haltung und seine Gesten verrieten einen gewissen innerlichen Druck.

„Ich müsste mal mit dir reden wegen des Audits, das Mitte nächster Woche stattfinden soll. Vielleicht können wir das nach dem tragischen Tod unserer Sprachkursbeauftragten verschieben?"

Dieses Ansinnen hatte Frau Müller-Bär bereits erwartet. „Du brauchst gar nicht weiterzureden. Ich habe schon mit London und München telefoniert, das Audit findet zur geplanten Zeit statt. Die Auditoren haben ihre Flüge schon lange gebucht, die Hotelzimmer sind reserviert, wir machen da jetzt keinen Rückzieher." Damit war für sie alles gesagt und sie drehte ihren Kopf wieder zum Bildschirm.

Doch der Leiter der Sprachabteilung ließ sich nicht so leicht abwimmeln. „Es gibt da noch eine Menge zu tun und ich weiß nicht, ob wir das alles schaffen. Beate hatte die Organisation des Audits vollständig in ihrer Hand. Ich bin da gar nicht so auf der Höhe …" Weiter kam er nicht.

„Ihr hattet genug Zeit für die Vorbereitungen. Dann wirst du dich eben mal um die Sache kümmern, es ist ja schließlich deine Abteilung und nicht meine. Ich muss jetzt noch arbeiten. Wir eröffnen morgen hier im Institut eine Ausstellung und ich habe heute Abend noch einen wichtigen Termin.“ Sie spielte mit den Fingern an ihrer überlangen Kette und wendete sich erneut demonstrativ ab.

„Schon klar, Martina.“ Jetzt gab Klaus Dieter Wisch auf und schlich aus dem Büro.

Nachdem Leni im Klassenraum das elektronische Whiteboard angeschaltet hatte, checkte sie ihre Mails, schrieb den Unterrichtsablauf ins Online-Klassenbuch und warf noch einen Blick ins Lehrbuch. Es fiel ihr schwer, sich zu konzentrieren. Der Tod der Kollegin, deren Hauptaufgabe es war, die Sprachkurse zu organisieren, beschäftigte sie mehr als der anstehende Unterricht. Über die genaue Todesursache konnte sie ja noch nichts in Erfahrung bringen, aber es war nicht auszuschließen, dass sich Beate, außer bei ihr, bei noch jemandem so richtig unbeliebt gemacht hatte. Und diese Person könnte sich nun in einer für Beate Neumann sehr nachteiligen Form gerächt haben. Jemand aus dem Kollegium vielleicht?

Die ersten Kursteilnehmer, zwei Männer mittleren Alters, beide Niederländer, betraten den Klassenraum. Leni fragte wie immer nach der Anreise und dem Verkehr. In Rotterdam war gegen 18 Uhr auf den Straßen die Hölle los. Viele Teilnehmer wie die Beamten einiger internationaler Behörden in Den Haag oder die Mitarbeiter von Rotterdamer Firmen, die intensiven Kontakt mit Deutschland hatten, nahmen lange Anfahrtszeiten in Kauf, um abends von 18:30 bis 21:00 Uhr ihre deutschen

Sprachkenntnisse zu verbessern. Aus Den Haag war man um diese Zeit mit dem Zug viel schneller als mit dem Auto, bei dem mindestens 30 Minuten Wartezeit im Stau dazugehörten. Aber auch an diesem Tag wurden die Verkehrsprobleme irgendwie bewältigt und Punkt 18:30 Uhr waren zwölf der dreizehn Lernenden anwesend, der Unterricht konnte pünktlich beginnen. Alles lief wie geplant und ohne besondere Vorkommnisse. Dennoch war der Lehrerin eine gewisse Enttäuschung anzumerken, die sich in ihrem Blick verriet, wenn sie bei jedem Geräusch auf dem Flur zur Tür schaute und sich diese dann nicht öffnete. Zu den kurzen enttäuschenden Momenten gesellte sich noch die Angst vor einer eventuell platzenden Naht. Mit dem Ziel, etwas schlanker zu wirken, hatte sie sich wie jeden Mittwoch in eine zu enge Hose gezwängt. Das, so beschloss sie am Ende des ersten Unterrichtsteils, würde sie ab sofort ändern.

In der Pause herrschte am Kopierer das übliche Gedränge. Aus dem Vorhaben, ganz schnell etwas zu vervielfältigen und dann in die Cafeteria im Erdgeschoss zu gehen, wurde mal wieder nichts. Elli Geiger, Kathrin Schröder, die erst kurz vor Unterrichtsbeginn im Institut erschienen war, und Birgit Kaminski bildeten eine Schlange vor dem Gerät. Leni stellte sich hinten an.

Birgit war also geblieben. „Ich musste doch unterrichten, der Klaus Dieter hat mich praktisch dazu gezwungen“, kommentierte sie ihre Anwesenheit, obwohl sie niemand darauf angesprochen hatte. „Na ja, so richtig gezwungen nicht, aber er hat gemeint, dass ich die Unterrichtsstunden nachholen müsste, wenn ich sie so kurzfristig absagen würde, und für heute kein

Honorar bekäme. Da habe ich es mir anders überlegt." Der letzte Satz kam mit etwas Verzögerung. Und weil sie gerade das Wort hatte, wollte sie auch noch schnell ihre Meinung zum Geschehen loswerden. „Ich persönlich finde die Geschichte mit Beate ganz furchtbar. Und es ist ja auch noch nicht klar, wie das eigentlich passiert ist. Stellt euch mal vor, vielleicht wurde sie ermordet. Und der Mörder hat in ihrem Kurs gesessen."

Kathrin, die eine Buchseite auf die Glasplatte legte und auf dem Display herumdrückte, ergänzte korrekterweise die feminine Form: „Oder die Mörderin."

„Dann läuft jetzt hier, an unserem Institut, ein Mörder oder eine Mörderin", dieses Wort betonte Birgit besonders, „frei herum. Ich darf gar nicht daran denken. Was da alles passieren kann! Wie ihr nur so ruhig bleiben könnt!" Sie hielt inne. „Ich werde ein Gedicht schreiben, um das alles zu verarbeiten." Birgit sah erst zu Kathrin, dann zu Leni, als erwartete sie von den beiden eine Bestätigung für ihr Vorhaben. Die taten ihr den Gefallen und nickten heftig.

In der dritten Etage der modernen Polizeistation Rotterdam Doelwater, die mit ihrem geschwungenen Dach einen deutlichen Kontrast zum benachbarten, einhundert Jahre alten Rathaus bildete, saß Hoofdinspecteur Jan de Rijk und schaute abwechselnd auf den kleinen Platz vor seinem Fenster und auf seine Uhr. Es war schon halb zehn. Er wartete noch immer auf eine, schon vor zwei Stunden angekündigte Mail des Niederländischen Forensischen Institutes in Den Haag. Dort war gestern Nacht die Leiche einer deutschen Frau, 39 Jahre alt und beschäftigt am Institut für deutsche Sprache und Kultur, eingeliefert worden. Genau an dem Institut, an dem er heute unter normalen Umständen seinen wöchentlichen Deutschunterricht besucht hätte. Er überlegte, ob er vielleicht nach Hause gehen sollte und warf noch einen letzten Blick auf die Fotos des Opfers, die auf seinem Schreibtisch lagen. Die Frau hatte ihn Anfang Januar nach einem Test in einen Kurs auf Niveau B2 eingeschrieben. Das wäre, so meinte die Abgebildete damals, als sie noch lebte, schon ein sehr ordentliches Niveau mit Spielraum nach oben, oder anders ausgedrückt, mit noch einigen möglichen Folgekursen. Was für ein Zufall. In seiner Dienstzeit war es bis jetzt noch nicht vorgekommen, dass er eine Person persönlich kannte, wegen deren Todes er ermittelte. Ein Foto hielt er sich dicht vor seine Augen. Was war das hier? Ein Unfall? Ein Mord? Die Antwort kam wenige Minuten später in einem ersten Bericht des Pathologen: *Schädelbruch durch Außeneinwirkung mit einem noch nicht identifizierten Gegenstand. Todeszeitpunkt zwischen 22:00 und 22:30 Uhr.* Jan de Rijk wusste für heute genug und fuhr seinen Rechner herunter.

Ungefähr zur gleichen Zeit wartete Leni an der Rezeption auf Kathrin, um mit ihr zusammen durch das Rotterdamer Zentrum, vorbei am Café Floor und dem Kaufhaus De Bijenkorf, nach Hause zu laufen. Ihr Appartement befand sich im Red Apple Building, einem 40-stöckigen quadratischen Hochhaus, das mit seiner einzigartigen Architektur zu den beliebtesten Fotomotiven der Stadt gehörte. Das Gebäude bestand an seiner Außenfassade nur aus Glas und rotem Eisen und erweckte, von unten betrachtet, den Eindruck, als würden die Eisenträger wie Äste in unterschiedlicher Breite an dem Glas senkrecht emporwachsen. Die Wohnung lag im 16. Stock und bot nicht nur einen fantastischen Ausblick, sie hatte auch einen fantastisch hohen Preis. Die horrenden Wohnkosten waren für Kathrin bis zu dem Tag, an dem sie von ihrem Lebensgefährten verlassen wurde, nie ein Problem. Der arbeitete als Anwalt bei Eurojust in Den Haag und war ohne Vorankündigung gemeinsam mit einer britischen Kollegin in ein nettes Häuschen in unmittelbarer Nähe seines Arbeitsplatzes gezogen. Nach diesem überraschenden Schritt änderte sich Kathrins finanzielle Situation schlagartig. Sie konnte das Geld für die Wohnung alleine nicht aufbringen und interpretierte es als Glück im Unglück, als sie beim Warten am Kopierer von Leni erfuhr, dass diese ihrem Freund in Leiden den Laufpass gegeben hatte und auf der Suche nach einer Unterkunft in Rotterdam war. Die Teilung der monatlichen Miete ermöglichte es nun beiden, finanziell einigermaßen zu überleben. Kathrin hatte es noch etwas leichter als Leni. Sie war mit einem Stundenumfang von 50 Prozent an der Hogeschool Rotterdam angestellt, was immerhin ein festes, wenn auch nicht übermäßig hohes Einkommen bedeutete.

„Na, war dein Lieblingsteilnehmer heute da?“, fragte Kathrin neugierig und sah schon aus den Augenwinkeln das Kopfschütteln. Daraufhin änderte sie das Thema.

„Das mit dem Tod von Beate ist schon seltsam. Sie lag im Wohnzimmer auf dem Boden – hat jedenfalls Hieronymus erzählt. Nach einem natürlichen Tod sieht das nicht aus, eher nach einem Unfall oder einem Verbrechen.“

„Ich tippe auf die letzte Möglichkeit.“

Sie erreichten den kleinen Hafen am Schifffahrtsmuseum. Der Anblick von Schiffen zwischen den Wohnhäusern faszinierte Leni jedes Mal. Sie blieb kurz stehen und sah aufs Wasser. Auf einem der Boote, die hier vor Anker lagen, hatten zwei junge

Leute eine Auseinandersetzung, die sie an Deck lautstark austrugen. Leni hörte dem Streit eine Weile zu, ging dann weiter und holte Kathrin nach wenigen Metern wieder ein.

„Wie war eigentlich dein Verhältnis zu Beate?“, fragte sie etwas unvermittelt, vielleicht angeregt durch den mitgehörten Meinungsaustausch.

„Gut. Und deins?“

„Es ging so.“ Leni hegte leichte Zweifel an Kathrins „Gut.“ und beschloss daher, sich mit ihrer Meinung über die Verstorbene lieber zurückzuhalten. Die beiden Lehrerinnen liefen schweigend nebeneinander her und Leni erinnerte sich unwillkürlich an die letzte Hospitation von Beate in einem ihrer Kurse. Sie hatte eine richtig gute Unterrichtsstunde abgeliefert und Beate hatte ihre, wie sie selbst fand, didaktische Meisterleistung nicht einmal im Ansatz erkannt. Stattdessen hatte ihr die Beauftragte für Sprachkurse vorgeschlagen, den Unterricht mit mehr Assoziationsaufgaben aufzulockern. Im Anfängerkurs, mit Teilnehmern ohne Wortschatzkenntnisse. Darüber hatte sich Leni so geärgert, dass sie die Nachbesprechung mit ihrem pädagogischen Lieblingssatz: *Wo nichts drin ist, kann auch nichts rauskommen.* beendete und sich auch den kleinen Zusatz: *Und das gilt nicht nur beim Fremdsprachenlernen.* nicht verkneifen konnte. Diesen Wink mit dem Zaunpfahl hatte Beate Neumann wider Erwarten verstanden, was das Ende einer bis dahin mittelfreundlich-kollegialen Kommunikation einläutete. Selbst nach einem Jahr war Leni wegen der ausgebliebenen Anerkennung ihrer pädagogischen Fähigkeiten immer noch so beleidigt, dass es nach dem Tod der Kollegin für ein bisschen Trauer oder Mitleid nicht reichte.

Donnerstag, 3. Juni

Am Morgen klingelte das Festnetztelefon im Wohnzimmer, ein Überbleibsel von Kathrins ehemaligem Freund, der seine Handynummer nicht mit jedem teilen wollte. Kathrin war schon auf dem Weg zur Hochschule. Leni trank gerade ihren Kaffee und schaute durch die Glasfront am gegenüberliegenden Hochhaus vorbei auf die Erasmus-Brücke. Dieser Blick erzeugte bei allen Besuchern einen Wow-Moment und kaschierte die Tatsache, dass die beiden Schlafzimmer mit jeweils zehn Quadratmetern ziemlich klein und dass sowohl die offene Küche als auch Bad und Toilette nur sehr einfach ausgestattet waren.

Am anderen Ende der Leitung war Klaus Dieter Wisch, der Leni bat, umgehend im Institut zu erscheinen. Das war ganz in ihrem Sinn, denn sie brauchte einen Zugang zum elektronischen Klassenbuch für den C2-Kurs von Beate. Dort sollte eigentlich etwas über die Hausaufgaben und die bereits behandelten Themen stehen.

Als Leni das Institut erreichte, stand Klaus Dieter vor der Eingangstür und trat von einem Bein auf das andere. So ein kurzer Ausflug an die frische Luft hatte auf ihn, zumindest früher in seinen Raucher-Zeiten, eine beruhigende Wirkung. Das klappte heute nicht. Er war noch nervöser als am Vortag, sah blass aus. Mit einem Becher Kaffee aus der Cafeteria erreichten sie schließlich sein Büro im zweiten Stock. Alles lag hier durcheinander.

„Ich brauche den Zugang zu Beates Klassenbuch", begann Leni das Gespräch, den noch vorzubereitenden Unterricht im Hinterkopf.

„Ach ja, den Zugangscode, die Liste mit den Codes muss hier irgendwo sein." Etwas hilflos blätterte Klaus Dieter in den Papierstapeln auf seinem Tisch herum, ohne Erfolg.

„Wir haben aber noch ein anderes Problem. In einer Woche steht uns das Audit ins Haus, das weißt du ja, und ich bin mir nicht ganz sicher, wie weit Beate mit den Vorbereitungen gekommen ist. Da gibt es vermutlich noch einiges zu tun. Ich habe gestern noch mit der Institutsleiterin gesprochen. Meine Bitte, das Audit zu verschieben, wurde leider abgelehnt. Martina meinte, ich soll mich jetzt um die Vorbereitung kümmern." Dabei zeigte er mit dem Finger auf seine Brust und ließ diese Zumutung ein zweites Mal nach gestern Abend auf sich wirken. „Aber du verstehst natürlich, dass das für mich gar nicht so einfach ist. Ich stecke bis über beide Ohren in den Vorbereitungen zur Deutschlehrertagung, das ist viel Arbeit. Außerdem müssen wir noch an verschiedenen Institutionen Prüfungen abnehmen. Das wird mir alles zu viel."

Leni wusste, dass die Tagung erst im Herbst stattfinden sollte und er selbst gar keine Prüfungen mehr abnahm, dennoch nickte sie verständnisvoll. „Kann ich dir irgendwie helfen?"

„Das ist aber nett, dass du das fragst. Ja, du kannst mir helfen. Ich werde noch mal mit Martina Müller-Bär sprechen und fragen, ob du vertretungsweise auch die organisatorischen Aufgaben für den Sprachkursbetrieb von Beate übernehmen kannst, bis wir die Stelle neu besetzen."

Lenis Reaktion kam prompt, denn sie erkannte die Chance, die sich ihr bot. „Das mache ich sehr gerne. Das ist doch selbstverständlich."

„Da fällt mir ein Stein vom Herzen. Du hast ja in den Test- und Einschreibungswochen für die Kurse schon mit dem neuen

Kursteilnehmerverarbeitungsprogramm gearbeitet, deshalb bin ich mir sicher, dass du dich da sehr schnell reinfuchst. Ich werde bei der Institutsleiterin vorbeigehen und mit Rob sprechen, der soll dir den Zugang zu Beates Computer einrichten. Vielleicht kann der dir dann gleich mit dem Online-Klassenbuch helfen."

Während Leni versuchte, sich die Freude über das unverhoffte Angebot nicht anmerken zu lassen, das für sie noch mehr Arbeitsstunden und demzufolge eine deutliche Verbesserung ihrer finanziellen Lage bedeutete, erkundigte sie sich nach Neuigkeiten zur Todesursache.

„Die Polizei hat sich angekündigt. Die kommen um 10:30 Uhr zu einem Gespräch mit Martina und mir." Klaus Dieter sah auf seine Uhr. „Das habe ich auch noch um die Ohren! Es wäre mir am liebsten, du würdest sofort loslegen, damit wir keine Zeit verlieren. Du kannst in Beates Büro arbeiten, das ist ja jetzt leer." Als er in die Innentasche seines Jacketts griff, um mit einer alkoholhaltigen Flüssigkeit aus einem silbernen Flachmann seine Nerven zu beruhigen, war Leni schon auf dem Weg zu ihrem neuen Arbeitsplatz.

Das Büro der Sprachkursbeauftragten war ziemlich klein und mit einem Schreibtisch, einem Rollschrank, einem Stuhl und halbleeren Regalen an der Wand ausreichend möbliert. Der Tisch stand vor dem Fenster und bot einen beruhigenden Blick auf eine Baumkrone. An der Wand hingen zwei alte Werbeplakate für die Sprachkurse, eins mit dem fett gedruckten Wort *Schnapsidee*, eins mit *Fingerspitzengefühl*. Darunter folgte in kleineren Buchstaben die Frage: *Deutsch lernen?* Leni zog vorsichtig die Schubladen auf, in denen aber nur Büromaterial zu finden war. Dann sah sie sich um. In dem Raum gab es nichts Privates, kein Foto, keine Blumentöpfe, keine Nippesfiguren oder Ähnliches. Als Leni ihre Tasche auspackte und ihre Stifte und das A5-Heft, das sie immer mit sich führte, auf dem Schreibtisch platzierte, tauchte Rob auf. Mit seinem durchtrainierten Körper, der Glatze und dem goldenen Ohrring im rechten Ohr beschrieb ihn Kathrin einmal sehr treffend als Mischung aus Bruce Willis und Meister Proper. Und das Einsatzgebiet, das ihm viele Kollegen und Besucher aufgrund seiner muskelbepackten Arme instinktiv zuordneten, lag eindeutig auf dem Gebiet von Schutz und Sicherheit. Doch seit Lenis Arbeitsbeginn vor sechs Jahren gab es keinerlei Vorfälle, die den Einsatz eines Sicherheitsbeauftragten erfordert hätten. Kein deutschsprachiges Buch verließ auf illegale Weise die Bibliothek und die ausgestellten Kunstwerke blieben solange im Ausstellungsraum, bis sie von den Künstlern selbst wieder entfernt wurden. Auch die Bedrohungslage des Instituts an sich war insgesamt als gering einzuschätzen, obwohl es nach Berichten von Mitarbeitern vor etlichen Jahren tatsächlich einmal zu einem Zwischenfall gekommen war. Damals gab es eine Gruppe von kurdischen Kämpfern, die nach einem ihrer Meinung nach ungerechten Urteil eines Hamburger Gerichts, bei dem einer der ihren zu einer längeren Freiheitsstrafe verurteilt worden war, beschlossen hatten, das Institut für deutsche Sprache und Kultur in Rotterdam zu überfallen. Warum die sich gerade Rotterdam ausgesucht hatten, wusste niemand so genau. Vielleicht wohnten einige von ihnen in der Hafenstadt. Ihr Bestreben bestand nun darin, die Verurteilten und ein paar andere Landsleute freizupressen. Die Aktion begann in der Unterrichtspause, kurz nach 20 Uhr. Eine kleine ältere Dame hatte an der verschlossenen Eingangstür geklingelt und den damaligen Rezeptionisten geschockt, als sie beim Öffnen der Tür gemeinsam mit von der linken und rechten Seite hervortretenden, mit Messern bewaffneten jungen Männern und Frauen in das Gebäude stürmte. Die Kursteilnehmer und Lehrerkollegen wurden als Geiseln genommen, Polizei und Presse versammelten sich vorm Institut auf dem Westersingel und in den niederländischen Nachrichten rutschte die Neuigkeit der Geiselnahme immer weiter nach oben. So erfuhr auch der Mann von Elli Geiger, dass seine Frau nicht pünktlich nach Hause kommen würde. Ellis Erzählung zufolge seien alle Beteiligten ruhig geblieben. Die Kursteilnehmer hätten sich erst beschwert, als gegen 21 Uhr die offizielle Unterrichtszeit zu Ende und somit die Freizeitaktivität ***Deutsch lernen*** für diese Woche abgearbeitet war. Eine Stunde später konnten die Lehrerinnen mit gutem Zureden gerade noch eine Prügelei zwischen einigen männlichen Teilnehmern und den Geiselnehmern verhindern. Um 22:30 Uhr hatten sich Polizei und Institutsbesetzer darauf geeinigt, das Ganze friedlich zu beenden und Letztere ließen sich ohne Gegenwehr vor laufenden Kameras festnehmen. Der Anführer gab dem Fernsehsender RTL4 noch kurz ein Interview, bevor das Polizeiauto mit zwei Polizeibeamten und dem Festgenommenen davonraste. Das war bisher die einzige Situation, in der ein Sicherheitsmann oder eine Sicherheitsfrau nützlich gewesen wäre und die war lange her. Zur Verwunderung aller war das Interesse am Institut und den Deutschkursen in der Nachfolgezeit dieses Ereignisses deutlich angestiegen, sodass sich selbst Jahre später Kollegen bei sinkenden Kursteilnehmerzahlen den makabren Scherz erlaubten, sich mal als Geiselnehmer zur Verfügung zu stellen und auf diese Weise für mediale Aufmerksamkeit zu sorgen.

Rob hatte jedenfalls mit Personenschutz nichts zu tun und ging nun seiner Tätigkeit als IT-Experte nach. Er startete den Computer, zog ein Backup der Dateien auf eine externe Festplatte und gab Leni den Code für Beates Online-Klassenbuch. Außerdem erhielt sie ein neues Passwort und hatte damit uneingeschränkten Zugriff auf Beates Computer.

Leni atmete tief durch, das ging doch alles sehr schnell. Jetzt fiel ihr ein, dass sie weder nach der Bezahlung, noch nach den Arbeitszeiten oder einem Vertrag gefragt hatte. Sie nahm sich vor, das nachzuholen. Mit einem winzigen Lächeln im Gesicht schaute sie zunächst in den Mail-Account: fünfundsiebzig nicht geöffnete Mails. Sie begann oben und öffnete die erste Mail. Eine Bitte um Informationen zu den Sprachkursen. Als sie bei Mail fünfzehn mit Fragen zu den Sprachkursen angelangt war, hörte sie von hinten: „Leni, was machst du denn hier?“ Hugo de Jonge hatte das Zimmer betreten, ohne dass sie es bemerkt hatte, da sie mit dem Rücken zur Tür saß. Hugo arbeitete seit fünfzehn Jahren als Assistent in der Sprachabteilung. Er kannte alle Kollegen, viele Kursteilnehmer und alle Verarbeitungsprogramme für die Sprachabteilung, die seit seinem Arbeitsantritt entwickelt wurden – und das waren nicht wenige.

„Hallo Hugo, ich wollte auch gerade zu dir kommen. Klaus Dieter hat mich gebeten, die Arbeit von Beate erst mal aushilfsweise zu übernehmen und bei der Durchführung des Audits zu helfen. Ich bin gerade dabei, mich mit dem Computer anzufreunden.“

„Da hat der Klaus Dieter ja mal was Gutes gemacht. Soll ich dich ein bisschen einweisen oder willst du gleich loslegen?“

„Na ja", stammelte Leni, „das kam alles etwas unvorbereitet und ich muss mich noch auf den C2-Kurs heute Abend vorbereiten. Ich schlage vor, dass ich mir zunächst einen Überblick über die ganzen Dokumente verschaffe und wir vielleicht später reden."

„Okay, du weißt ja, wo du mich findest." Er verschwand wieder aus ihrem Blickfeld.

Vielleicht hätte sie sich zuerst bei Hugo melden sollen. Mit einem Anflug von Selbstkritik wendete sich Leni wieder dem Computer zu und klickte sich weiter durch die Mails. Zwischen den ungeöffneten gab es einige bereits geöffnete Mails. Bei einer davon, einer Mail vom Regionalinstitut in London, blieb sie hängen.

Liebe Beate, nach Rücksprache mit Klaus Dieter Wisch und Martina Müller-Bär kann ich deiner Bitte, dich bei deiner Bewerbung in München zu unterstützen, leider nicht nachkommen. Ich empfehle dir daher, noch ein Jahr zu warten und es dann erneut zu versuchen. Beste Grüße, Charlotte Clemens

Beate hatte also die Absicht, sich bei der Personalabteilung der Zentralverwaltung in München um eine Stelle als Fach- und Führungskraft zu bewerben. Im Erfolgsfall hätte sie dann einen leitenden Posten an einem der über einhundert Institute irgendwo auf der Welt übernommen. Interessant, aber bei Beates Ehrgeiz nicht verwunderlich, fand Leni. In Rotterdam gab es von diesen Führungspositionen, die von München aus, also von der Zentrale, besetzt wurden, nur zwei: die Institutsleitung, die gleichzeitig die Kulturarbeit betreute und die Leitung der Sprachabteilung. Alle anderen Mitarbeiter galten als sogenannte Ortskräfte, auch wenn Wörter wie Beauftragte oder Beauftragter, Leiterin oder Leiter in ihren Funktionsbeschreibungen standen, und hatten Verträge nach Landesrecht. So eine Stelle als *FaFük* – die Abkürzung für Fach- und Führungskraft hatte Leni gerade erfunden und murmelte sie zweimal amüsiert vor sich hin – bot mehrere Vorteile. Neben dem finanziellen Aspekt konnten die führenden Leiterinnen und Leiter im Rahmen ihrer Zuständigkeit relativ frei ihrer Tätigkeit nachgehen und Entscheidungen treffen, die in erster Linie sie selbst für richtig hielten. Ein Nachteil war, dass sie im Schnitt alle vier bis fünf Jahre das Institut, also auch das Land wechseln mussten. Bei einem weltumspannenden Institutsnetzwerk hatte das manchmal sogar eine Versetzung auf einen anderen Kontinent zur Folge. Dieser Nachteil war allerdings aus Sicht mancher Ortskräfte ein Vorteil, vor allem dann, wenn sich die oder der entsandte Vorgesetzte als nicht wirklich kompetent erwies. Man konnte auch Pech haben und die Nachfolgerin bzw. der Nachfolger war noch weniger geeignet. Es gab natürlich unter den Führungskräften eine Reihe vertrauenswürdiger und fähiger Personen, die ebenfalls nach dem Rotationsprinzip in einem Abstand von vier bis fünf Jahren an einen anderen Einsatzort geschickt wurden. In diesem Fall hatten die Ortskräfte Glück. Ob das Lehrerkollegium einer anderen Sprachabteilung von Glück gesprochen hätte, wenn Beate Neumann als Leiterin eingesetzt worden wäre? Mit der Beantwortung der Frage brauchte sich Leni nun nicht mehr zu beschäftigen, denn erstens wäre Beate ohne Unterstützung der Institutsleitung und des Regionalinstituts so schnell keine entsandte Führungskraft geworden und zweitens weilte sie ja nicht mehr unter den Lebenden.

Während Leni auf den Bildschirm starrte, betraten zwei Männer das Büro, einer in Polizeiuniform, einer in Zivil. Die Stimme des lauten *Hallo!* in ihrem Rücken kam ihr bekannt vor und als sie sich umdrehte, wusste sie warum. Bei dem Mann in Zivil handelte es sich um den gestern Abend vermissten Kursteilnehmer. Auch der war sichtlich erstaunt, als er seine Lehrerin erkannte.

„Was machen Sie denn hier? Ich habe Sie eigentlich gestern Abend erwartet." Lenis Begrüßung war, ihrem Job entsprechend, mit dem Hinweis auf den verpassten Unterricht versehen.

„Das tut mir leid, ich habe viel zu tun im Moment."

„Sie arbeiten bei der Rotterdamer Polizei, stimmt's?" Jetzt fiel es ihr ein.

„Ja. Ich bin Hoofdinspecteur und ich leite die Untersuchungen im Mordfall Beate Neumann."

„Mordfall? Ist Beate tatsächlich ermordet worden?" Also doch. Es gab jemanden, der Beate noch weniger leiden konnte als sie selbst.

„Wir gehen davon aus, dass sie jemand, wie sagt man? … geschlagen hat."

„Erschlagen."

„Erschlagen", wiederholte er. „Das ist mein Kollege, Hoofdagent Pim Jansen, und wir müssen jetzt mal an den Computer da. Das ist doch das Büro von Frau Neumann, oder?"

„Ja, ja." Leni sprang auf und bot dem Agenten Pim Jansen ihren Platz an. Sie erwähnte kurz, dass der IT-Mann des Instituts schon eine Kopie des ganzen Computerinhalts auf einer externen Festplatte für die Polizei gesichert hatte und griff zum Telefon, damit Rob die Daten gleich übergeben konnte. Ihr Versuch, Jan de Rijk mit einem Lächeln zu einem Gegenlächeln zu bewegen, scheiterte. Der sah sich stattdessen aufmerksam im Raum um.

Die beiden Polizisten blieben an Lenis neuem Arbeitsplatz zurück und sie beschloss, ihren Fehler von vorhin wiedergutzumachen. Hugos Büro lag direkt neben ihrem, war aber mit zwei Schreibtischen und einer Besucherecke für Interessenten, die persönlich vorbeikommen und sich beraten lassen wollten, viel größer. Mit seiner direkten und humorvollen Art kam Hugo bei vielen Menschen gut an, vor allem bei Niederländern. Es gelang ihm scheinbar mühelos, potentiellen Kunden Kurse aufzuschwatzen, die sie eigentlich gar nicht machen wollten. So besuchten schon etliche Interessenten an einem Geschäftskommunikationskurs nach kurzer Überzeugungsarbeit einen Konversations- oder Literaturkurs, weil der berufssprachliche Kurs wegen zu geringer Einschreibungen nicht zustande kam. Oder umgekehrt, ein Literaturinteressierter nahm aufgrund mangelnder Nachfrage an einem Geschäftskurs teil.

„Tut mir leid, Hugo“, begann Leni, „dass ich vorhin nicht gleich bei dir vorbeigekommen bin. Jetzt habe ich doch ein bisschen Zeit, die Polizei ist mit Beates Computer beschäftigt.“

„Warum?“

Seltsame Frage. „Der Polizist hat gesagt, Beate sei erschlagen worden.“ Als Hugo auf diesen, wie sie selbst fand, höchst interessanten Hinweis keine Reaktion zeigte, ging sie wieder zur Tagesordnung über und fragte, womit sie anfangen solle.

„Mails beantworten und dich um die Vorbereitungen fürs Audit kümmern. Wir hätten schon lange eine Mappe mit Informationen über unsere Abteilung an die Auditoren schicken sollen. Ich habe auch schon angefangen etwas zusammenzusuchen, das liegt hier.“ Er schob eine Handvoll Werbeflyer über den Tisch, die auch im Eingangsbereich und in einem Ständer in der ersten Etage neben den Klassenzimmern zu finden waren. „Für den Rest musst du dich mal durch den Audit-Ordner wühlen. Da steht drin, was die wollen. Das findest du alles im Intranet unter dem Stichwort *Qualitätsmanagement Sprachkurse*. Du kannst dich natürlich auch zu Hause mit deinem Passwort einloggen."

Lenis Hoffnung, dass der Assistent der Sprachabteilung ebenfalls die Mails mit Anfragen zu Sprachkursen sehen und vielleicht sogar beantworten könnte, zerschlug sich. Für alle Mails, die direkt an Beate adressiert waren, war sie selbst verantwortlich.

„Sag mal, kannst du eigentlich alles sehen, was in Beates Computer ist?", fragte Hugo mit leicht nach rechts gebeugtem Kopf.

„Keine Ahnung. Könnte sein. "

„Dann schau mal genau hin, vielleicht findest du an der einen oder anderen Stelle was Interessantes."

„Was bestimmtes Interessantes?"

„Na ja, vielleicht etwas über Klaus Dieter."

„Über Klaus Dieter?"

Hugo sah seiner Kollegin an, wie sich ihre Gedanken so ganz, ganz langsam in die richtige Richtung bewegten.

„Die Beate und der Klaus Dieter?"

Er grinste und drehte sich zu seinem Bildschirm.

Die Polizei war schon ins Büro der Verwaltungsleiterin Susanne Wolf weitergezogen, als sich Leni wieder an ihren neuen Schreibtisch setzte und überlegte, wo sie am besten anfangen sollte. Dann schob sich das Bild der zugegebenermaßen attraktiven Beate und des um einige Jahre älteren Sprachabteilungsleiters, dessen Äußeres so durchschnittlich war, dass man es sich gar nicht merken konnte, vor ihr geistiges Auge. Klaus Dieters Erscheinungsbild wäre ihrer Meinung nach ideal für eine Verbrecherkarriere gewesen. Kein Zeuge hätte ihn genau beschreiben können, außer vielleicht: mittelgroß, mitteldick, mittelblond und mittelviele Haare auf dem Kopf. Ein Kaffee wäre jetzt gut, und eine Suppe oder ein Salat, im Cafe Floor, danach würde sie endgültig loslegen. Leni schnappte sich ihre Tasche und lief die Treppe hinunter. Auf der letzten Stufe zur ersten Etage blieb sie stehen, um zu kontrollieren, ob sie ihr Handy eingesteckt hatte. Plötzlich hörte sie zwei laute Stimmen aus einem der Klassenräume. Neugierig geworden, ging sie leise auf die Geräusche zu und suchte weiter nach ihrem Handy. Damit sie im Falle des Erwischtwerdens nicht als heimliche Mithörerin enttarnt wurde, stellte sie sich vor den Ständer mit den Werbeflyern für die Sprachkurse, nahm einige Flyer heraus und tat so, als würde sie die bunten Informationsblätter neu ordnen. Leni versuchte, ein paar Worte aufzuschnappen, die Stimmen von Klaus Dieter Wisch und Martina Müller-Bär hatte sie längst erkannt.

„Ich hoffe sehr für dich, dass die Neue nicht so unfähig ist wie die Alte und das Audit gut über die Bühne bringt. Ich erwarte, dass wir einen exzellenten Eindruck hinterlassen und klar wird, wie gut das Institut geleitet wird. Außerdem gehe ich davon aus, dass wir durch die Inspektion eine Reihe von Problemen lösen können, zum Beispiel die mit einigen Lehrerinnen."

„Martina, ich glaube, da unterliegst du einem kleinen Irrtum. So ein Audit in der Sprachabteilung ist keine Inspektion. Es hat eher den Charakter eines kollegialen Austausches."

Warum reden die hier im Klassenzimmer? Die möchten nicht von der Polizei belauscht werden, die gerade in der zweiten Etage zugange ist, schoss es Leni durch den Kopf. So ganz wohl fühlte sie sich bei ihrer Mithöraktion nicht.

„Klaus Dieter, du bringst mich wirklich auf die Palme! Du glaubst doch nicht im Ernst an den Quatsch mit dem kollegialen Austausch. Wir müssen besser sein als die anderen in der Region Nordwesteuropa. Darum geht es! Verstehst du das? Schlechte Ergebnisse bringen uns nicht weiter, weder dich noch mich. Oder willst du bei der nächsten Versetzung nach Afghanistan?"

„Jetzt mal doch den Teufel nicht an die Wand! Wir haben gute Arbeit geleistet und können einige Erfolge vorweisen. Zum Beispiel im Bereich der Prüfungskooperation ..."

„Hör auf mit der Prüfungskooperation!", schrie Frau Müller-Bär. „Ich kann das nicht mehr hören. Du und Erfolge, im Bett der Sprachkursbeauftragen vielleicht. Sei froh, dass die Polizei davon nichts weiß. Das hätte mir gerade noch gefehlt, dass diese dumme Geschichte publik wird."

„Wenn du weiter so schreist, wird das mit der Geheimhaltung schwierig", wehrte sich der Angegriffene und Leni hörte Schritte, die sich der Tür näherten. Sie verschwand sofort im Klassenraum nebenan. Leider waren zwei Flyer beim Versuch, sie zurückzustecken, nach unten gefallen. Die Schritte stürmten an der Klassenzimmertür vorbei. Klaus Dieter fluchte hörbar: „Mir reicht's."

Noch rechtzeitig bevor die Tür aufgerissen wurde, konnte Leni das Whiteboard starten und das elektronische Klassenbuch öffnen, was den Eindruck konzentrierter Unterrichtsvorbereitung erzeugen sollte. Frau Müller-Bär wedelte mit den Flyern in der Hand. „Sind die Ihnen gerade runtergefallen?"

„Nein", log Leni, „vielleicht sind sie durch einen Windzug aus dem Ständer gewedelt worden. Das passiert manchmal."

Schon fast mit dem Rücken zu Leni drehte sich die Institutsleiterin noch einmal um. „Sind Sie nicht Leni Weber?"

„Ja." Sie stand auf, ging auf die Institutsleiterin zu und streckte ihr die Hand entgegen. „Ich bin sehr froh, dass ich Beate vertreten darf. Vielen Dank!"

Frau Müller-Bär entzog sich dem Handschlag, indem sie beide Hände nach oben hielt, als stünde jemand mit einer Pistole vor ihr. „Ich bin vorsichtig geworden und muss Rücksicht auf meine Gesundheit nehmen."

„Natürlich. Entschuldigen Sie." Leni wich ein Stück zurück.

„Wie lange arbeiten Sie schon für uns?"

„Sechs Jahre. In den ersten Jahren habe ich noch sehr viel für die Universität Leiden gearbeitet und in Rotterdam nur einen Kurs im Semester gegeben. Seit zwei Jahren versuche ich, so viel wie möglich für das Institut zu arbeiten. Ich unterrichte Kurse auf allen Niveaus, nehme Prüfungen ab, helfe bei Tests und Einschreibungen und habe auch schon eine Fortbildung für die Kolleginnen und Kollegen geleitet." Das klang wie bei einer Bewerbung und Leni suchte fieberhaft nach weiteren positiven Punkten.

„Wurden Sie in Leiden gefeuert?" Das Gespräch wurde nicht angenehmer.

„Nein, nein, ich habe Leiden und die Uni aus privaten Gründen verlassen."

„Na ja, wie auch immer. Ich bin jedenfalls erleichtert, dass es in der Sprachabteilung erst mal weitergeht und das Audit von jemandem vorbereitet und begleitet wird. Wenn Sie Fragen haben oder Ihnen sonst etwas auffällt, wenden Sie sich direkt an mich."

„Werde ich machen." Die Erleichterung, dass sie die Situation einigermaßen gemeistert hatte, war Leni anzumerken.

„Ach noch etwas, ich würde mich freuen, wenn Sie auch Präsenz bei unseren Kulturveranstaltungen zeigen. Heute um 18 Uhr ist die Ausstellungseröffnung für die Urs Friedhelm-Videoinstallation." Mit dem letzten Satz schloss Frau Müller-Bär die Tür von außen. Bevor sie zum Essen aufbrach, nutzte Leni die Gelegenheit, zur Vorbereitung ihres Abendunterrichts in das geöffnete Online-Klassenbuch von Beate Neumann zu schauen. Das Klassenbuch war leer.

Als die Institutsleiterin ihr Büro erreichte, wartete Marga Engels, ihre Assistentin, vor der Tür. „Hast du mal über das Bienenprojekt nachgedacht? Ich hatte heute bereits zweimal Marjolijn in der Leitung, die will eine Antwort."

„Dann muss sie eben warten." Sie hatte im Moment wirklich keine Zeit, sich auch noch mit dem Bienenprojekt der Freundin der Assistentin herumzuschlagen, die die Idee hatte, gegen eine monatliche Gebühr Bienenstöcke an verschiedenen Orten der Stadt aufzustellen und dies als Kunstaktion unter dem Namen KULT-NAT-UR zu deklarieren. Eine dieser Bienenboxen sollte auf dem Parkplatz hinter dem Institut eine neue Heimat finden. Von dort aus hätten die Bienen dann auf die gegenüberliegende abgezäunte Wiese oder andere blütenreiche Grünflächen an Straßenrändern und Grachten fliegen können. Warum war ausgerechnet sie immer von Dilettanten umgeben? Von Leuten, die dämliche Projekte vorschlugen oder überhaupt keine

Einfälle hatten? Aber was sollte sie machen? Sie konnte doch nicht alle Mitarbeiter entlassen, wenn sie irgendwo auf der Welt ein Institut übernahm. Schön wäre es ja. Da drängte sich ihr gleich die zweite Frage auf, die sie seit einiger Zeit umtrieb. Warum hatte man ausgerechnet sie, die schon mit so vielen tollen Kampagnen und Veranstaltungen überzeugen konnte, an so ein kleines Institut versetzt? Und dann auch noch in eine so uncharmante Stadt, die von *dolce vita* absolut nichts verstand. Wie viele ihrer Kolleginnen und Kollegen, die zur gleichen Zeit eingestellt worden waren wie sie, leiteten heute große Institute, zum Beispiel in Rom oder Paris? Dort gehörte sie eigentlich hin. Eine dieser Kolleginnen, Christa Börne, war sogar zur Leiterin des Regionalinstituts Nordwesteuropa in London aufgestiegen und somit ihre direkte Vorgesetzte, da Rotterdam im Rahmen des weltweiten Institutsnetzwerks zur Region Nordwesteuropa zählte. Regionalinstitute hatten eine übergeordnete Position und dass nun ausgerechnet diese Frau in der Region den Ton angab, wurmte sie maßlos. Es ging natürlich auch noch schlimmer, da brauchte sie nur an Klaus Dieter zu denken. Wenn der das Audit gegen die Wand fährt, wird das auch auf sie zurückfallen und ihre Führungsqualitäten in ein schlechtes Licht rücken. Eine grauenhafte Vorstellung. Frau Müller-Bär hatte inzwischen an ihrem Schreibtisch Platz genommen, als das Klingeln des Telefons ihre gedanklichen Abschweifungen unterbrach. Doch sie nahm den Hörer nicht ab. Die Nummer auf dem Display erinnerte sie an die Rede für den heutigen Abend, die sie noch nicht geschrieben hatte. Stattdessen griff sie selbst zum Hörer und bestellte Marga Engels in ihr Büro.

Die Assistentin war wieder einmal ähnlich gekleidet wie ihre Vorgesetzte, mit einem kurzen Blazer, über dem eine sehr lange

Kette baumelte, und einem knielangen Rock mit aufgenähten Taschen. Das störte die Institutsleiterin erheblich, denn sie hatte sich Anfang des Jahres von einer Stylistin exklusiv beraten lassen, um nicht nur durch ihre Persönlichkeit, sondern auch optisch einen fachkundigen und durchsetzungsfähigen Eindruck zu hinterlassen. Vor allem die Frage, was die Partner aus Politik, Kunst und Kultur dachten, wenn sie als anerkannte Kulturmanagerin von einer Imitation ihrer selbst bei wichtigen Veranstaltungen begleitet wurde, beunruhigte die Leiterin. Sie zog nun ernsthaft in Erwägung, ihre Assistentin bei Terminen außer Haus nicht länger an ihrer Seite zu dulden und damit der optischen Ablenkung der Gesprächspartner Einhalt zu gebieten. Eine Minute nach dem Anruf tauchte Marga Engels mit einigen Kunstkritiken älterer Videoinstallationen von Urs Friedhelm im Büro der Kulturverantwortlichen auf, die sie in weiser Voraussicht bereits im Internet zusammengesucht und ausgedruckt hatte. Wahrscheinlich will sie wegen der blöden Bienen meine Stimmung verbessern, schlussfolgerte Frau Müller-Bär und nahm die Papiere mit einer kurzen Rückversicherung: „Ist das alles?“, an sich.

Nach ungefähr vier Gehminuten erreichte Leni das Café Floor. Zuerst schaute sie in den langgezogenen Garten auf der Rückseite des Cafés. Fast alle Tische waren belegt, es war sehr voll und zu laut. Deshalb entschied sie sich für einen Tisch im Innenbereich am Fenster und bestellte einen Latte Macchiato und eine *soep van de dag*, das war heute Tomatensuppe. Der nicht vorhandene Klassenbucheintrag für ihren neu übernommenen Kurs machte sie nachdenklich. Wie konnte jemand nur so arbeiten? Warum war eigentlich ausgerechnet Beate Sprachkursbeauftragte geworden und nicht eine andere Kollegin? Hatte das etwas mit dem zu tun, was Hugo vermutet und die Institutsleiterin bestätigt hatte? Etwas wehmütig erinnerte sich Leni an den Vorgänger von Klaus Dieter, der ihr vor sechs Jahren einen Honorarvertrag als Lehrerin angeboten hatte und der ihr sowohl fachlich als auch im Umgang mit den Kollegen positiv im Gedächtnis geblieben war. Damals gab es die Stelle der Sprachkursbeauftragten an dem kleinen Rotterdamer Institut noch nicht, Klaus Dieter hatte sie zu seiner Arbeitserleichterung vor drei Jahren beantragt und genehmigt bekommen. In Sprachabteilungen größerer Institute war es schon seit längerer Zeit üblich, dass eine Ortskraft, meist jemand aus dem Lehrerkollegium, damit beauftragt wurde, sich um die anfallenden Arbeiten rund um die Sprachkurse zu kümmern.

„Hallo!", Hoofdinspecteur Jan de Rijk stand plötzlich neben dem Tisch. „Ich habe dich beim Vorbeilaufen gesehen."

Leni freute sich über das *Du*, trotzdem blieb sie zunächst beim *Sie*. „Setzen Sie sich doch. Möchten Sie auch einen Kaffee?"

„Wollen wir nicht *du* sagen?"

„Okay, setz dich doch", wiederholte sie den Satz etwas lehrerhaft in der Du-Form. Leni wusste natürlich, dass in den Niederlanden viel eher geduzt wurde als etwa in Deutschland. Auch einige ihrer Kolleginnen bevorzugten im Unterricht die informelle Anrede. Sie selbst hatte sich aber beim Unterrichten für die Sie-Form entschieden, die es ihr etwas leichter machte, ganz implizit einige Umgangsformen in den deutschsprachigen Ländern zu vermitteln.

„Seid ihr schon weitergekommen mit euren Untersuchungen?"

„Wir ermitteln noch. Hast du am Dienstagabend auch unterrichtet?“ Die Frage empfand Leni als eine Spur zu direkt, vielleicht eine Retourkutsche auf ihr eigenes Vorpreschen zum Stand der Ermittlungen. Sie war jedoch froh, dass sie mit *Ja* antworten konnte.

„Und danach?“

„Bin ich nach Hause gegangen. An diesem Abend war ich ungefähr Viertel vor zehn in der Wohnung. Das kann meine Mitbewohnerin Kathrin bestätigen.“

„Kanntest du das Schlachtopfer gut?“

Leni versuchte, nicht zu lachen. „Opfer, nicht Schlachtopfer.“ Die Korrektur musste sein, auch wenn sie die direkte Übersetzung aus dem Niederländischen ziemlich lustig fand. „Nein, ich kannte sie nicht wirklich gut. Beate war meiner Meinung nach fachlich nicht so kompetent, doch die Organisationsarbeiten hat sie einigermaßen hingekriegt.“ Leni machte eine kurze Pause. „Ehrlich gesagt, ich hatte keinen besonders guten Draht zu ihr.“

„Nur du oder noch andere?“

Die Suppe kam. Leni begann, die heiße Flüssigkeit vorsichtig in sich hineinzulöffeln. „Das weiß ich nicht so genau. Zu einigen hatte sie jedenfalls eine sehr gute Beziehung, beispielsweise zum Sprachabteilungsleiter. Der hat sie offensichtlich sehr gemocht. Das habe ich jedenfalls gehört.“

„Was heißt das genau?“

„Na ja, was das eben so heißt.“

„Also, er hatte ein Verhältnis mit ihr“, interpretierte Jan die schwammige Antwort.

„Ich glaube schon.“

„War Beate Neumann verheiratet oder hatte sie eine feste Beziehung?“

„Keine Ahnung. Ich hatte mit ihr privat keinen Kontakt.“

„Und der Abteilungsleiter? Was ist mit dem?“

„Der hat eine Frau. Die habe ich sogar schon zweimal gesehen – auf unserem Sommerfest.“

Ob Jan verheiratet ist? Kaum gedacht, platzte es auch schon aus ihr heraus. „Bist du eigentlich verheiratet?“ Sofort griff sie zum halbleeren Latte Macchiato Glas und hoffte, sie könnte das Gesagte mit kleinen Schlückchen irgendwie wieder in sich verschwinden lassen. Ihr Gesprächspartner hatte die Frage wohl gehört, denn er lächelte zum ersten Mal.

„Ich bin etwas neben der Spur, tut mir leid. Seit heute muss ich die ganze organisatorische Arbeit von Beate machen und zusätzlich ihren Kurs übernehmen. Das ist alles etwas viel für mich.“ Ein Rettungsversuch.

„Ich brauche noch eine Übersicht über alle Kurse und alle Teilnehmer von Beate. Kannst du mir die mailen? An meine Dienstadresse?“

Leni griff in ihre Tasche und schob das A5-Heft über den Tisch, damit Jan seine dienstliche Mailadresse dort hinterlassen konnte.

„Beate hatte nur einen Kurs und den gebe ich heute Abend. Ich kann mir die Teilnehmer mal ansehen, möglicherweise kommt mir eine oder einer verdächtig vor. Als Lehrerin habe ich eine sehr gute Menschenkenntnis, das bringt der Beruf so mit sich.“ Das war ein mutiges Statement für jemanden, der in persönlichen Beziehungen bisher immer danebengegriffen hatte. Aber Leni war von ihrer Fähigkeit, Menschen nach kurzer Zeit gut einschätzen zu können, überzeugt.

„Nur die Liste, bitte. Und fang nicht an, selbst Detektiv zu spielen. Das ist unsere Aufgabe. Aber vielleicht kannst du mir auch gleich noch …“ Jan machte eine Pause und sah kurz auf sein Handy. „Nein, hat sich erledigt, die Liste der Mitarbeiter habe ich gerade von der Verwaltung bekommen. … Ah, hier steht auch die Telefonnummer des Bruders von Frau Neumann. Mit dem muss ich jetzt als erstes Kontakt aufnehmen.“ Ohne etwas gegessen oder getrunken zu haben, verließ der Hoofdinspecteur das Café.

Seine Gesprächspartnerin blieb noch eine Weile sitzen. Das Unbehagen wegen ihrer törichten Frage wollte sich nicht so schnell in Luft auflösen.

In der Bibliothek suchte Leni einen geeigneten Artikel für ihren Unterricht und entschied sich für einen Bericht über Umweltprobleme in Großstädten. Schönes Thema für eine Diskussion, anspruchsvoller Wortschatz. Jetzt freute sie sich sogar auf den Abend. Da die Bibliothek leer und der Tisch der Bibliothekarin verwaist war, klemmte sich Leni die Zeitung unter den Arm, ohne jemandem Bescheid zu sagen. Beim Verlassen der Räumlichkeiten wäre sie beinahe in den Sprachabteilungsleiter gerannt, der seinen Kopf durch die Bibliothekstür steckte und scheinbar nach jemandem Ausschau hielt.

„Gut, dass ich dich sehe, Klaus Dieter. Kann ich dich schnell noch was fragen?“ Leni ergriff die Gelegenheit, ihre am Vormittag nicht gestellten Fragen loszuwerden.

„Gibt’s Probleme?“

„Nein, nein. Mich würde nur noch interessieren, ob ich für die zusätzlichen Aufgaben, die ich übernommen habe, einen

Vertrag bekomme. Ich habe ja im Moment nur einen Honorarvertrag und werde stundenweise bezahlt."

„Ja, so ist das und daran ändert sich jetzt auch nichts. Du schreibst alle Stunden, die du arbeitest, auf deine Stundenabrechnung und reichst die in der Verwaltung ein. Einen Vertrag gibt es erst, wenn die Stelle offiziell besetzt wird, aber davor muss sie erst einmal ausgeschrieben werden." Das war eine klare Ansage, nach der Klaus Dieter wieder verschwand. So war das eben, da konnte man nicht viel machen.

„Wann bringst du die Zeitung zurück?", Isabell Wittig, die Leiterin der Bibliothek, hatte ihr Reich betreten.

„Sofort, ich mache nur eine Kopie."

„Gut, aber nicht vergessen." Leni sah sich um, sie war die einzige Besucherin im Raum. „Vielleicht kommt ja gleich jemand, der genau diese Zeitung dringend braucht. Du darfst ausnahmsweise unseren Kopierer benutzen." Isabell zeigte auf einen kleinen Kopierer, der etwas versteckt hinter einem Lesetisch stand. Leni nahm das Angebot dankend an, Isabell folgte ihr zum Kopierer. Ganz hinten in der Ecke, kaum sichtbar, entdeckte sie hinter einem Stapel von Büchern die obere Kopfhälfte der Praktikantin. „Hallo Gudrun! Ich habe dich vorhin gar nicht gesehen", rief sie winkend in die dunkle Ecke. „Hallo!", schallte es von dort zurück.

„Bitte stör die Gudrun jetzt nicht. Sie muss bis morgen alle neuen Bücher in unser Bestandsprogramm einarbeiten."

„Das ist aber eine anspruchsvolle Arbeit." Leni meinte das nicht als versteckte Kritik, sondern als Lob für die fleißige Hilfskraft.

„Wenn sie etwas lernen will, darf sie nicht nur Kaffee kochen", konterte die Bibliotheksleiterin, deren Personalausstattung lediglich aus einer festen Mitarbeiterin, nämlich ihr selbst, und wechselnden Praktikantinnen bestand. Das Argument mit dem Lernen war jedenfalls nicht so einfach zu entkräften.

„Apropos Tätigkeit. Hast du jetzt die Stelle von Beate bekommen?"

„Nein, ich helfe nur bei der Vorbereitung auf das Audit." Damit sollte sie tatsächlich mal beginnen, mahnte sich Leni selbst beim Kopieren. Sie gab die Zeitung zurück und vernahm beim Gehen noch Isabells Hinweis „Alles andere wäre auch nicht korrekt. Die Stelle muss nämlich offiziell ausgeschrieben werden."

Zunächst sendete Leni die Teilnehmerliste für den C2-Kurs an Jan. Und weil sie gerade beim Suchen war, begab sie sich ins Intranet und entdeckte jede Menge Dokumente mit viel Text zum Thema Audit: Anweisungen für den Ablaufplan, Anweisungen für das Verfassen des Auditberichts und Beurteilungskriterien für eigentlich alles, selbst die Toiletten. Auch die Aufstellung der notwendigen Unterlagen für die Dokumentenmappe, die sämtliche Werbemaßnahmen, Protokolle von Lehrersitzungen, Gebäudedokumente sowie Übersichten zu Personal, Kursen, Online-Klassenbüchern, Prüfungen, Fortbildungsveranstaltungen und Planungszielen umfasste, entging ihr nicht. Den Hinweis, dass genau diese Dokumentation in zweifacher Ausführung, geordnet nach Themen, in einer Mappe circa sechs Wochen vor Audit-Beginn beiden Auditierenden zuzusenden sei, konnte man ebenso wenig übersehen. Etwas ungläubig schaute Leni noch einmal auf den von Beate erstellten Ablaufplan. Da stand es schwarz auf weiß: Das Audit sollte nächste Woche Donnerstag beginnen.

Kurz vor fünf stattete Leni Hugo noch einmal einen Besuch in seinem Büro ab. „Sag mal, Hugo, habe ich das vorhin richtig verstanden, dass die Unterlagen an die Auditoren noch nicht verschickt wurden?"

„Ja, das hast du völlig richtig verstanden. Das müsste demnächst mal gemacht werden."

„Die Informationsmappen hätten schon seit fünf Wochen bei den Auditoren liegen sollen. Das habe ich gerade gelesen."

„Das ist korrekt. Aber ich glaube, das sind ungefähre Zeitangaben. Ich würde das nicht so eng sehen."

„Egal, ob ungefähr oder genau, die Deadline ist nun wirklich lange vorbei. Ich gehe heute noch zur Ausstellungseröffnung und dann gebe ich Beates Kurs. Morgen Vormittag müssen wir das alles fertig machen."

„Du gehst zur Ausstellungseröffnung? Na dann, viel Spaß!" Hugo drehte sich um und schaltete alle Geräte aus.

Lenis anfängliche Euphorie wich langsam dem Gefühl, mit der Übernahme von Beates Tätigkeit eventuell ein Eigentor geschossen zu haben.

Im Ausstellungsraum hinter der Cafeteria im Erdgeschoss hatten inzwischen neun Leute, verteilt auf sechs Stuhlreihen, Platz genommen. Leni gesellte sich zu Susanne, der Verwaltungsleiterin, in Reihe vier. Vor ihr saßen zwei Mitarbeiterinnen aus der Kulturabteilung, eine davon war Marga Engels, und Isabell aus der Bibliothek. In Reihe eins zog Birgit Kaminski in einer selbstgehäkelten bunten Jacke die Blicke des Künstlers auf sich, der ihr gegenüber auf einer kleinen Bühne neben dem Rednerpult auf einem Stuhl hockte und sich dort offensichtlich nicht ganz wohl fühlte, denn er zappelte unruhig hin und her.

Ebenfalls vorn, in den Reihen eins und zwei, hatten es sich drei Kunstinteressierte gemütlich gemacht, von denen einer seine Beine fast bis zur Bühne ausstreckte. Ganz hinten, in Reihe sechs, tippte Michael Bär, der Mann von Frau Müller-Bär, etwas in sein Handy. An der rechten Seite des Raums stand ein langer schmaler Tisch mit Getränken wie Wasser, Orangensaft und Wein sowie einigen Knabbereien und kleinen Tellern mit belegten Weißbrotscheiben. Dieser wurde von den Gästen immer wieder verstohlen begutachtet, auch von Leni. Plötzlich wurde es dunkel und auf einer aufgespannten Leinwand hinter dem Rednerpult startete ein Film, bei dem von einem Strand aus das Meer gefilmt worden war. Man sah nur den Strand, auf dem etwas Plastikmüll lag, und das Meer. Nach vielen überlangen Minuten schwenkte die Kamera langsam nach rechts, wieder nur Strand, Plastikmüll und Meer. Jetzt konnte man ein paar Möwen sehen und hören.

Martina Müller-Bär trat an das Rednerpult und begann mit ihrer Rede, die sie Wort für Wort abzulesen versuchte, was in der Dunkelheit nicht einfach war.

„Die neueste Arbeit des Videokünstlers Urs Friedheim …“, sie korrigierte sich, „Urs Friedhelm mit dem Titel *Meer – Möwe – Mensch – Müll* illustriert tiefgreifend und bewegend das Verhältnis zwischen der Natur und dem infernalen und zerstörerischen Treiben der Menschen. Die bildnerisch ausdrucksvollen Schleifen um das Thema verknüpfen in einer spielerischen Reaktion …“, sie musste sich wieder korrigieren, „Reflexion den Aspekt der menschengemachten Umweltzerstörung mit dem Kampf der Tiere und der Natur ums Überleben. Die Kritik an der sich nur am Konsum orientierenden Gesellschaft verfehlt mit einer klaren Bildsprache ihre Wirkung nicht und zieht den Betrachter sofort in ihren Bann …“

Dieser beschriebene Effekt trat scheinbar nicht bei allen ein, denn der freischaffende Historiker Michael Bär tippte noch immer auf seinem Smartphone herum und auch Leni war nicht ganz bei der Sache. Sie dachte vielmehr darüber nach, wie lange der offizielle Teil dauern und ob sie vor Unterrichtsbeginn um 18:30 Uhr noch an das Buffet kommen würde. Da summte ihr auf lautlos gestelltes Handy. Das Geräusch war immerhin noch so laut, dass sich die dritte Reihe geschlossen umdrehte. Mit ihrer Tasche und dem summenden Telefon hastete sie aus dem Raum. Als sie die grüne Taste gedrückt und das Handy am Ohr hatte, war der Anrufer weg.

Anstatt eine weitere Störung der Ansprache zu *Meer – Möwe – Mensch – Müll* zu verursachen, entschied sich Leni, in ihren Klassenraum zu gehen. Nach einer Weile tauchten zwei Teilnehmerinnen auf. Verwundert schaute Leni noch einmal auf die Kursliste, auf der vierzehn Namen aufgeführt waren. Um nicht später alles wiederholen zu müssen, stellte sie zunächst einige Fragen zur Person. Eine Teilnehmerin hieß Frauke, war Rentnerin und interessierte sich für Literatur. Die andere, Marijke, hatte vor, ab September an der Ludwig-Maximilians-Universität in München Kunstpädagogik zu studieren und brauchte für die Studienzulassung das Große Deutsche Sprachdiplom. Schließlich erschienen weitere drei Teilnehmer, die sich ebenfalls kurz vorstellten. Michiel war als Anwalt tätig und vertrat ab und zu deutschsprachige Mandanten. Leni schätze ihn auf Anfang 40, er hatte eine rundliche Figur und eine etwas zu große Nase. Der zweite, Jos, arbeitete für die Stadt Rotterdam im Bereich

Städteplanung. Nummer drei hieß Nout, war bei einer Bank beschäftigt und beabsichtigte, demnächst in die Schweiz überzusiedeln. Der Banker war ziemlich attraktiv und sehr gut gekleidet. Es dauerte eine Weile, bis Leni die Teilnehmer den Namen auf ihrer Liste zugeordnet hatte, auf der nicht die Rufnamen, sondern entweder nur Buchstaben mit Punkt oder alle im Taufregister eingetragenen Vornamen standen. Mit diesen fünf Leuten begann die Lehrerin den Unterricht. „Ich bin Leni und ich werde ab heute Ihren Kurs leiten. Ich weiß nicht, ob es sich schon herumgesprochen hat: Beate Neumann ist am Dienstag auf tragische Weise ums Leben gekommen." Jetzt sah sie in betroffene Gesichter.

„Was ist passiert?", fragte Marijke.

„Das weiß ich nicht genau. Ich weiß nur, dass die Polizei Untersuchungen aufgenommen hat. Wenn Sie sich nicht gut fühlen, dann können wir den Kurs jetzt abbrechen und an einem anderen Tag nachholen."

„Nein, nein, ich würde gerne weitermachen", war die Meinung von Michiel, die von Frauke mit „Ich auch!" bestätigt wurde.

„Gut. Ich habe einen Artikel für Sie kopiert, in dem es um Umweltprobleme in Großstädten geht. Ich denke, den können wir als Grundlage für eine Diskussion nehmen. Aber zuerst werden wir mal Ihren Wortschatz aktivieren." Nachdem Leni das Wort Umwelt auf das elektronische Whiteboard geschrieben hatte, teilte sie die fünf Leutchen in zwei Gruppen ein und bat sie, Wörter zum genannten Thema zu sammeln.

Gegen 19:30 Uhr betraten Hoofdinspecteur Jan de Rijk und Hoofdagent Pim Jansen das Gebäude. Hieronymus schaute mit aufgesetzten Kopfhörern in seinen Laptop und bemerkte weder die Polizisten noch das Klingeln des Telefons. Jan blieb nichts anderes übrig, als seine Schulter zu berühren, um sich bemerkbar zu machen.

„Oh, sorry", jetzt nahm er die Kopfhörer ab.

„In welchem Raum ist der Kurs, den Beate Neumann gegeben hat?"

Die Suchaktion in einem Papierstapel, die deutlich länger dauerte als das Telefonklingeln, konnte Hieronymus erfolgreich beenden.

„Klassenraum B, erste Etage."

Kurze Zeit später klopfte es an Lenis Klassenzimmertür und die späten Gäste traten ein. „Ich wollte dich telefonisch vorwarnen, aber ich habe dich nicht erreicht", sagte Jan.

„Ich war gerade bei einer Ausstellungseröffnung unserer Kulturabteilung. Ich vermute, ihr habt einige Fragen an die Teilnehmerinnen und Teilnehmer." Leni bemühte sich um eine vorbildliche gendergerechte Wortwahl und war ein bisschen stolz, dass sie den Lernenden mit der kurzen Konversation ein persönliches Verhältnis zu den ermittelnden Behörden demonstrieren konnte.

„Wir machen jetzt eine kurze Pause, damit sich die Polizisten mit Ihnen unterhalten können. Wenn die Befragung beendet ist und Sie unten einen Kaffee getrunken haben, machen wir weiter."

Inzwischen war im Ausstellungsraum der offizielle Teil in den inoffiziellen übergegangen und der Künstler, Frau Müller-Bär und alle Besucher außer Birgit, die unterrichten musste, befanden sich in der Nähe des seitlich aufgebauten Tisches beim Smalltalk. So eine lockere Plauderei ist nicht sehr einfach zu führen, wenn man mit einem übervollen Teller in der einen und einem Glas Wein in der anderen Hand gleichzeitig reden, essen und trinken möchte. Der Institutsleiterin gelang die Konversation mit dem Künstler dennoch. „Ich würde wahnsinnig gerne nach Brüssel gehen. Dort kann man kulturell so viel machen, auch in Zusammenarbeit mit den europäischen Institutionen." Michael Bär wendete seine Augen von Marga Engels ab und unterstützte die Aussagen seiner Frau, der wiederum die Blicke ihres Mannes auf ihr Mode-Double nicht entgangen waren, mit einem kurzen, kräftigen Nicken. Dann prostete er Urs Friedhelm munter zu. Das war nach seinen Erfahrungen immer eine gute Geste, wenn man nicht richtig zugehört hatte. Der Videokünstler hatte sich gerade ein Stückchen Brot gegönnt, sah sich aber genötigt, sofort und mit halbvollem Mund zu antworten. „Und man kann in Belgien wirklich gut essen … und trinken natürlich. Wenn ich an all die wunderbaren Biersorten denke."

„Sie sagen es. Das burgundische Leben hat doch viel für sich." Jetzt nippte auch Frau Müller-Bär gekonnt an ihrem Weinglas und war kurz abgelenkt, als Leni den Raum betrat, ihn aber gleich wieder verließ, weil auf dem Tisch, im Gegensatz zu den Tellern, nichts Essbares mehr zu sehen war.

Ihr Hunger war nach dem Unterricht so groß, dass Leni sich auf dem Heimweg beim Albert Heijn am Bahnhof einen eingeschweißten Salat inklusive Dressing-Tüte und ein Sandwich besorgte. Das belegte Brot verzehrte sie gleich unterwegs. Sie war sehr müde, als sie die Wohnung betrat und Kathrin in der

Mitte des Wohnzimmers in der Stellung des herabschauenden Hundes vorfand.

„Ist was passiert?“, fragte sie in Anbetracht der Yogaübung zu dieser späten Stunde.

„Ich muss mich ein bisschen abreagieren. Wir haben jetzt an der Hochschule einen neuen Manager. So einen jungen, dynamischen, der alles umkrempeln will. Ich bin mir noch nicht sicher, ob zum Guten oder zum Schlechten. Der war vorher Manager im Bereich Baukunde und ist nach anderthalb Jahren zu uns in die Deutschlehrerausbildung versetzt worden. Da kann doch was nicht stimmen. Meiner Meinung nach sieht das nach einer Strafversetzung aus.“

„Warte es doch erst mal ab. Vielleicht bewegt der ja was, macht mehr Werbung für euch, damit eure Studentenzahlen steigen.“ Leni mischte das Dressing unter den Salat, nahm eine Gabel aus dem Besteckfach und stopfte den Inhalt des Plastikbehälters in sich hinein.

„Ich habe übrigens auch einen neuen Job“, ließ sie nebenbei fallen. Kathrin hatte gerade den Lotussitz eingenommen und sah ihre Mitbewohnerin interessiert an.

„Toll. Wo denn?“

„Klaus Dieter hat mich heute gefragt, ob ich die Aufgaben von Beate übernehme, übergangsweise, bis die Stelle neu ausgeschrieben wird.“

Kathrins Begeisterung hielt sich, anders als von Leni erwartet, in Grenzen. Es folgten eine weitere Yoga-Figur und die Frage: „Arbeitest du da mit Beates Computer?“

„Ja.“

„Kommst du an alle Dateien ran? Ich meine, kannst du alles lesen?“

Da war sie wieder, die Frage nach den Dateien in Beates Computer. Merkwürdig. Leni selbst hätte sich ohne ihre neuen Aufgaben nicht im Geringsten für den Inhalt dieses Accounts interessiert. Aber womöglich lauerte dort noch die eine oder andere Überraschung.

„Ich glaube schon, aber ich habe gar keine Zeit, mich mit all den Dokumenten zu befassen. Das Audit hat oberste Priorität und dann sind da noch die ganzen Mails, die ich beantworten muss und mein Unterricht … Aber warum fragst du? Soll ich was Bestimmtes für dich suchen?"

„Nein, nein, das war nur so eine ganz allgemeine Frage." Kathrin bemühte sich um Beiläufigkeit, ohne Erfolg. „Wieso hat Klaus Dieter eigentlich dich gefragt? Er hätte doch auch jemand anderen fragen können."

„Dich zum Beispiel?", jetzt klang auch Leni gereizt.

„Na ja, bei mir wäre es sicher schwierig geworden, ich habe ja schon eine Teilzeitstelle an der Hochschule. Aber natürlich hätte er mich erst mal fragen können."

„Es geht meiner Ansicht nach darum, dass es irgendwie weitergeht und jemand die Rolle des Rettungsassistenten übernimmt. Dafür war ich nun mal zur richtigen Zeit am richtigen Ort. Wärst du zu Hause gewesen und nach Klaus Dieters Anruf gleich ins Institut gerannt, hätte er bestimmt dich gefragt. Aber ich muss mich jetzt hier nicht vor dir rechtfertigen." Leni stürmte aus dem Raum und schloss sich auf dem Klo ein.

Dort blieb sie ziemlich lange, während Kathrin ihre Yoga-Einheit beendete, eine Flasche Wein öffnete und sich mit zwei vollen Gläsern vor der Toilettentür aufbaute. „Tut mir leid, Leni."

Freitag, 4. Juni

Für niederländische Büroarbeitszeitverhältnisse recht früh saß Leni um 8 Uhr vor ihrem Computer und war damit die Erste im Institut – nach der Mitarbeiterin der Reinigungsfirma, die alle Büros aufgeschlossen hatte und kurz vor 9 Uhr wieder verschwand. Sie hatte sich fest vorgenommen, an diesem Tag die Unterlagen für die Auditoren auf den postalischen Express-Weg nach Helsinki und London zu bringen und legte sofort los. Während die Dokumente, die sie gefunden hatte, in jeweils zweifacher Ausführung aus dem Drucker kamen, verfasste sie einige Übersichten wie die Aufstellung der Fortbildungen, an denen sie und ihre Kollegen teilgenommen hatten, schnell selbst. In Hugos Büro klingelte das Telefon fast ununterbrochen, auch ihr eigenes gab ab und zu Klingeltöne von sich. Aber die Priorität war gesetzt und Telefonate gehörten nicht dazu.

Gegen 11 Uhr schaute Hugo durch die Tür, mit Sonnenbrille. „Sorry, bin ein bisschen spät. Soll ich dir irgendwie helfen?“

„Ich bin fast fertig, vielleicht können wir das hier noch mal schnell zusammen durchgehen. Ich habe alles schon auf zwei Stapel gelegt, für die beiden Mappen. Schaust du dir mal einen Stapel an?“

Etwas unkonzentriert blätterte Hugo durch die Papiere. Leni begab sich ein letztes Mal auf die Suche und klickte mit der Maus alles an, wohinter sich ein für das Audit relevantes Dokument verstecken könnte.

„Ich glaube, du hattest recht mit deiner Vermutung“, sagte sie zwischen den Klicks, ohne aufzusehen.

„Beate und Klaus Dieter? … Hast du was gefunden?“

„Nein, aber gehört. Die Müller-Bär hat gestern unserem Abteilungsleiter irgendetwas an den Kopf geworfen, das klang wie *im Bett der Sprachkursbeauftragten.*“ Jetzt schaute sie zur Seite.

„Na, das ist doch eine klare Aussage.“

„Könnte das auch ein Motiv sein? Ein Mordmotiv?“

Hugo wendete sich wieder seiner Aufgabe zu, ohne Kommentar, aber mit einem kurzen Nicken.

„Beate hat ihn damit erpresst, alles seiner Frau zu erzählen und dann ist bei ihm die Sicherung durchgebrannt.“ Leni machte eine kurze Pause und lieferte gleich noch eine zweite mögliche Antwort auf ihre eigene Frage nach. „Oder sie hat ihm gedroht, alles öffentlich zu machen, weil er sie bei der Bewerbung als entsandte Führungskraft nicht unterstützt hat.“

„Wollte sich Beate in München bewerben? Das wusste ich gar nicht“, erwiderte Hugo etwas ungläubig.

„Ja. Der Aufstieg in die Führungsetage hat aber nicht geklappt. Das habe ich gestern in einer Mail gelesen.“

Mit diesem kriminalistischen Lösungsansatz wollte sich Leni gerade gedanklich näher beschäftigen, als der Verdächtige in der Tür stand.

„Na, wie läuft es mit der Audit-Vorbereitung?“, fragte Klaus Dieter freundlich.

„Wir sind jetzt fertig mit dem Infopaket. Das geht gleich zur Post.“

Klaus Dieter hob den Daumen und wunderte sich auf dem Weg zu seinem Büro darüber, dass die Stimme seiner Ersatz-Sprachkursbeauftragten etwas unsicher geklungen und sie ihn so fragend angesehen hatte.

Beim letzten Arbeitsschritt, dem Sortieren der unzähligen Papiere nach Themen, horchte Leni ganz tief in sich hinein, um ein Signal oder eine innere Schwingung aufzuspüren, die ihr bestätigte, dass sie gerade mit einem Mörder gesprochen hatte. Doch die entscheidenden körperlichen Hinweise blieben aus.

Eine gefühlte Ewigkeit später waren die Infopakete tatsächlich fertig und Hugo stand mit zwei sehr dicken, wattierten Umschlägen in einem Zeitschriftenladen mit Postschalterecke in der Schlange. Er hielt noch eine Karte in der Hand, auf der stand: *I miss you.*

Nachdem Leni mit einem *broodje kaas* vom Bäcker zurückgekommen war, schloss sie sämtliche Ordner, um sich nun endlich der Bearbeitung der inzwischen auf 101 angewachsenen, unbeantworteten Mails zu widmen. Kurz vor dem letzten Mausklick im Mailfach Personal blieb ihr Blick auf einem Absender hängen, der ihr sehr bekannt vorkam: *Kathrin.Schroeder@abc.com*. Sie konnte ihre Neugier nicht unterdrücken und öffnete die Mail.

Beate, ich bitte dich erneut, diesmal schriftlich, mich bei dem auf der Regionalkonferenz von dir vorgestellten Projektantrag zum Thema Interkulturelle Kommunikation als Autorin anzugeben, und zwar als alleinige Autorin. Dass du das Projekt unter deinem Namen führst, ist geistiger Diebstahl und ich werde mich mit allen Mitteln dagegen wehren. Ich gebe dir für die Richtigstellung eine Woche Zeit. Kathrin

Was für eine Ansage! Deshalb hatte sich Kathrin gestern nach ihren Zugriffsrechten erkundigt.

Angestachelt vom Inhalt der Mail, startete Leni erneut eine Suchaktion und wurde in einem Ordner namens *Laufende*

Projekte schnell fündig. Hier waren sowohl das Original von Kathrin als auch die Kopie von Beate abgespeichert. Seltsam, dachte Leni, Beate hätte doch früher oder später mit einer Entdeckung der Dokumente rechnen müssen. Andererseits konnte sie natürlich nicht davon ausgehen, dass eine fremde Person schon so bald in ihren Dateien herumschnüffeln würde. Leni druckte beide Projektbeschreibungen aus und suchte nach Gemeinsamkeiten und Unterschieden. Die tote Sprachkursbeauftragte erwies sich als Meisterin im Umschreiben von Texten. Es war ihr gelungen, durch eine Veränderung der Reihenfolge und das Umformulieren der Sätze einem erheblichen Teil des Dokuments ihren eigenen Stil zu verleihen. Der Inhalt aber stimmte eins zu eins mit dem Original überein. Die Idee bestand darin, Spiele für den Unterricht oder Seminare zu entwickeln, die es ermöglichten, auf einfache und kreative Weise unterschiedliche kulturelle Wahrnehmungen zu demonstrieren. Während Lenis Gedanken noch um ihre überraschende Entdeckung kreisten, tippte ihr jemand auf die Schulter.

„Ich war gerade bei deinem Chef und habe ihm ein paar unangenehme Fragen gestellt."

„Und", fragte Leni gespannt, „ist er verdächtig?" Hoofdinspecteur Jan de Rijk bewegte seinen Kopf hin und her, ohne zu antworten. Sollte sie ihn jetzt auf ihren Fund aufmerksam machen und Kathrin ins Spiel bringen? Diesen Gedanken verwarf sie sofort wieder, das würde Kathrin ihr nie verzeihen. Sie behielt die Projektgeschichte demzufolge für sich und lenkte den Überraschungsbesucher und sich selbst mit der Frage ab, ob er heute Abend auch ins LantarenVenster ginge.

„Nein, heute Abend spielt Feyenoord." In Lenis Augen die falsche Antwort.

„Ich muss dir noch etwas sagen, Leni." Jan stockte, sprach aber nach ein paar Sekunden weiter. „Wir hatten vor einem Jahr einen Mordfall, bei dem wir übrigens auch auf dem Westersingel ermittelt haben, aber fünf Häuser weiter, in der Alliance Française." Davon hatte Leni gehört. Sie hatte im letzten Sommer einige Kolleginnen aus dem französischen Kulturinstitut auf einer Konferenz zum modernen Fremdsprachenlernen in Den Haag kennengelernt. „Der Fall ist zwar etwas anders, aber weil er nicht einhundertprozentig aufgeklärt worden ist, solltest du ein bisschen vorsichtig sein."

Jan machte sich Sorgen um sie, Leni war gerührt. „Was ist denn damals passiert?"

„Das Opfer war eine Französischlehrerin. Sie hatte zu Hause mit jemandem gefeiert, also etwas getrunken, und wurde dann niedergeschlagen – mit einer Porzellanfigur. Allerdings starb sie nicht an den Folgen des Schlages, sondern wurde letztendlich erwürgt. Wir haben damals den Ehemann verdächtigt, der seine Frau schon mehrfach misshandelt hatte. Leider konnten wir ihn nicht überführen. Er war vor seiner Festnahme aus dem Fenster gesprungen, mit dem Kopf nach unten, aus der zweiten Etage." Jan überlegte. „Vielleicht war unser Verdacht damals falsch … vielleicht nicht. "

„Habt ihr schon kontrolliert, ob ein Kursteilnehmer aus Beates Kurs früher mal einen Französischkurs belegt hat?" Keine besonders originelle Frage, musste sich Leni im Nachhinein eingestehen, als sie ihren Besucher nicken sah. Gleichzeitig wurde ihr in Anbetracht des Schicksals der französischen Kollegin leicht übel, obwohl sie das Opfer nicht persönlich gekannt hatte. Ganz anders als bei der Nachricht von Beates

Tod – mit der hatte sie immerhin einige Jahre zusammengearbeitet.

„Wir sind dran und überprüfen noch einmal alles. Pass einfach auf dich auf." Zwischendurch hatte Jan ins Niederländische gewechselt. Er wollte sich so klar wie möglich ausdrücken, das ging in seiner Muttersprache einfach besser. Den letzten Satz sagte er wieder auf Deutsch.

Könnte tatsächlich jemand aus dem Donnerstagskurs ein Mörder sein? Diese Frage stellte Leni dem Baum vor ihrem Fenster, als Jan bereits zurück zum Polizeirevier lief.

Mit den Projektdokumenten in der Hand klopfte Leni an der geschlossenen Tür ihres Vorgesetzten. Sie wollte Licht ins Dunkel der Projektaffäre bringen und auf diese Weise Kathrin als mögliche Täterin ausschließen. Irgendwann vernahm sie ein klägliches *Ja* und betrat das Büro.

„Klaus Dieter", begann sie vorsichtig und wedelte mit ihren Papieren in der Hand, „ich bin in Beates Computer auf etwas gestoßen."

„Auf was denn?" Seine Stimme klang resigniert. Im Raum roch es nach Cognac. Die beiden Projektbeschreibungen landeten auf dem Schreibtisch neben einem Stapel ausgedruckter Mails. „Ideenraub ... von Beate." Leni ließ ihre in aller Dramatik vorgetragenen Worte sacken, wies mit dem Finger auf die Seiten und erläuterte kurz ihre Entdeckung. Beim Blick von oben auf die Papiere fiel ihr zum ersten Mal die Aufstellung der Projektkosten auf, die hatte sie vorhin überblättert. Einer der Finanzposten bezog sich auf die Entwicklung der Spiele. Weil sie meinte, sich zu verlesen, senkte sie ihren Kopf so weit, bis sie fast mit der Nase am Blatt anstieß. Da stand tatsächlich eine

Summe von 20.000 Euro. Klaus Dieter rollte mit seinem Stuhl hin und her und zeigte an den Dokumenten so wenig Interesse, dass die Vermutung nahelag, Leni würde ihm nichts Neues erzählen.

„Du bist nicht besonders überrascht. Du warst offensichtlich darüber schon informiert."

Klaus Dieter Wisch fiel die Entscheidung, die Wahrheit zu sagen, sichtlich schwer. „Okay", er rang sich dazu durch, bei den Fakten zu bleiben, es war jetzt sowieso alles egal. „Kathrin war bei mir und hat sich über Beate beschwert. Ich habe das nicht ernst genommen, weil sich Kathrin vor drei Jahren auch für den Posten der Sprachkursbeauftragten interessiert hatte. Ich dachte, das wären vielleicht Spielchen von ihr, um Beate zu diskreditieren, so eine Art Revanche. Natürlich habe ich nach den Anschuldigungen mit Beate gesprochen. Sie hat die Unterstellungen vehement zurückgewiesen."

„Und du hast ihr geglaubt? Warum hast du dir nicht die Beweise angesehen?"

Klaus Dieter tat nun das, was er immer machte, wenn er sich in die Enge getrieben fühlte. Er stand auf, öffnete die Schranktür und nahm eine Flasche Remy Martin XO mit zwei Gläsern heraus. Normalerweise reichte ein Griff zu seinem Flachmann, damit er sich besser fühlte, aber das silberne Fläschchen hatte er noch nicht wieder aufgefüllt. Mit unruhiger Hand goss er sich und der Kollegin einen großen Schluck ein. Sein eigenes Glas leerte er in blitzartiger Geschwindigkeit und füllte es in derselben wieder auf. „Ich selbst habe ja Beate empfohlen, mit einem großen Projekt beim Regionalinstitut, na ja, sagen wir mal, Eindruck zu machen. Sie wollte sich in München um eine Stelle als Führungskraft bewerben und ein gutes Projekt hätte ihr dabei helfen können. Das Thema Interkulturelle Kommunikation ist gerade in den oberen Etagen ein Topthema. Das hätte gut gepasst und ihre Chancen erhöht."

„Und wieso hast du Beates Bewerbung dann nicht unterstützt?"

Klaus Dieter schaute etwas irritiert.

„Ich kann jetzt Beates Mails lesen. Das stand in einer Mail aus London." Diese Erklärung leuchtete ihm ein.

„Ich wurde gar nicht gefragt. Die Institutsleiterin hat in unser beider Namen geantwortet, ohne mit mir Rücksprache zu halten." Er starrte eine Weile auf die vor ihm liegenden Beschreibungen und sagte leise, mehr zu sich selbst „Ich habe mich in Beate getäuscht. Das habe ich leider zu spät bemerkt."

Leni versuchte sich dagegen zu wehren, trotzdem kam Mitleid in ihr auf. Der Mann, der ihr gegenüber saß, so ihre schnelle Analyse, war total überfordert. Die autoritäre Institutsleiterin, die berechnende Beate und möglicherweise seine eigene Frau, die mit ihrem Leben auch etwas anderes anfangen wollte, als alle vier Jahre ohne eigene Jobaussichten in ein anderes Land umzuziehen, und, nicht zu vergessen, Beates plötzliches Ableben hatten ihm ordentlich zugesetzt. Vielleicht mochte Klaus Dieter auch seine Aufgaben in der Sprachabteilung nicht besonders, wäre lieber Institutsleiter. Dann müsste er sich von niemandem rumkommandieren lassen. Vor sich hin sinnierend nahm Leni ihr Glas und kippte den Cognac hinunter. Klaus Dieter tat es ihr mit seiner inzwischen dritten Glasfüllung gleich und goss noch einmal nach. Erst das Klingeln des Telefons unterbrach die in den letzten Minuten eingetretene Stille. Der Sprachabteilungsleiter nahm den Hörer ab, grüßte kurz und lauschte.

„Können wir das noch absagen? Wir hatten einen Todesfall im Kollegium. … Gut, wenn das nicht geht, sehen wir uns morgen.“ Dann legte er auf. „Ich habe die Fortbildung vergessen.“

„Ich auch“, gestand Leni. „War das gerade die Sprachabteilung in Brüssel?“

„Ja, die kommen morgen. Mit der Seminarleiterin.“

Nach einer Fortbildungs-Erinnerungsmail an Martin und die Kolleginnen plus weiteren zehn Infomails zu den Sprachkursen packte Leni ihre Tasche. Es war genug für heute, ihr Hauptproblem, die Audit-Infomappen, hatte sie gelöst.

An der Rezeption betrachtete Hieronymus gerade neue Fotos seiner Kunstwerke, als Leni sich verabschieden wollte. Plötzlich drang aus der Cafeteria ein lautes Geschrei. Beide drehten den Kopf Richtung Cafeteria, als ob sie mit gedrehtem Kopf besser hören könnten, sehen konnten sie jedenfalls nichts.

„Auf gar keinen Fall! Die Videoinstallation läuft durchgängig, dazu bleibt der Raum abgedunkelt. Wer Licht anmacht oder das Video stoppt, zerstört ein Kunstwerk! Wenn ihr eine Veranstaltung habt, müsst ihr in einen Klassenraum gehen!“ Es war die schneidende Stimme der Institutsleiterin und Leni nahm an, dass die Zurechtweisung Klaus Dieter galt.

„Sind denn schon viele Besucher für die Videoinstallation gekommen?“, fragte Leni, angestachelt von dem, was sie gerade gehört hatte. Zu Hieronymus‘ Aufgaben gehörte nämlich auch die Buchführung über die Besucherzahlen der Kulturveranstaltungen. Der musste für die Antwort aber nicht auf irgendein Blatt sehen und Striche zusammenzählen, er zeigte einfach drei Finger. Diese Geste brachte Leni am Ende des Arbeitstages tatsächlich noch zum Lachen. „Doch so viele.“ Als Leni schon fast zur Tür raus war, fiel ihr noch etwas ein. „Warum zählst du eigentlich nicht die Kursteilnehmer dazu? Die gehen in der Pause doch in die Cafeteria und die befindet sich ja direkt vor dem Veranstaltungsraum. Es wäre also durchaus möglich, dass die eine oder andere kunstinteressierte Person mal in den Raum reingeht und guckt. Oder?"

Hieronymus war begeistert. „Wie viele Kursteilnehmer habt ihr denn?"

„In den Abendkursen ungefähr 250, tagsüber etwa 50. Und die Bibliotheksbesucher kannst du vielleicht auch noch dazu zählen."

„Mache ich. Schönes Wochenende!" Kurz darauf standen auf der Liste der Kulturabteilung 330 neue Ausstellungsbesucher.

Ursprünglich wollte Leni mit Kathrin am heutigen Abend zu einem Konzert der niederländischen Funk-Jazzband *Gare du Nord* ins LantarenVenster gehen, die Eintrittskarten waren in der Ticketbox ihres Smartphones sicher abgelegt. Aber Kathrin war nicht zu Hause. Es gab auch keinen Zettel oder irgendeinen Hinweis. Leni war das gar nicht so unrecht, denn sie hatte schon auf dem Heimweg überlegt, ob und – wenn ja – wie sie ihr am besten beibringen könnte, dass sie hinter die Beate-Droh-Aktion gekommen war. Sie machte sich ein paar Spaghetti mit Tomatensoße, die sie fertig beim Albert Heijn gekauft hatte, ihrem Lieblingssupermarkt, der sich mit seinem Sortiment ganz vorbildlich auf die Nicht-Kochen-Können oder -Wollen-Kundschaft eingestellt hatte und das ganze Jahr – ausgenommen den ersten Weihnachtsfeiertag und Neujahr – auch kleinere Portionen Fertignahrung, darunter diverse Salate, Suppen und Soßen, an den Mann oder die Frau brachte. Nach dem Abendessen und ihrem Entschluss, sich alleine zu vergnügen, verbrachte Leni rund 30 Minuten damit, ein passendes Outfit zu finden. Die meisten Kleidungsstücke waren ihr zu eng geworden. Das hätte bei manchen Frauen gegebenenfalls für kleinere Depressionen sorgen können, aber Leni war davon überzeugt, dass alle Sachen, egal was die Hersteller behaupteten, beim Waschen eingingen, manche sogar ohne Waschen, nur durch langes Hängen im Kleiderschrank.

Der Weg vom Red Apple Building zum Veranstaltungsort LantarenVenster führte über die Erasmus-Brücke nach Kop van Zuid, einer Halbinsel im Herzen von Rotterdam. Die Abenddämmerung erzeugte heute, wie oft in den Sommermonaten, eine ganz besondere Stimmung und ließ die drei riesigen, miteinander verbundenen Türme mit dem Namen De Rotterdam, die gleich am Anfang der Halbinsel auf der rechten Seite standen, noch übermächtiger erscheinen. Nach ihrem Architekten Rem Koolhaas wurden sie im Volksmund auch *de reus van Rem, der Riese von Rem,* genannt und sie machten ihrem Spitznamen an diesem Abend alle Ehre.

Als Leni vor zwei Jahren nach Rotterdam umzogen war, musste sie mit ihrer neuen Umgebung erst einmal warm werden. Immerhin hatte sie vier Jahre in der gemütlichen Universitätsstadt Leiden gewohnt, in der viele historische Gebäude, romantische Grachten und Gässchen sowie mit Studenten überfüllte Straßenlokale das Bild der Innenstadt prägten. Und eins konnte sie nach kurzer Zeit schon sagen: Rotterdam war alles andere als beschaulich, romantisch oder gemütlich. Es war modern, eigenwillig, bunt, rau und gleichzeitig faszinierend. Vielleicht hing es mit ihrer Wohnung zusammen, mit dem Blick auf die Maas, auf die Erasmusbrücke und auf eben jene Türme des

Stararchitekten, auf jeden Fall begann sich Leni mehr und mehr für die Stadt und ihre Architektur zu interessieren. Zu Kop van Zuid, ihrem heutigen entfernten Gegenüber, hatte sie eine besondere Beziehung, weil sie im Jahr 2001 schon einmal hier war – mit ihrem damaligen Freund, einem fanatischen Jazz-Fan. Rotterdam unternahm in dem Jahr einen ersten Versuch, ein großes Jazz-Festival in der Stadt zu etablieren. Das Festival trug den Namen World-Port-Jazz und fand in den alten, heruntergekommenen Hafengebäuden auf der Halbinsel statt. Leni hatte das Gefühl, dass dieses ehemalige Hafengelände auf seine ganz eigene, aber gleichzeitig typische Weise die Geschichte der Stadt Rotterdam widerspiegelte, angefangen von der Zerstörung im Jahr 1940 durch die deutsche Luftwaffe, gefolgt von dem Verfall in den nachfolgenden Jahrzehnten, unter dem auch andere innerstädtische Viertel zu leiden hatten, bis zur Wiederbelebung und Erneuerung. In den letzten zwei Jahrzehnten begann die Halbinsel nach und nach mit aufsehenerregenden Hochhäusern zu glänzen. Zwischen zweien von ihnen, dem Montevideo, dem mit 43 Stockwerken zweithöchsten Wohnhaus der Niederlande und dem World Port Center hatte ein Gebäude heimlich und leise alle Zerstörungen und Umbrüche überlebt: das Hotel New York – mit seiner Jugendstil-Architektur das perfekte Gegenstück zu seinen Nachbarn. In diesem Anfang des 20. Jahrhunderts gebauten Haus an der Maas, das einst der Holland-Amerika-Linie gehörte und an die Überfahrt nach Amerika erinnerte, hatte Leni mit ihrem Freund bei jenem ersten Jazz-Festival übernachtet. Das Hotelzimmer von damals hatte sie genau vor Augen: Es war wie eine Luxuskabine auf einem alten Dampfschiff gestaltet, mit Bullaugen an der Tür zum Bad, einer Holztruhe vor dem Bett und einem riesigen Propeller als Klimaanlage an der Decke. Für die Übernachtung musste ihr Freund ein kleines Vermögen hinlegen, das wusste sie noch. Interessanterweise war ihr der Hotelaufenthalt auch besser im Gedächtnis geblieben als ihr Begleiter, was möglicherweise auch daran lag, dass die Beziehung nicht allzu lange gedauert hatte. Was war eigentlich aus dem geworden, diesem Physiker mit einer Vorliebe für das Klavierspielen? Leni wischte den Gedanken zur Seite, als sie pünktlich vor Konzertbeginn LantarenVenster erreichte, ein Programmkino mit Räumen für musikalische Events.

Das Konzert war ausverkauft und verlief so, wie sie es sich vorgestellt hatte. Die Songs klangen exakt wie auf den CDs, das war ihr wichtig. Beim letzten Titel sang, wie bei Auftritten von niederländischen Bands üblich, der ganze Saal mit. Leni war nach dem Konzert völlig durchgeschwitzt und brauchte dringend etwas zu trinken. An der Getränketheke in der Empfangshalle stand eine riesige Schlange. Da entdeckte sie ganz vorne, auf Position zwei, einen ihrer neuen Kursteilnehmer, den Anwalt mit der etwas rundlichen Figur. Leni stürmte an der Schlange vorbei, versuchte angestrengt den Namen in ihrem Gedächtnis abzurufen, was ihr auch gelang, tippte ihn an und rief: „Hallo, Michiel!" Der drehte sich um und war erfreut. „Kannst du mir was mitbringen? Ein Wasser?", fragte sie gleich in der Du-Form, ihre eigene Kommunikationsstrategie ignorierend. Kurze Zeit später ergatterten sie ein kleines Stück Freifläche an einem Stehtisch und lächelten vor sich hin, jeder mit seinem Getränk in der Hand.

„Tolles Konzert", begann Leni die Konversation in übermäßiger Lautstärke, denn der Geräuschpegel war noch immer hoch.

„Ja, Superband", schrie Michiel zurück und zeigte mit dem Finger zum Ausgang. „Wollen wir vielleicht ins Hotel New York gehen? Da ist es leiser."

„Gute Idee."

Schon während des kleinen Spaziergangs zum nahegelegenen Hotel kam Leni kurz die Warnung von Jan in den Sinn. Aber wer ein Fan von Funk-Jazz war, konnte definitiv kein Mörder sein. Der Lärmpegel in der Hotelbar war nicht wesentlich niedriger, aber es gab mehr Möglichkeiten zum Sitzen. Leni smalltalkte tapfer weiter, berichtete über ihren Hotel New York-Aufenthalt vor gefühlten einhundert Jahren und einen Besuch im Hotelrestaurant im letzten Sommer, draußen auf der Terrasse. Geduldig lauschte sie anschließend Michiels Empfehlungen, wo man überall in Rotterdam gut essen könne. Als es von seiner Seite zum Thema Essen nicht mehr viel zu sagen gab und Leni ebenfalls keinen Beitrag dazu leisten konnte, weil sie die erwähnten Restaurants aus finanziellen Gründen noch nie besucht hatte und sich ihre eigenen Kochkünste mehr als in Grenzen hielten, wechselte Michiel das Gesprächsthema. „Wie lange wohnst du eigentlich schon in Rotterdam?"

„Zwei Jahre. Ich wohne mit einer Kollegin zusammen, dort drüben im Red Apple." Ein Zeigefinger wies die ungefähre Richtung. „Wir teilen uns die Miete, nachdem uns beiden unsere Freunde abhandengekommen sind. Alleine könnten wir uns das gar nicht leisten."

„Kaufen ist in den Niederlanden günstiger als mieten." Der Hinweis war sicher gut gemeint, für Leni aber nicht umsetzbar. „Ich habe nur einen Honorarvertrag und werde stundenweise bezahlt. Mir gibt keine Bank einen Kredit."

Das sollte keine Aufforderung sein, aber Michiel hatte verstanden und übernahm netterweise die Rechnung für die Getränke. „Komm, ich begleite dich, deine Wohnung ist ja gleich um die Ecke."

Es war ein warmer Abend. Rotterdams beeindruckende Skyline glitzerte in den Nachthimmel. Leni fühlte sich wohl, das Konzert war wunderbar und sie lief den Weg zurück nicht alleine.

„Was ist mit deinem Ex-Freund?" Sie standen auf der Erasmusbrücke und sahen auf die Maas und die Lichter der Häuser.

„Den habe ich aus meinem Leben komplett gestrichen." Ab und zu tauchte ihr Ex, den sie bei einer internationalen Deutschlehrertagung kennengelernt hatte und der als Dozent an der Universität in Leiden arbeitete, zwar noch in ihren Träumen auf, aber Leni war in der Tat auf einem guten Weg, ihn vollständig aus ihrer Gedankenwelt zu eliminieren. Dessen Gelehrtheit, mit der er sie am Anfang beeindrucken konnte, hatte sich in den Jahren des Zusammenlebens irgendwie in Luft aufgelöst. Es war nur noch unangenehme Besserwisserei übriggeblieben. Leni schielte zur Seite und meinte, ein kurzes Lächeln auf dem Gesicht ihres Begleiters zu bemerken.

„Gibt es eigentlich etwas Neues von der Polizei? Ich hatte den Eindruck, dass du den Polizisten kennst." Eine eigenartige Frage in diesem fast romantischen Moment.

„Das ist nur ein Kursteilnehmer von mir. Ich habe keine Ahnung, ob die Polizei schon weitergekommen ist." Jetzt wollte Leni so schnell wie möglich nach Hause. Den Grund dafür konnte sie nicht nennen, es war nur so ein Gefühl.

Als sie kurze Zeit später den Eingangsbereich des Wolkenkratzers erreicht hatten, bedankte sich Leni für den netten Abend.

„Gerne. Wie kann ich dich denn außerhalb des Instituts erreichen?“

Um den drei Abschiedswangenküsschen zu entgehen, rief sie ihm ihre Handynummer zu und verschwand hinter der Eingangstür, während Michiel mit dem Eintippen der Nummer beschäftigt war.

In der Wohnung war es dunkel, keine Spur von Kathrin. Leni stellte sich ans Fenster, ohne Licht anzumachen. Diesmal sah sie nicht auf die Maas, sondern nach rechts in die Fenster des grauen Nachbarhochhauses. Der Mann, der ihr in der 16. Etage gegenüber wohnte, hielt nicht viel von Gardinen, wie viele Bewohner in diesem Gebäude. Er hatte seine Bücher direkt vor seinen bodentiefen Fenstern mit den Buchrücken Richtung Wohnzimmer gestapelt, sodass man nur ab und zu seinen Kopf sehen konnte. Bei ihm war das Licht noch an, Leni bemühte sich aber nicht, ihn irgendwo zu entdecken. Sie starrte einfach auf die Bücherstapel. Dann fiel ihr Blick auf die Wohnung darunter. Dort arbeitete noch jemand, nachts um 12 Uhr. Eine Frau saß an einem Computer und tippte konzentriert vor sich hin. Sie hatte ihren Schreibtisch samt Rechner seitlich zum Fenster aufgestellt, man konnte deshalb genau sehen, was sie mit ihren Händen machte. Als Leni die fremde Frau so bei ihren Aktivitäten beobachtete, kam ihr Kathrin in den Sinn. Sollte sie sich Sorgen machen? Nein. Wahrscheinlich hat sie sich kurzfristig mit jemandem verabredet. Das machte sie in letzter Zeit öfter und kam dann sehr spät oder gar nicht nach Hause. Ob Kathrin hoffte, über die Dating-Plattform, auf der sie aktiv war, tatsächlich den Mann fürs Leben zu finden? Aber vielleicht ging es ihr gar nicht um die große Liebe, sondern um die kleine

Verliebtheit oder ein bisschen Zärtlichkeit für einen bestimmten Moment. Und was war eigentlich mit diesem Michiel los? Warum fragte der in einem so schönen Augenblick nach dem Stand der polizeilichen Ermittlungen? Er könnte sich als Jurist natürlich aus beruflichen Gründen für den Tod seiner ehemaligen Lehrerin interessieren – eine mögliche Erklärung.

Das Vibrieren ihres Handys schreckte Leni auf und sie verließ ihren Aussichtsposten. *Danke für den unterhaltsamen Abend.* – eine SMS mit Smiley. Er ist einfach nur nett, befand sie, trank einen Früchtetee und ging zu Bett. Doch kurz vorm Einschlafen kamen sie wieder, diese klitzekleinen Zweifel. Hatte Michiel nicht zwischendurch mal erwähnt, dass er die Konzertkarte von einem Kollegen bekommen hatte, dem an diesem Abend etwas dazwischengekommen war? Also kein echter Funk-Jazzfan. Vielleicht doch ein Mörder? Nein. Unmöglich.

Samstag, 5. Juni

Als Leni am nächsten Morgen im Schlafanzug in der Küche auftauchte, saß Kathrin schon am Esstisch und genoss eine große Tasse Kaffee.

„Guten Morgen, ich habe mir schon Sorgen gemacht. Du wolltest doch gestern eigentlich auch mit zu *Gare du Nord* kommen." Leni goss sich den frisch gekochten Kaffee ebenfalls in eine große Tasse.

„Tut mir leid. Ich hatte gestern ein spontanes Date und als mir das Konzert einfiel, war es zu spät."

Genau wie gedacht. „War es jemand Nettes?»

„Jemand sehr Nettes. Er ist übrigens ein neuer Kursteilnehmer von dir und war am Donnerstag sogar zum Unterricht."

Das verblüffte Leni nun doch. „Da nur drei Männer im Kurs waren und ich selbst gestern mit einem davon aus war, kann es sich bei deinem Date nur um den Banker oder den Mann von der Stadtverwaltung handeln. Aber der ist eigentlich zu jung für dich."

Jetzt war die Überraschung auf Kathrins Seite. „Du warst mit einem deiner eigenen Kursteilnehmer aus?"

„Nein, nicht wirklich. Wir haben uns zufällig nach dem Konzert getroffen und ein Gläschen Wein zusammen getrunken – an der Bar im Hotel New York. Du hattest mich ja versetzt. Also, wer ist es denn?"

„Nout natürlich."

Leni überlegte, ob sie Kathrin jetzt aufklären und die Warnung von Jan weitergeben sollte. Sie entschied sich dafür und gab in Kürze wieder, was sie über das Verbrechen an der französischen Kollegin und dessen nicht vollständige Aufklärung wusste.

„Danke für den Hinweis, aber Nout kann keiner Fliege etwas zu Leide tun. Ich höre da ganz auf mein Bauchgefühl."

„Das kannst du doch gar nicht wissen, du hast ihn doch erst gestern kennengelernt, oder?"

„Nein, ich date ihn schon eine Weile. Wir haben uns auf Tinder gefunden." Sie erntete einen skeptischen Blick. „Ich habe mit Nout übrigens vor einiger Zeit über Beate gesprochen. Er hatte das Gefühl, dass er nichts lernt. Ich glaube, er war froh, dass er das mal jemandem aus dem Institut erzählen konnte. Ich habe ihm daraufhin empfohlen, einen Brief an die Institutsleiterin zu schreiben und sich zu beschweren."

„Und? Hat er auf dich gehört?"

„Ich habe ihm für den Brief sogar ein paar Tipps gegeben. Ob er ihn tatsächlich geschrieben und abgeschickt hat, weiß ich nicht."

„Dann war das Treffen gestern also nicht so spontan?"

„Doch, er hatte ursprünglich etwas anderes vor." Leni war zwar von den Argumenten her nicht ganz überzeugt, aber ihre eigene Lehrerinnenintuition sagte ihr dasselbe. „Ich glaube übrigens auch nicht, dass er ein Verbrecher ist."

„Danke." Kathrin stand auf, ging auf Leni zu und umarmte sie für zwei Sekunden. „Komm, lass uns zur Fortbildung gehen. Was war das Thema noch mal?"

„Kommunikativer Unterricht in heterogenen Klassen." Könnte interessant werden, dachten beide.

Die Kollegen aus Brüssel waren mit der Seminarleiterin schon eingetroffen und wurden von Gudrun, der Praktikantin, in der

Cafeteria mit Kaffee versorgt. Aus Rotterdam waren Klaus Dieter, Birgit, Elli, Martin und eine weitere Kollegin, Janett Burghard, ebenfalls schon da, sodass Kathrin und Leni die Letzten waren, die erwartet wurden. Richtig erfreut war Leni über die Anwesenheit der Brüssler Kollegin Eva Matthes, die sie in Leipzig kennengelernt hatte, als beide bei *interDaF* am Herder-Institut schon dasselbe gemacht hatten wie heute: Deutsch als Fremdsprache unterrichten. Nach einer schnellen Umarmung bewegten sich alle die Treppe hinauf ins Klassenzimmer. Leni nahm neben Eva Platz. Die Seminarleiterin versuchte als Erstes, das elektronische Whiteboard irgendwie zum Laufen zu bringen. Nachdem sie Martins Hilfsangebot beinahe trotzig abgelehnt hatte, gab sie ihre Bemühungen am Whiteboard auf und packte den Inhalt ihres Seminarkoffers auf den Dozententisch. Klaus Dieter stellte sich neben sie und begann noch während des Aufbaus der Seminarutensilien mit seiner Begrüßungsrede.

„Herzlich willkommen – liebe Gäste aus Brüssel und liebes Kollegium aus Rotterdam – zu unserem Seminar." Er suchte in seinem Gedächtnis nach dem Titel, fand ihn offenbar nicht und ließ ihn folglich weg. „Wir freuen uns, dass wieder einmal ein städte- und länderübergreifendes Fortbildungsseminar stattfindet. Das letzte liegt, wenn ich mich recht erinnere, drei Jahre zurück. Unsere Seminarleiterin Inka Krause ist gemeinsam mit den Kolleginnen und dem Kollegen aus Brüssel angereist, weil sie dort gestern schon belgische Deutschlehrende geschult hat." Die Seminarleiterin bestätigte diese Information mit einem angedeuteten Nicken. „Sie hat Psychologie und Sozialpädagogik studiert und wohnt und arbeitet als freie Fortbildnerin und Therapeutin in München." Jetzt schaute Klaus Dieter die

Seminarleiterin direkt an. „Ich freue mich, dass Sie da sind und übergebe Ihnen sofort das Wort, damit wir keine Zeit verlieren."

Das übernahm diese auch gleich. „Danke, lieber Herr Wisch. Unser heutiges Thema beschäftigt sich mit heterogenen Klassen und ich würde gerne gleich mit dem Thema Heterogenität beginnen." Sie verwies mit der Hand auf den Dozententisch. „Hier finden Sie jede Menge weißer Blätter und Stifte. Ihre erste Aufgabe besteht darin, einen Kaktus zu malen. Bitte bedienen Sie sich."

Die Anwesenden standen mit unterschiedlichem Enthusiasmus auf und griffen sich, wie aufgefordert, ein Blatt Papier und einen Stift. Als sich Leni und Eva wieder auf ihre Stühle gesetzt hatten, musste Leni doch noch einmal nachfragen. „Also einen Kaktus malen?" Eva nickte und hob beide Unterarme nach oben, um anzudeuten, dass sie auch nicht wüsste, was das sollte. Daraufhin malte Leni in wenigen Sekunden ein Ei und versah die ovale Linie mit ein paar Strichen. „So, mein Kaktus." Bei Eva dauerte es etwas länger, sie gab sich zeichnerisch mehr Mühe.

„Wie geht es dir denn so? Arbeitet dein Mann noch bei der Kommission? Und wie geht es deinem Sohn?" Das war das eigentlich Interessante an einem Seminar, bei dem sich die Kollegen noch persönlich trafen: Ein bisschen privater und beruflicher Klatsch und Tratsch. Deshalb verbrachten die beiden Lehrerinnen ihre Aufgabenzeit hauptsächlich damit, sich flüsternd über ihr Privatleben und die Vorgänge an den jeweiligen Instituten auszutauschen. So berichtete Leni vom gewaltsamen Tod der Beate Neumann und erfuhr ihrerseits, dass die Brüssler Kollegen die Arbeitssituation in Bezug auf ihre direkte

Vorgesetzte eher der Kategorie Pech zuordnen würden, schon zum zweiten Mal hintereinander, Doppelpech sozusagen.

Der Seminarleiterin waren die beiden quatschenden und unkonzentrierten Teilnehmerinnen in der Ecke bereits negativ aufgefallen. Auch die übrigen Teilnehmenden begannen nun, sich munter zu unterhalten. Es war höchste Zeit zum Eingreifen. „So, ich bitte Sie, zum Ende zu kommen und Ihren Kaktus hier an die Wand zu pinnen." Die Teilnehmer standen auf und hefteten ihre Blätter an die seitlich im Raum aufgestellte Pinnwand. Es bot sich ein Bild mehr oder weniger dilettantisch gemalter Kakteen, der von Leni war der mit Abstand hässlichste.

„Bitte bleiben Sie einen Augenblick stehen. Betrachten Sie jetzt die Pinnwand und beschreiben Sie Ihre Eindrücke."

Nach kurzem Schweigen und verwunderten Blicken ergriff Birgit das Wort. „Ich sehe sehr verschiedene Kakteen."

„Sehr gut! Und was können wir daraus ableiten?" Inka Krause griff nun tief in ihren imaginären Seminarteilnehmer-Motivationskasten.

„Wir sehen deutlich, dass manche gut malen können und andere nicht. Ich gehöre zur zweiten Gruppe." Das kam von Leni und sollte witzig sein.

„Da haben Sie recht", zischte die Seminarleiterin, ohne zu lachen. Sie musste jetzt, gleich zu Beginn, die Störenfriede und Witzbolde ruhigstellen, das wusste sie aus Erfahrung. „Es geht natürlich nicht um Ihre Fähigkeiten als Malerin oder Maler. Vielmehr geht es darum, welche unterschiedlichen Vorstellungen wir von Kakteen haben. Es geht um Heterogenität. Es geht um Wahrnehmung. Es geht um Individualität und Diversität. Bitte lassen Sie diese Vielfalt jetzt auf sich wirken."

Während Birgit näher an die Wand herantrat und sich alle Zeichnungen genau betrachtete, verkrümelten sich Leni und Eva wieder an den Rand des Raumes. Kaum hatten sie Platz genommen, summte Lenis Handy in der Tasche. Auf dem Display war wieder die unbekannte Nummer vom Mittwoch, die sie jetzt Jan zuordnen konnte. Kurz danach erreichte sie eine SMS: *Bin im Café Floor.*

„Tut mir leid, Eva. Die Polizei will noch mal mit mir reden – wegen Beate. Ich mache mich jetzt vom Acker. Halte durch!“ Sie nahm ihre Tasche und entschuldigte sich im Vorbeigehen bei der Seminarleiterin: „Ich muss leider dringend weg.“ Deren Bedauern hielt sich in Grenzen.

Jan de Rijk saß an einem Fenstertisch und war gerade dabei, einen Toast mit Schinken und Käse zu verdrücken, als sich Leni mit einem freundlichen *Hallo!* neben ihn setzte.

„Schön, dass du Zeit hast.“

Leni lächelte. „Eigentlich habe ich keine Zeit, denn ich müsste in einer Fortbildung sitzen und etwas lernen. Die ganze Veranstaltung erinnerte mich aber eher an einen Kindergarten. Du hast mich also gerettet. Danke.“

„Ich wollte dich nicht stören“, Jan wechselte wieder ins Niederländische.

„Nein, nein, alles gut.“ Leni schmunzelte immer noch und bestellte ebenfalls einen Toast und einen Kaffee.

„Hast du in dem Computer von Beate noch irgendetwas gefunden, was interessant ist für uns?“

„Nein, tut mir leid.“ Das war nach Lenis Ansicht nur halb gelogen. „Gibt es denn bei euch was Neues?“

„Na ja, es deutet vieles auf eine Tat im Affekt hin. Das Tatwerkzeug war mit 99-prozentiger Wahrscheinlichkeit eine Flasche, sagen die Experten vom Forensischen Institut."

„Eine Flasche? Geht die nicht kaputt? In Krimis gehen die Flaschen immer kaputt."

„Wenn die Flasche schon leer war, und das nehmen wir an, muss sie nicht unbedingt kaputtgehen. Volle Flaschen zerbrechen eher."

„Das hätte ich nicht gedacht."

„Es ist sogar wissenschaftlich belegt, dass sich leere Flaschen besser als Waffe eignen als volle. Wenn jemand eine leere Flasche auf den Kopf bekommt, kann das durchaus zu tödlichen Verletzungen führen. Wie in unserem Fall."

„Interessant … und gleichzeitig beängstigend."

„Ja, das ist es. Der Täter hat die leere Flasche nach dem tödlichen Schlag mitgenommen. Das macht die Beweislage schwierig, denn wir haben keine Tatwaffe. Er hat nur einmal zugeschlagen – mit viel Kraft. Gestorben ist deine Kollegin an einem Schädelbruch."

Leni stellte sich jetzt zum ersten Mal das Opfer bildlich vor, wie sie da lag, mit blutendem Kopf. Sie schüttelte sich kaum merklich. „Es war also ein Mann?", ihre Stimme klang etwas belegt.

„Ein Mann? Eine Frau? Auf jeden Fall war es jemand, der richtig wütend war."

Hoffentlich war es nicht Kathrin, schoss es Leni durch den Kopf. „Und wie geht es jetzt weiter?" Obwohl Leni nicht nach Essen zumute war, biss sie in ihren Toast, der innen so heiß war, dass sie ihren Mund öffnete und versuchte, durch kurzes Atmen das abgebissene Stück etwas abzukühlen.

„Unsere Spezialisten haben einige Spuren in der Wohnung gefunden, Fingerabdrücke und so weiter. Warst du mal in der Wohnung von Beate?"

„Nein. Wir hatten ja keinen persönlichen Kontakt." Zum Glück.

„Wer hatte mehr Kontakt als du?"

„Die Frage kann ich dir nicht so einfach beantworten. Ich sehe jetzt zwar meine Kollegen und Kolleginnen öfter als früher, weil ich seit zwei Jahren mehr Kurse gebe, aber ob jemand mit Beate näher bekannt oder befreundet war?" Sie zog die Schultern hoch. „Weißt du, fast alle Lehrkräfte arbeiten auf Honorarbasis. Wir kommen ins Institut, wenn wir unterrichten, und wenn der Kurs vorbei ist, gehen wir wieder nach Hause. Einige Kolleginnen kommen erst kurz vor Unterrichtsbeginn angehastet, weil sie vorher woanders vor der Klasse standen. Da bleibt zum Quatschen nicht viel Zeit. Manchmal, wenn wir zusammen am Kopierer stehen, reden wir über dies oder das, aber das ist meistens nicht sehr tiefsinnig und auch nicht sehr privat."

Der Toast war jetzt etwas kälter. „Wo hat Beate eigentlich gewohnt?", fragte sie mit vollem Mund.

„Eendrachtsweg 57. Das ist ziemlich am Ende, kurz vorm Westzeedijk, vom Institut sind es etwa zehn Minuten zu Fuß. Wir werden übrigens am Montag mit den Forensikern zu euch kommen, um als erste größere Aktion für den Spurenabgleich die Fingerabdrücke von allen Mitarbeitern zu nehmen. Ich bin froh, dass du nicht in der Wohnung von Beate warst."

Das war ein richtig netter Satz, auf den Leni irgendetwas ähnlich Nettes antworten wollte, als ihr Handy wieder einmal summte. Eine SMS von Kathrin, mit nur einem Wort: *Hilfe!*

„Es tut mir leid, Jan, ich muss jetzt los, Kathrin befreien." Sie suchte in ihrem Portemonnaie nach Geld und stand auf.

„Lass mal, du bist eingeladen."

Als Leni die Klassenzimmertür ganz leise öffnete, liefen die Kolleginnen und die drei Männer: der Sprachabteilungsleiter, Martin und der Kollege aus Brüssel gerade mit gesenktem Kopf und hängenden Schultern im Kreis herum. Die Seminarleiterin unterbrach diesen absonderlich anmutenden Rundgang. „Stopp! Danke. Wir arbeiten immer noch an der Schärfung unserer Wahrnehmung, die eine wichtige Rolle im Umgang mit den Lernenden spielt. Welche Gefühle hat diese Körperhaltung während der Übung bei Ihnen erzeugt?"

Birgit, noch immer enthusiastisch und begeistert, rief voller Freude: „Ich habe mich total deprimiert gefühlt!"

„Sehr gut beobachtet! Und jetzt laufen wir die gleiche Runde und nehmen unseren Kopf nach oben. Wir schauen in den Himmel." Sie richtete sich auf und reckte ihren Kopf in die Höhe. Dabei entdeckte sie an der Tür die störende Frau von vorhin.

Jetzt musste Leni etwas sagen, bevor Inka Krause das Wort ergreifen konnte. „Kathrin, du müsstest mir mal helfen, dringend. Es geht um das Audit nächste Woche."

Kaum war der Satz raus, setze Kathrin ihren bereits verschlossenen und griffbereiten Rucksack auf und lief zur Tür. Eva stand verzweifelt im Kreis und fragte pantomimisch: *Und ich?*, da ging die Tür aber schon wieder zu.

Als die beiden zum Ausgang liefen, war im Treppenhaus über zwei Etagen hinweg die überlaute Stimme von Frau Müller-Bär zu hören, die gerade damit beschäftigt war, jemanden mit den Worten: „Ich brauche dich hier und jetzt!“ ins Institut zu beordern. Die Leiterin hatte vor einer halben Stunde das Haus betreten und wollte eigentlich nur kontrollieren, ob die Veranstaltung der Sprachabteilung tatsächlich in einem Klassenzimmer stattfand und nicht, wie von Klaus Dieter gewünscht, im Veranstaltungsraum. Beim Rundgang durch das Institut hatte sie auch ihrem Büro einen Besuch abgestattet, in dem just bei ihrem Eintreten das Telefon klingelte. Eine deutsche Nummer, vielleicht jemand Wichtiges. Doch ihren Entschluss, den Telefonhörer aufzunehmen, bereute sie sofort. Am anderen Ende der Leitung war die Schriftstellerin Anika Citron, die sie lautstark beschimpfte. Und das am Samstagvormittag. Frau Citron drohte mit der Absage ihres Auftritts nächsten Freitag in der Zentralbibliothek Rotterdam, wo am Tag des Lesens viele bekannte und auch einige weniger bekannte Autoren aus ihren Werken vorlesen sollten. Auf dem Programm stand unter anderem die Präsentation des neuesten Romans von Frau Citron, den sie gemeinsam mit dem niederländischen Übersetzer des Buches einem interessierten Leserkreis näher zu bringen gedachte. Das Institut hatte sich bereit erklärt, die Kosten dafür vollständig zu übernehmen. Den Auftrag zur Moderation des anschließenden Lesergesprächs hatte Frau Müller-Bär ihrem Mann Michael erteilt. Der sprach zwar kaum Niederländisch, aber mit dem Übersetzer an seiner Seite war er für diesen Job bestens gerüstet. Nun hatte sich die Künstlerin im Vorfeld über das für sie reservierte Hotelzimmer kundig gemacht und herausgefunden, dass sich das Hotel Bazaar in der Witte de Withstraat näher am Institut als an der Bibliothek befand, direkt über dem gleichnamigen Restaurant lag, was einen hohen

Lärmpegel bedeutete, im Internet nur zwei Sterne hatte und die Zimmer mit orientalischen Möbeln eingerichtet waren. Was in so einem Zimmer alles rumkrabbeln könnte, mochte sich Frau Citron gar nicht vorstellen. Diese Zimmerreservierung interpretierte die Künstlerin jedenfalls als klare Missachtung ihrer Person und die Verantwortliche für Kulturarbeit musste wirklich ihr ganzes Verhandlungsgeschick aufbieten, damit sich die Anruferin endlich beruhigte. Sie versprach eine sofortige Umbuchung und die Unterbringung in einem Hotel der Extraklasse. Daraufhin sagte die Beschwerdeführende zu, sich ihren Rückzug noch einmal zu überlegen und auf die neue Hotelreservierung zu warten. Nach diesem Gespräch war die Institutsleiterin verstimmt, und zwar aus zwei Gründen: Erstens war ihre Assistentin offensichtlich nicht in der Lage, eine vernünftige Hotelreservierung vorzunehmen und brachte sie damit in diese unmögliche Lage. Zweitens empfand sie die Klagen der Autorin als Unverschämtheit. Schließlich sollte die froh sein, dass sie überhaupt lesen durfte, denn ihr Stern am Autorenhimmel schien nicht mehr so hell wie vor 30 Jahren. Allerdings, das musste sie einräumen, zog der Name auf dem Papier noch immer, was wiederum gut für ihre Berichte ans Regionalinstitut und an die Zentralverwaltung war. Und ihr Mann hatte durch die Lesung einen wichtigen Auftritt. Hoffentlich würde die Assistentin demnächst mal aufkreuzen, sich für ihren Fehler entschuldigen und ihn umgehend beheben.

Kathrin und Leni liefen langsam und bei schönem Wetter auf ihrer gewohnten Route nach Hause.

„Danke, Leni. Das war wirklich nicht mehr zum Aushalten. Eigentlich hatte ich mich auf die Fobi gefreut. Ich konnte mir aber nicht vorstellen, dass wir den ganzen Vormittag mit Sensibilisierungs- und Wahrnehmungsspielchen verbringen. Ob die Seminarleiterin selbst schon mal unterrichtet hat? Eine Sprache zum Beispiel? In einer heterogenen Klasse?“ Da Leni nicht antwortete, weil sie Marga Engels nachsah, die mit einem Eis in der Hand auf der anderen Straßenseite Richtung Westersingel hastete, redete Kathrin weiter. „Also die Brüssler Kollegen haben ja in der Pause Sachen erzählt …“, dann wechselte sie abrupt das Thema. „Warum bist du denn auf einmal aufgestanden und verschwunden? Wegen dieses dämlichen Kaktusspiels?“

„Ich habe mich mit Jan im Café Floor getroffen. Er hatte mir eine SMS geschickt.“

„Mit deinem Polizisten?“

„Er ist nicht mein Polizist, er ist mein Kursteilnehmer.“

„Nout war es nicht, das kannst du ihm das nächste Mal sagen.“

Sie hatten inzwischen Burger King und De Bijenkorf passiert und steuerten zielstrebig zum Wijnhaven, wo die kleinen Boote lagen. „Sag mal, wollen wir uns nicht erst in der Markthalle ein bisschen umsehen, was es dort Leckeres gibt?“ Als Kathrin zustimmend nickte, kam Leni wieder auf die Polizeiarbeit zu sprechen. „Es ist überhaupt noch nichts klar, die tappen im Dunkeln. Am Montag will die Polizei im Institut anrücken und Fingerabdrücke von den Kollegen sammeln.“

„Warum?“

„Warum wohl? Die wollen herausfinden, wer in Beates Wohnung war.“

Plötzlich blieb Kathrin stehen und berührte mit der rechten Hand ihre Magengegend. Sie war weiß wie eine Wand.

„Du warst in Beates Wohnung, ich sehe es dir an. Hat das was mit dem Projekt zu tun, bei dem sie dir deine Idee geklaut hat?"

Jetzt kam zur weißen Gesichtsfarbe noch ein erstaunter Blick hinzu.

„Ich habe die Dokumente gefunden, also die Projektbeschreibungen und deinen kleinen Drohbrief. Die Polizei hat übrigens ein Backup von alldem. Wenn die jemanden haben, der gut genug Deutsch spricht und Zeit und Muße hat, die ganzen Mails und Dokumente durchzusehen, dann finden die das auch alles."

Langsam setzten sich die beiden wieder in Bewegung.

„Das brauchen die gar nicht. Die haben diesen Jan auf dich angesetzt, damit er über dich an alle Informationen kommt." Das klang jetzt leicht aggressiv, Kathrins Gesichtsfarbe normalisierte sich wieder.

„So ein Quatsch. Ich habe Jan nichts von der Projektgeschichte erzählt. Allerdings habe ich mit Klaus Dieter darüber gesprochen und dem ist der Vorgang ja ebenfalls bekannt. Sollte die Polizei Klaus Dieter noch mal verhören, dann werden sie es von ihm erfahren. Das ist klar. Vielleicht will er auch von sich ablenken."

„Wieso von sich ablenken?"

„Na ja, der hatte doch ein Verhältnis mit Beate."

Leni war auf ihr Insiderwissen, das sie sich in nur zwei Tagen angeeignet hatte, ein klein wenig stolz.

„Das musst du unbedingt dem Kommissar sagen, Leni. Das ist sehr wichtig." Kathrin kam langsam in Fahrt und unterstützte ihre Worte mit entsprechenden Armbewegungen. Die beiden kämpften sich mit Mühe durch die volle Rotterdamer Innenstadt und Kathrin musste aufpassen, nicht fremde Leute im Vorbeigehen anzurempeln.

„Das weiß der doch schon." Leni versuchte zu beschwichtigen – aber ohne Erfolg. Kathrins Stimme wurde noch lauter, ihre Armbewegungen ausufernder. „Jetzt wird mir einiges klar. Und ich Dumme bitte Klaus Dieter noch um Hilfe! Das ist ja so, als würde man dem Dieb den Fluchtweg zeigen. Der war es selbst und jetzt kann er mir ein Motiv andichten."

„Kathrin, jetzt bleib mal ganz ruhig. Erzähle mir einfach, was passiert ist, und dann überlegen wir zusammen, was wir machen." Kaum hatte sie das gesagt, kam ihr eine andere Idee. Sie hatten die neue Markthalle erreicht, ein sehr eindrucksvolles modernes Gebäude, bei dem die Essstände von einem farbenfroh bemalten Gebäudebogen überspannt wurden, in dem man auch wohnen und dann von oben auf die Stände mit kulinarischen Spezialitäten herunterschauen konnte. Gleich in der zweiten Reihe gab es einen Stand mit allerlei Törtchen, Kuchen und Keksen in der Auslage.

„Wir machen das anders. Wir kaufen etwas von diesem wunderbaren Kuchen und laden Jan zu uns zum Kaffee ein. Und dann packst du alles auf den Tisch." Leni zückte ihr Handy, ohne Kathrins Reaktion abzuwarten.

Jan, der eigentlich für eine Bewerbung bei Europol in Den Haag Deutsch lernte, bei der er eine zweite Fremdsprache auf Fortgeschrittenen-Niveau nachweisen musste, freute sich über Lenis Einladung zum Kaffee. Nicht nur, dass er seine Lehrerin sehr sympathisch fand und auch hin und wieder an sie dachte, sie hatte auch noch etwas Relevantes zum Fall beizutragen, das jedenfalls sagte sie am Telefon. Die Ermittlungen gestalteten sich bisher nicht so einfach, wie er gehofft hatte. Die Todesursache war zwar geklärt, aber die Beweislage war schwierig. Es gab jede Menge Spuren, eigentlich zu viele, und das Tatwerkzeug war nicht aufzufinden. Auch bei der Kontrolle der Anrufliste von Beate Neumanns Handy, die der Provider zur Verfügung gestellt hatte, ergaben sich keine Überraschungen: verhältnismäßig viele Anrufe des Sprachabteilungsleiters, Anrufe bei Kollegen und Kursteilnehmern, minimaler Kontakt zum Bruder, der das am Telefon bestätigt und von einem schwierigen Verhältnis gesprochen hatte. Ihn und seine Kollegen erwartete also noch viel Arbeit, angefangen bei der Zuordnung aller Spuren, über zahlreiche Gespräche bis hin zur Überprüfung aller Alibis. Sein erster Hauptverdächtiger, der Leiter der Sprachabteilung, der auch ein plausibles Motiv hatte – eine Affäre war immer ein gutes Motiv – bekam von seiner Frau ein Alibi. Er war am Tatabend ab 19:30 Uhr zu Hause. Von der Liste der Verdächtigen war er damit natürlich noch nicht gestrichen, doch nach zwei intensiven Gesprächen war sich Jan ziemlich sicher, dass er als Täter nicht in Frage kam. Aber wer dann? Hatten sie bei der Ermittlung in dem Fall mit der französischen Lehrerin etwas übersehen? Könnte es derselbe Täter gewesen sein, der sein Opfer im zweiten Fall nicht mehr erwürgen musste, weil Beate Neumann schon tot war? Oder waren es bei der Französin zwei verschiedene Täter? Einer hatte sie niedergeschlagen, der zweite hatte ihr die Hände um den Hals gelegt und die Luft abgedrückt? Das verrieten die Druckstellen am Hals des ersten Opfers. Fremde Spuren waren damals leider nicht zu finden, nur die des Ehemanns. Er musste sich auf die Suche nach dem Motiv machen, dann konnte er den Fall Neumann lösen. Ganz gegen seine Gewohnheit kaufte Jan einen kleinen Strauß Blumen. Vielleicht gelang es ihm damit, auf Leni einen guten Eindruck zu machen.

Als der Hoofdinspecteur der Rotterdamer Polizei die Wohnung der beiden Lehrerinnen betrat, war er tief beeindruckt. Erstens hatten sie eine grandiose Aussicht und zweitens war der Tisch mit Kaffee und Kuchen gedeckt, wie er das aus seiner Kindheit von seiner Oma kannte. Sie war Deutsche, hatte das aber lange Zeit verheimlicht. Nicht nur außerhalb der Familie, auch innerhalb. Jan hatte sich als Kind zwar über den Akzent der Großmutter gewundert, aber nicht nach den Gründen gefragt. Nun bedauerte er, dass sie mit ihm nie Deutsch gesprochen hatte. Hätte er schon als Kind die Sprache mit der komplizierten Grammatik so nebenbei gelernt, müsste er sich jetzt nicht mit den Regeln herumärgern, bei denen er manchmal den Verdacht hegte, sein Gehirn würde sie aus Stolz oder aus Trotz blockieren. Eine typisch deutsche Tradition hatte die Oma aber zeitlebens beibehalten: das nachmittägliche Kaffeetrinken mit leckerem Kuchen, am besten noch mit einem Klecks Schlagsahne. Hier zeigte sein Gehirn keine Blockadeambitionen, denn der gedeckte Tisch verursachte auch heute sofort ein Wohlgefühl.

Leni machte Jan und Kathrin miteinander bekannt, wobei Kathrin etwas reserviert reagierte. Vor lauter Begeisterung über den fantastischen Blick hielt er den Blumenstrauß noch eine Weile in der Hand, bevor er ihn der Gastgeberin wortlos übergab. Dabei hatte er den Eindruck, Leni sei leicht errötet.

„Kathrin war in Beates Wohnung und wollte dir etwas über die Hintergründe erzählen. Vielleicht ist das wichtig für eure Ermittlungen", eröffnete Leni die Gesprächsrunde, als sie am Esstisch saßen und sie sich ein Stück *appeltaart* nahm.

Jan schob sich ebenfalls ein Stück auf seinen Teller. Dann sah er Kathrin direkt an. „Wann warst du in der Wohnung von Beate? "

„Lass uns doch erst mal bei dem Projekt anfangen", hakte Leni ein, die gerne den ganzen Ablauf in eine geordnete Reihenfolge bringen wollte.

Kathrin rührte den Kuchen nicht an, begann aber mit ihrem Bericht. „Ehrlich gesagt, war der Projektvorschlag nicht so ganz meine eigene Idee. Ich war doch letztes Jahr in München zu einem Seminar für Dozenten, die interkulturelles Training anbieten wollen. Na ja, und da habe ich mitbekommen, wie wichtig das Thema ist und dass es viel mehr praktisches Material dazu geben müsste. Das war sozusagen die Initialzündung bei mir. Ich dachte, so ein paar Spielchen sind ja nicht so schwer zu entwickeln und ich könnte auf diese Weise etwas Geld verdienen. Wenn du wüsstest, wie viel Geld in Projekte gesteckt wird, die am Ende entweder gar nicht fertig werden oder komplett am Bedarf vorbeigehen ..." Sie machte eine Pause und trank einen Schluck Kaffee. „Jedenfalls musste ich das Ganze erst mal als Antrag formulieren. Dazu gehörten eine detaillierte Beschreibung und eine Kostenaufstellung. Den Antrag habe ich Beate geschickt mit der Bitte, ihn zu unterstützen und an irgendeine Stelle weiterzuleiten, die über solche Projekte entscheidet."

„Und die hat die Idee dann geklaut", erklärte Leni in einer Art Moderatorenrolle, ihren Blick auf Jan gerichtet, den die Projektdetails nicht wirklich interessierten. Jemand hat jemandem eine Projektidee gestohlen, das war für ihn die entscheidende Information.

„Genau“, fuhr Kathrin fort. „Erst hat sie mir geschrieben, sie würde sich um das Projekt bemühen, ich solle mich gedulden, dann habe ich nichts mehr gehört. Zufällig hat mir eine Kollegin aus London, die das gleiche Seminar besucht hatte wie ich, letztens geschrieben, man hätte ihr einen Projektantrag der Rotterdamer Sprachkursbeauftragten gegeben und sie nach ihrer Meinung gefragt. Dann wurde mir klar, was da gelaufen war.“

„Du hättest den Antrag gleich mit der Kollegin aus London zusammen stellen sollen. Aber hinterher ist man natürlich immer schlauer.“ Leni nahm sich das nächste Stück Apfelkuchen, Jan schaute amüsiert auf ihren Teller, dann wieder zu Kathrin. Er musste sich anstrengen, nicht auf Durchzug zu schalten.

„Ich war erst bei Beate im Büro und habe sie zur Rede gestellt. Und tatsächlich hätte ich sie an diesem Tag umbringen können, so wütend war ich. Ich habe den Raum aber verlassen, ohne ihr etwas anzutun.“ Den letzten Satz betonte Kathrin besonders. „Dann bin ich zu Klaus Dieter, um mich zu beschweren und danach habe ich die Mail geschrieben, die du gefunden hast.“ Jetzt sah sie wieder zu Leni. „Aber meine Aktionen haben nichts gebracht.“

„Und weiter. Du hast sie dann zu Hause besucht.“ Jan wollte nun mal auf den Punkt kommen.

„Ja, dummerweise an dem Tag, an dem sie ermordet wurde. Inzwischen war mir eine andere Idee gekommen, wie ich mich für den Diebstahl rächen konnte. Mit einer Flasche Wein in der Hand habe ich bei ihr zu Hause geklingelt und ihr ein Friedensangebot gemacht. Mein Vorschlag war, dass sie den Antrag unter ihrem Namen stellt, ich die Arbeit für sie erledige und sie mir von dem Projektgeld die Hälfte abgibt. Als Begründung habe ich angegeben, dass sie ja besser vernetzt sei, alle administrativen Tricks kenne und ich nur meine Haushaltskasse aufbessern wolle. Das hat sie mir abgekauft. Wenn das Projekt dann genehmigt worden wäre, hätte ich ihr lauter alte Übungen und Spiele untergejubelt, die Beate nicht kannte, weil sie keine Ahnung hatte, und dann wäre sie als Plagiatorin aufgeflogen, ganz offiziell."

„Na, ob der Plan wirklich aufgegangen wäre, da bin ich mir nicht so sicher. Sie hätte ja dann mit dem Finger auf dich zeigen können", reagierte Leni etwas skeptisch.

„Sie hätte in jedem Fall als Schwindlerin dagestanden, auch wenn sie auf mich gezeigt hätte. Es wäre ja offiziell nur ihr Projekt gewesen."

„Und dann?", fragte Jan, um die Geschichte weiter voranzutreiben.

„Sie hat ernsthaft über meinen Vorschlag nachgedacht. Plötzlich, mitten im Gespräch, hat sie auf die Uhr geschaut und gesagt, ich solle ihr nicht böse sein, aber sie würde noch jemanden erwarten. Dann bin ich gegangen, ganz angetan von meinem Auftritt und meinem Plan."

„Und die Flasche?"

„Na, die habe ich dort stehen lassen."

„Aber nicht getrunken?"

„Nein."

„Was war das für Wein?"

„Ich kann ihn dir zeigen, wir können ihn sogar mal probieren." Kathrin stand auf, öffnete den Kühlschrank, nahm eine Flasche Wein heraus und kehrte mit der Flasche, einem Korkenzieher und drei Gläsern an den Tisch zurück.

„Es ist ein besonderer Wein, von dem mir meine Schwester, die jetzt in Dresden wohnt, einen Karton mit sechs Flaschen zu Weihnachten geschenkt hat. Er heißt Elbterrassen Rosé und stammt vom Schloss Wackerbarth." Jan sah auf das Etikett und machte mit seinem Handy ein Foto davon. Als Kathrin die Flasche geöffnet hatte und jedem ein Glas eingießen wollte, lehnte Jan dankend ab. „Wann hast du die Wohnung verlassen?"

„Ich bin so gegen 18 Uhr bei Beate gewesen und eine halbe Stunde später gegangen."

„Hast du jemanden gesehen, als du gegangen bist?"

Kathrin dachte kurz nach, musste aber verneinen. „Darauf habe ich nicht geachtet."

Jan wusste genug. Er stand auf. „Heute geht es nicht mehr, aber morgen musst du mal zu uns aufs Polizeirevier kommen. Doelwater 5, das Haus mit dem Dach, das aussieht wie ein Rochenrücken. Dann machen wir ein Protokoll von deiner Aussage und nehmen auch gleich deine Fingerabdrücke."

Jetzt wirkte Kathrin etwas eingeschüchtert. „Bin ich jetzt verdächtig?"

„Solange wir nicht genau wissen, wer es war, sind alle verdächtig", antwortete Jan wahrheitsgemäß.

Etwa zur selben Zeit herrschte im Institut allgemeine Aufbruchsstimmung. Inka Krause packte ihre Seminarunterlagen zusammen und sammelte dabei auch alle Stifte und leeren Kärtchen ein. Es war doch alles recht gut gelaufen, obwohl Sprachlehrer nicht die bevorzugte Klientel der Fortbildnerin waren. Bei Pädagogen kommt in Seminaren auf jede Frage eine Gegenfrage, alles wird kommentiert, jeder will unbedingt über seine eigenen Erfahrungen berichten – das nervte Frau Krause enorm. Auf der anderen Seite war sie nun einmal durch eine Bekannte an Aufträge an diesem großen, weltweit agierenden Institut gekommen und wurde seither regelmäßig gebucht. Das war ein ganz klarer Vorteil, zumal sie sich nicht immer etwas Neues ausdenken musste. Sie konnte mit demselben Seminarprogramm von Stadt zu Stadt und Land zu Land reisen und wurde sehr ordentlich bezahlt. Seminare in Firmen zum Beispiel, um die sie sich auch bemühte, waren sehr viel aufwendiger. Oft musste man sich in einem zeitraubenden Verfahren bewerben und dann, im Erfolgsfall, ein Programm entwickeln, das, zumindest dem Anschein nach, auf die Wünsche der Kunden abgestimmt war. Das Positive hier lag eindeutig im finanziellen Bereich. Sie berechnete bei Firmen je nach Auftraggeber 1.000 bis 1.500 Euro pro Tag. So viel zahlte das Institut leider nicht. Dennoch war Frau Krause im Moment recht zufrieden, denn sie konnte die gleiche Veranstaltung am Montag in Amsterdam noch einmal geben und brauchte nicht mit dem schnatternden Gänsehaufen nach Brüssel zurückzufahren.

Birgit stand schon eine ganze Weile neben dem Dozententisch und streckte der Seminarleiterin plötzlich die Hand entgegen, um sich bemerkbar zu machen. „Vielen Dank. Das war wirklich sehr lehrreich. Ich wollte Ihnen unbedingt noch sagen, dass ich auch gute Erfahrungen mit dem Schreiben von Gedichten im Unterricht gemacht habe, auch in heterogenen Klassen. Also, wir machen das immer so …“

„Ich muss jetzt zum Zug“, unterbrach sie Inka Krause, „schreiben Sie das doch alles mal in eine Mail. Meine Mail-Adresse erfahren Sie von den Kollegen in Brüssel.“ Die Seminarleiterin verließ fluchtartig mit ihrer noch offenen Tasche unterm Arm das Klassenzimmer.

„Also, das verstehe ich jetzt nicht.“ Birgit drehte sich zu den noch im Raum verbliebenen Kollegen aus Rotterdam um. „Das mit den Gedichten ist wirklich eine tolle Idee. Das läuft im Unterricht prima.“ Martin und Elli nickten, während sie die gemalten Kakteen von der Pinnwand nahmen und gemeinsam mit den am Nachmittag erstellten Unterrichtskärtchen in den Papierkorb beförderten.

Kathrin hatte sich auch am Abend noch nicht beruhigt. Sie trank schon das dritte Glas aus der letzten Flasche des Wackerbarth-Weins. Leni schnitt in der Küche Gemüse für einen Salat.

„Es war gut, dass du die Aussage freiwillig gemacht hast. Das bedeutet ganz eindeutig, dass du es nicht warst. Das sieht Jan auch so, er kann das nur nicht so ausdrücken und muss halt den vorgeschriebenen Weg nehmen. Das ist bei der Polizei so.“ Sie sah Kathrin an. „Vielleicht sollten wir uns mal darum kümmern, den wahren Mörder zu suchen und zu finden. So können wir dich entlasten und Jan ein bisschen helfen.“ Die letzten fünf Wörter waren kaum zu verstehen, so leise waren sie.

„Wie willst du das denn anstellen?“ Keine unberechtigte Frage, das wusste auch Leni.

„Na, lass uns doch mal gemeinsam nachdenken. Möglichkeit eins: Es war jemand aus dem Institut. Klaus Dieter zum Beispiel …“

„Klaus Dieter hat ein Motiv. Beate könnte ihn erpresst haben.“

„Genau“, bestätigte Leni, obgleich sie dem etwas hilflosen Sprachabteilungsleiter die Tat nicht zutraute. Doch das behielt sie für sich. „Das wäre eine Möglichkeit." Leni wollte nun eine weitere Option ergänzen, bemerkte aber, dass sie mit ihrem kriminalistischen Spürsinn, jedenfalls was die Mitarbeiter betraf, schon am Ende war. Hieronymus fiel ihr noch ein, er hatte den Tod von Beate als gute Nachricht verkauft. Das alleine reichte aber für einen Mordverdacht nicht aus, außerdem pflichtete sie Hieronymus in diesem Punkt bei. Deshalb erweiterte sie nun den Kreis. „Oder es war jemand ganz anderes, jemand von außerhalb. Wir wissen ja viel zu wenig über Beate. Vielleicht hatte sie neben Klaus Dieter noch einen Liebhaber, zum Beispiel einen Kursteilnehmer aus einem früheren Kurs oder aus dem C2-Kurs. Jemand, den ich noch nicht kenne, weil er letzten Donnerstag nicht zum Unterricht war."

Diese Vorstellung schien Kathrin weniger zu gefallen. „Kannst du nicht noch mal genau schauen, ob du in dem Computer oder in irgendwelchen Ordnern im Büro etwas Verdächtiges findest?"

„Das mache ich, ich werde noch mal ganz intensiv alles durchsehen."

Als der Salat fertig war, klingelte ein Handy. Beide blickten auf ihre Displays. Als ob sie die Siegerin in einem Wettbewerb gewesen wäre, verkündete Leni freudig: „Michiel will morgen mit mir ins Museum gehen." Endlich mal ein Mann mit den richtigen Interessen.

Sonntag, 6. Juni

Am Sonntagmorgen blieb Leni in ihrem Zimmer. Sie loggte sich in ihre dienstlichen Mails ein, um endlich die Anfragen von Interessenten abzuarbeiten. Dazu war sie bisher noch nicht gekommen, abgesehen von den zehn Antworten am Freitagnachmittag. Nach etwa zwanzig versendeten Mails holte sie sich einen weiteren Kaffee in der Küche, es war ihr dritter, und das zweite aufgebackene Croissant. Croissants hatten die negative Eigenschaft, dass sie krümelten und diese Krümel auch noch klebten. Diese klebrige Nebenwirkung konnte man direkt an Lenis Schreibtisch nachweisen, wo das erste bereits seine Spuren auf der Arbeitsfläche, dem Fußboden und in der Tastatur hinterlassen hatte. Kathrin saß ebenfalls vor einem Bildschirm, allerdings im Wohnzimmer. Sie winkte kurz. Leni nahm sich diesmal zur Verhinderung weiterer klebender Krümel einen Teller mit und verschwand mit der Stärkung wieder in ihrem Minireich. Beim Verzehr ihres zweiten Frühstücks betrachtete sie das Bild an der Wand über ihrem Schreibtisch. Auch ein Produkt des großen schwedischen Möbelhauses, wie der Rest des Zimmers. Warum hatte sie eigentlich ausgerechnet dieses Bild mit in den Einkaufswagen gepackt? Es war eine Schwarz-Weiß-Fotografie, vermutlich aus den 50er Jahren, auf der ein Paar mit dem Rücken zum Betrachter auf zwei Stühlen saß, umschlungen, in eine neblige Umgebung gehüllt. Rechts neben dem Paar verlief eine Baumallee ins Unendliche, in weiter Ferne sah man die Umrisse einer Stadt. Da fiel ihr das bevorstehende Treffen mit Michiel ein. Eigentlich wusste sie nicht viel über den Mann, außer, in welchen Rotterdamer Restaurants er schon gegessen hatte. Vielleicht wäre es nicht unklug, diese Wissenslücke zu füllen. Zuerst suchte Leni in der Klassenliste den vollständigen Namen, da stand aber nur: M. van Dijk. Dann tippte sie den Namen bei Google ein. Mit einer endlosen Aufzählung verschiedener Personen mit dem Namen Michiel van Dijk oder M. van Dijk zeigte ihr Google nun sehr anschaulich, dass van Dijk einer der häufigsten Nachnamen in den Niederlanden war. Ein Anwalt mit dem eingegebenen Namen stach ihr zwar nicht ins Auge, aber es hätte natürlich sein können, dass Michiel offiziell zum Beispiel unter A. C. M. van Dijk oder einem Taufnamen wie Antonius oder Cornelis, geführt wurde. Im Netz war er jedenfalls so leicht nicht aufzuspüren und zu einer längeren Recherche hatte sie weder Lust noch Zeit. Sie beließ es bei dem ersten Versuch und widmete sich wieder ihren Antwortmails.

Nachdem sich Kathrin auf den Weg zur Polizei begeben hatte, wo sie ihre Aussage zu Protokoll geben sollte, machte sich Leni für ihren Museumsbesuch fertig. Sie steckte ihre halblangen blonden Haare noch oben, das kaschierte den dunklen Ansatz ein wenig. Irgendwann müsste sie die Farbdifferenzen auf ihrem Kopf mal wieder ausgleichen lassen. Außerdem sorgte die Frisur für einen schlanken Hals und lenkte den Blick auf ihre Kette mit einem blauen funkelnden Glasstein, der beinahe die gleiche Farbe hatte wie der Rand ihrer großen Brille. Längere Anproben gab es diesmal nicht, die etwas zu engen Jeans blieben im Schrank. Punkt 15 Uhr stand sie vorm Museum Boijmans Van Beuningen, dessen Kunstsammlung zu einem großen Teil aus dem Nachlass der Herren Frans Jakob Otto Boijmans und Daniel George van Beuningen bestand. Auf diese beiden Rotterdamer Kunstsammler war auch der für Ausländer zunächst ungewöhnlich klingende Name des Museums zurückzuführen. Ihre Freude auf den Museumsbesuch währte jedoch nicht lange, denn das Museum war wegen eines Umbaus geschlossen. Leni, die den Treffpunkt gestern Abend per SMS selbst vorgeschlagen hatte, hätte natürlich bei ihrer Internetrecherche am Vormittag auch mal das Museum eingeben können, hatte sie aber nicht. Als allseits interessierte Kunstfreundin konnte sie sich jetzt nicht mehr verkaufen. Michiel, der plötzlich lautlos hinter ihr aufgetaucht war und mit seinem *Hallo!* zunächst für einen kurzen Schreck gesorgt hatte, nahm es gelassen. Die beiden beschlossen, die nahe gelegene Kunsthalle zu besuchen, die einem internationalen Publikum vor allem deshalb bekannt war, weil sie im Jahre 2012 durch den spektakulären Kunstraub sieben wertvoller Gemälde, darunter Bilder von Picasso, Matisse und Monet, ungewollt in die Schlagzeilen geriet. An diesem Tag bot das Museum Werke des französischen Modedesigners Thierry Mugler, seine haute couture Kollektionen, Parfümkreationen und einige Fotos, also nichts, was Leni wirklich interessierte.

„Wir könnten ein bisschen spazieren gehen", schlug sie deshalb vor.

„Wir können auch zu mir gehen", lautete der Gegenvorschlag. „Ich koche uns heute Abend was Schönes."

„Ein andermal vielleicht", reagierte Leni spontan, ohne dass sie ihre Entscheidung hätte begründen können. Ein paar Sekunden später tat ihr die voreilige Zurückweisung leid, denn Michiels Wohnung hätte sie sich schon gerne angesehen. Zu spät, sie waren schon unterwegs. Michiel lief wenig begeistert und wortlos neben Leni her. Parallel zum oberen Teil des Westersingels verlief der Eendrachtsweg. Den schlug Leni ein und marschierte zügig zum Westzeedijk. Ihr Begleiter hatte Mühe mitzuhalten.

„Bei welcher Kanzlei arbeitest du eigentlich?“, unterbrach Leni das Schweigen.

„Ich habe mir angewöhnt, niemals über meine Arbeit zu sprechen. Auf diese Weise schütze ich mich und meine Mandanten am besten.“ Das klang etwas reserviert.

„Das kann ich verstehen.“ Leni versuchte, die etwas getrübte Stimmung zu verbessern. Als sie am Ende des Eendrachtswegs ankommen waren, bemerkte sie aus dem Augenwinkel, wie Michiel an einem Haus nach oben sah. War das vielleicht das Haus, in dem Beate Neumann gewohnt hatte? Leider stand keine gut sichtbare Hausnummer an dem Gebäude, was sicher damit zusammenhing, dass in den Niederlanden jede Wohnung eine eigene Nummer hatte und die Adresse aus dem Straßennamen und der Wohnungsnummer bestand. Warum sah ihr Begleiter ausgerechnet an diesem Haus nach oben?

Mit einem komischen Gefühl in der Magengegend blieb sie stehen. „Sei mir nicht böse, aber ich gehe doch lieber wieder nach Hause. Ich muss noch sehr viele Hausaufgaben korrigieren. Tut mir leid.“ Michiel hatte keine Gelegenheit, etwas zu sagen oder fragen, denn Leni hatte sich im Eiltempo bereits entfernt.

Kathrin schlenderte auf ihrem Weg vom Polizeirevier Rotterdam Doelwater am Kaufhaus De Bijenkorf vorbei, das, wie alle Geschäfte in der Innenstadt, sonntags um 12 Uhr öffnete. Ihr war ein bisschen schlecht. Was passiert eigentlich, wenn die keinen anderen Verdächtigen finden? Landete sie dann unschuldig im Gefängnis? Es gab ja immer wieder Beispiele, in denen völlig unbeteiligte Menschen, die zur falschen Zeit am falschen Ort waren, in Indizienprozessen für Straftaten verurteilt wurden, die sie gar nicht begangen hatten. Niemand im Haus hatte sie beim Verlassen von Beates Wohnung gesehen. Das musste sie auch dem Polizisten sagen, der das Protokoll aufnahm. Hatte der Mann sie in diesem Moment nicht skeptisch angesehen, als würde sie lügen? Kathrin beschloss, sich im Kaufhaus abzulenken, ging deshalb wieder ein kleines Stück zurück und durchstreifte ungefähr eine Stunde lang ziellos die erste Etage des Konsumtempels, in der sich die Damenabteilung befand. Eine Modefirma neben der anderen präsentierte ihre Sommerkollektion. Einzelne Hersteller, darunter auch sogenannte Premiummarken, lockten sogar schon mit Rabatten. Weil bei der Anprobe von zwei reduzierten Blusen, einem T-Shirt und einem Mantel keine richtige Freude in ihr aufkommen wollte, fuhr sie mit der Rolltreppe ein Stockwerk nach oben ins Selbstbedienungsrestaurant. Die Tatsache, dass sie von ihrer mangelnden Kauflust gerade am Geldausgeben gehindert worden war, interpretierte sie jetzt positiv, da Nout sie neulich um ein kurzfristiges Darlehen von 3.000 Euro gebeten hatte. Das wollte sie ihm selbstverständlich gewähren. Im Restaurant setzte sie sich mit einem Cappuccino und einer Pizza in die hinterste Ecke direkt neben das Fenster. Lenis Schilderung dieses alten Falls ließ Kathrin nicht los. So ganz, ganz langsam machte sich in ihr ein leises Misstrauen breit. Sie holte ihr Telefon aus der Handtasche und versuchte, Nout anzurufen, damit sich ihr ungutes Gefühl alsbald in Luft auflöste. Ohne Erfolg, sein Handy war ausgeschaltet. Wieso war Nout zum Sonntagnachmittag nicht erreichbar? Hatte sie wieder einmal danebengegriffen? Nein. Diesmal war es der Richtige. Er war nett, gepflegt, gut gekleidet, charmant, höflich, sprach hervorragend Deutsch, hatte einen guten Job und berufliche Ziele, vermutlich bei einer Privatbank in der Schweiz. Seine Wohnung durfte sie auch schon sehen – stilvoll eingerichtet, nach ihrem Geschmack aber eine Spur zu kalt und ungemütlich. Es gab überhaupt keine verzierenden oder kuscheligen Elemente, nicht einmal Fotos. Eine Frau wohnte da nicht, dessen war sich Kathrin zu einhundert Prozent sicher. Bisher hatte sie weder ihm noch sonst jemandem erzählt, dass sie sich auf eine Stellenausschreibung der Universität Basel beworben und letzte Woche sogar ein Skype-Vorstellungsgespräch geführt hatte. Es ging um eine Assistentenstelle im Bereich Fachsprachendidaktik. Die Bewerbung sollte eine Überraschung sein und von Nout als Zeichen dafür gewertet werden, dass sie es ernst meinte. Obwohl Kathrin vor allem an Wochenenden froh war, nicht alleine zu wohnen, hatte sie ihren Traum vom Familienleben mit einem rücksichtsvollen Mann, später vielleicht auch einem Kind, noch nicht aufgegeben. Sie nahm wieder ihr Telefon in die Hand und verschickte etwas gereizt eine Nachricht: *Morgen Abend bei mir zum Essen?* Dann trank sie ihren Cappuccino und zerteilte die Pizza in kleine Stückchen, während sie auf den vor ihr liegenden Bildschirm starrte. Keine Antwort, kein Rückruf. Die Pizza war inzwischen kalt, und leerer als leer konnte sie ihre Tasse nicht auslöffeln. Schließlich fuhr sie deprimiert mit der Rolltreppe nach unten. Kurz vor Erreichen der ersten Etage vernahm sie endlich das erwartete Piepen. *Okay*, lautetet die Antwort. Wie wunderbar, dachte Kathrin und durchstöberte nun beschwingt und federleicht, als wären ihr kleine Flügel gewachsen, noch einmal die Damenabteilung, um ein passendes Outfit für einen besonderen Abend zu finden.

Montag, 7. Juni

Punkt neun erreichte Leni am Montagmorgen ihren Arbeitsplatz. Sie hatte am Sonntag die Zahl der unbeantworteten Mails noch halbieren können und fühlte jetzt weniger Druck. Während sie ihren Computer startete, stürzte Klaus Dieter an ihrem Zimmer vorbei und zog eine deutliche Fahne hinter sich her, die auch in Lenis Büro kroch. Das Telefon in Hugos Zimmer klingelte unentwegt und nervte die in den Nachbarräumen arbeitenden Kollegen. Deshalb unterbrach Leni die morgendliche Lektüre der neuen Mails, ging in Hugos Büro und nahm den Hörer ab. Die Begrüßung konnte sie gerade noch loswerden, als Frau Müller-Bär mit ihrem Handy am Ohr schreiend den Gang entlanglief. „Wir haben die Polizei im Haus. Ich muss unbedingt den Botschafter sprechen." Leni hielt sich ein Ohr zu und versuchte mit dem anderen Ohr den Anrufer zu verstehen. Wieder durchdrang die Stimme der Institutsleiterin alle Räume. „Es ist mir egal, ob der Botschafter in einer Besprechung ist. Wir haben hier einen Ausnahmezustand. Ich erwarte in unserem Institut sofort einen Vertreter der Botschaft. Am besten einen Ihrer Anwälte. Dafür ist eine Botschaft schließlich da, das ist Ihre Aufgabe!" Nach einer kurzen Pause vernahmen alle, die bei offener Tür arbeiteten, noch die Frage. „Wie bitte? Mit der Polizei zusammenarbeiten?", dann verschwand Frau Müller-Bär samt Handy.

Der Anrufer hatte in der Zwischenzeit aufgelegt, als Leni sich mit *Entschuldigung!* am Telefon zurückmeldete. Im gleichen Moment schaute Susanne, die Verwaltungsleiterin, ins Zimmer. „Bitte alle runter in die erste Etage kommen. Die Polizei ist da und nimmt unsere Fingerabdrücke ab."

Die ganze Aktion dauerte nicht lange, sodass sich die meisten Mitarbeiter bald wieder in der zweiten Etage an ihren Schreibtischen einfanden. Die Fingerkuppen waren elektronisch gescannt worden und zwei Polizisten hatten Angaben zur Person und zum Aufenthaltsort während der Tatzeit aufgenommen. Das war es dann auch schon.

„Was ist denn hier los?" Hugo hatte endlich den Weg zu seinem Arbeitsplatz gefunden, wieder mit dunklem Augenschutz. Nach einer kurzen Zusammenfassung der Ereignisse und dem Hinweis, dass er sich sofort in die erste Etage zur Fingerabdruck-Abnahme begeben sollte, damit auch seine Fingerkuppen mit den am Tatort gefundenen Spuren verglichen werden konnten, wechselte nun auch Hugo die Gesichtsfarbe. Er wurde zu Lenis Überraschung nicht weiß, sondern rot. Die Wohnung von Beate kannten wohl mehr Leute von innen, als sie erwartet hatte. Hugo stand noch immer geschockt in der Bürotür, als ihn Frau Müller-Bär zur Seite schob, Lenis Büro betrat und die Tür hinter sich schloss.

„Das hat mir gerade noch gefehlt. Dieser ganze Affenzirkus mit den Fingerabdrücken und so. Lächerlich. Und das alles kurz vor der Inspektion."

„Dem Audit", korrigierte Leni und bereute es in Anbetracht eines zornigen Blicks im selben Augenblick. Den erklärenden Satz: *Es handelt sich nur um einen kollegialen Austausch.* verkniff sie sich.

„Inspektion, Audit, wie weit ist denn der Stand der Vorbereitungen?"

„Wir haben am Freitag mit Expresspost die Unterlagen verschickt, die müssten heute bei den Adressaten ankommen. Nach den Vorgaben ist das viel zu spät, das möchte ich nur vorab sagen. Der Auditplan steht ja, den hatte Beate, wie ich gesehen habe, bereits an die meisten Mitarbeiter gemailt. Ich überlege mir gerade, ob ich eine kurzfristige Sitzung anberaume, um im Lehrerkollegium noch mal den Plan und alle offenen Fragen durchzusprechen."

„Sehr gute Idee! Machen Sie das. Und senden Sie mir bitte noch die Liste, die ihre Vorgängerin für mich anfertigen sollte."

„Was für eine Liste?"

„Das kostet jetzt zu viel Zeit, das zu erklären. Schauen Sie bitte einfach nach, ob Sie eine Liste mit einigen Namen und Leistungsbeschreibungen finden und senden Sie mir die bitte umgehend zu." Nach dieser Anweisung verließ sie den Raum.

Zunächst schrieb Leni schnell die Mail ans Lehrerkollegium und kündigte die Vorbereitungssitzung an. Das Telefon in Hugos Zimmer läutete weiter fast ununterbrochen vor sich hin, bis Leni die Verwaltungsleiterin Susanne fragte, ob sie ihr zeigen könnte, wie man die Anrufe auf einen anderen, genauer gesagt, ihren Apparat umstellt. Das war nicht allzu schwer. Während Leni die telefonischen Anfragen auf Englisch oder Niederländisch beantwortete, suchten ihre Augen in Beates Dokumenten nach einer Liste, auf der Namen standen und irgendetwas, das aussah wie Leistungsbeschreibungen. Sie klickte alle möglichen Ordner durch, bis sie beim Ordner *Weiterbildungen* ankam. Den hatte sie bisher noch nicht genau inspiziert. Bei den Abrechnungen von Dozenten für Weiterbildungsveranstaltungen fand sich unter anderem eine Kostenübersicht von Michael Bär für einen Workshop über deutsch-niederländische Befindlichkeiten. Herr Bär hatte dafür 500 Euro Honorar plus 50 Euro für Fahrt und Material in Rechnung gestellt. Als Teilnehmer waren viele Rotterdamer Kolleginnen und sie selbst aufgeführt. Interessant. An diese Veranstaltung konnte sich Leni überhaupt nicht erinnern. Sie suchte weiter und entdeckte als nächstes ein Bewerbungsschreiben von Beate für das Seminar Leitungskompetenzen und Mitarbeiterführung in München. Dort erfuhr sie, dass Beate einen Abschluss als Lehrerin für Deutsch und Geschichte an der Universität Dortmund gemacht hatte, aber nicht in den Schuldienst eingetreten war, da in dem Schreiben nichts von einem Referendariat stand. Nach der Universität wurden einige Auslandsjobs in Barcelona und Paris angeführt, die aussahen wie Unterricht auf Honorarbasis für private Sprachschulen. Hier machten die Städtenamen mehr Eindruck als die Tätigkeit. Und dann, schwuppdiwupp, war auch schon von einer Leitungsposition als Ortskraft in Rotterdam und reichhaltigen Erfahrungen in den Bereichen Management und Personalführung die Rede. Viel heiße Luft, dachte Leni. Dann stieß sie auf ein Dokument mit dem Namen Dokument5. Auch das klickte sie an und wurde offensichtlich fündig. Sie stellte das Telefon wieder zurück, druckte das Papier aus und las sich selbst den kurzen Text halblaut vor: *Hugo de Jonge: nie pünktlich, tatsächliche Arbeitszeit weit unter Soll, unzuverlässig, Abmahnung überfällig; Birgit Kaminski: unprofessionell, beratungsresistent, durch neue Honorarkraft einfach zu ersetzen; Kathrin Schröder: verbreitet falsche Anschuldigungen, wie im Fall Kaminski durch neue Honorarkraft zu ersetzen; Elli Geiger: wird im nächsten Jahr 55; außerhalb des Lehrerkollegiums – Hieronymus Wachtel: unzuverlässig, belästigt Kursteilnehmer mit seinen privaten Interessen (Kunst).*

Die Erstellung des Dokuments lag drei Wochen zurück. Aber warum hatte Beate die Auflistung nicht an ihre Auftraggeberin weitergeleitet? Ohne zu überlegen, klickte Leni auf *Dokument löschen*, im Papierkorb gleich noch mal. Das ging ihrer Meinung nach wirklich zu weit. Ein paar Sekunden später wurde ihr klar, dass sie gerade eine Übersicht von möglichen Verdächtigen unwiederbringlich vernichtet hatte. Zu spät.

Mittags kehrte Leni in dem neuen Lunchcafé in unmittelbarer Nähe des Instituts ein. Als sie an der Theke ein *broodje gezond*, also ein Brötchen mit Käse, Schinken, hart gekochtem Ei, Gurken- und Tomatenscheiben und zwei Salatblättern bestellte, entdeckte sie in einer dunklen Ecke Hugo, immer noch mit Sonnenbrille. Vor ihm standen eine Fleischkrokette und ein Bier. Leni setzte sich ungefragt dazu.

„Dein Frühstück?“ Sie wartete die Antwort nicht ab. „Hugo, ich will dich nicht nerven und schon gar nicht kritisieren. Aber irgendetwas stimmt doch nicht. Geht es dir nicht gut? Gesundheitlich? Beziehungsmäßig?“ Dabei schob sie ihre übergroße Brille nach unten, schaute über den oberen Brillenrand und bemühte sich um einen verständnisvollen Blick. Nach einer Weile änderte sie ihre Taktik.

„Jan de Rijk, der Polizist, der die Untersuchungen leitet“, begann ihr zweiter Versuch, „ist ein Kursteilnehmer von mir.“

„Deshalb kam der mir so bekannt vor. Der sitzt im B2-Kurs, oder?“ Eine erste Reaktion.

„Genau. Und er ist nicht irgendein Kursteilnehmer, er ist einer meiner besten. Außerdem ist er wahnsinnig nett und verständnisvoll, selbst wenn das im Moment nicht bei jedem so rüberkommt. Er macht nur seinen Job. Wenn du also in der Zwickmühle steckst und nicht weißt, wie du da rauskommst, kannst du es mir erzählen und ich sage ihm, was du ihm mitteilen möchtest. Oder du redest direkt mit ihm, zum Beispiel bei Kathrin und mir zu Hause. Dann ist es nicht so offiziell."

Wieder Schweigen. Hugo ging in sich, trank einen Schluck Bier, ging weiter in sich, trank noch einen Schluck.

„Die Geschichte ist ganz einfach, Leni." Es entstand wieder eine Pause mit einer Stärkung in Bierform. „Im März war Beate ein paar Tage nicht da, sie musste ihre Überstunden ausgleichen. Da hat sie mich im Büro angerufen und mich gebeten, ihr nach Arbeitsschluss die Unterlagen für die A2-Prüfungen zu bringen. Sie hatte gleich am nächsten Tag einen Prüfungstermin in der Internationalen Schule in Den Haag. Das habe ich auch gemacht."

„Und dann?"

„Na ja, wie das im Leben so ist." Er sah in sein Glas.

„Wie was im Leben so ist? Du hast doch nicht etwa ...?"

„Doch. Wir haben die Aufgabenblätter zusammen durchgezählt und so ganz nebenbei etwas getrunken. Dann ist es passiert."

„Also irgendwie ist in dem Institut so einiges an mir vorbeigelaufen", stellte Leni fest. „Nur im März oder kürzlich noch mal?"

„Ich war vor zwei Wochen bei ihr und habe ihr Prüfungsaufgaben zum Bewerten übergeben, im Auftrag von Martin. Aber zusammen in der Kiste waren wir nur im März." Er machte eine Sprechpause für den Verzehr der Krokette. „Nach meinem ersten Besuch verschlechterte sich unser Verhältnis rapide. Ihr Ton änderte sich, sie wurde so bestimmend, auf eine ganz unangenehme Art. Ich vermutete übrigens schon damals, dass sie mit Klaus Dieter das gleiche Spiel trieb."

„Bist du aus der Misere wieder rausgekommen?"

„Ich dachte zuerst: Okay, wenn die so mit mir umgeht, dann soll sie ihren Dreck alleine machen und habe mich mit meinem Arbeitseifer etwas zurückgehalten, um das mal freundlich auszudrücken. Irgendwann ist ihr dann der Kragen geplatzt. Sie hat mich vor die Wahl gestellt: Entweder du funktionierst wieder einwandfrei und machst, was ich dir sage, oder ich stecke deiner Lebensgefährtin, was passiert ist."

„Du hast sie deswegen aber nicht …?" Lenis Hand machte eine entsprechende Bewegung am Hals vorbei.

„Ich habe meiner Lebensgefährtin alles gebeichtet und jetzt ist sie meine Ex."

Man sah Hugo nicht an, ob er es bedauerte oder nicht.

„Ich glaube, du solltest der Polizei auf jeden Fall sagen, dass du zweimal in Beates Wohnung warst, um ihr wichtige Unterlagen zu bringen. Der Rest ist meiner Meinung nach nicht so relevant, weil das schon im März war und davon auszugehen ist, dass sie in der Zwischenzeit mal ihre Bettwäsche gewechselt hat."

„Das mit den Unterlagen wissen sie schon. Ich habe es vorhin einem der Männer erzählt."

Hugo fühlte sich, zumindest seinem Äußeren nach, etwas besser und lief mit Leni zurück ins Institut. In der zweiten Etage durchdrang die Stimme der Institutsleiterin wieder einmal den Flur. Sie hatte vergessen, ihre Tür zu schließen.

„Darf die Polizei mich überhaupt so intensiv befragen? Die waren jetzt fast eine Stunde in meinem Büro, zu zweit! Ich habe wirklich Besseres zu tun, als mich für meine Aktivitäten als Leiterin dieses Instituts zu rechtfertigen. Wie eine Verdächtige haben die mich behandelt! Genieße ich nicht so was wie

Diplomatenstatus?" Frau Müller-Bär telefonierte sicher mit jemanden, der sich juristisch auskannte. „Ich habe ja schon alles gesagt, die wollten sogar ein Alibi von mir. Eine Unverschämtheit!"

Da sich Hugo angeboten hatte, die noch nicht abgearbeiteten Mails zu beantworten, leitete Leni sämtliche elektronische Sprachkursanfrage-Post innerhalb von zwei Minuten an ihn weiter. Die Spurensicherung war in der Zwischenzeit abgezogen und es schien ihr in Anbetracht des Lärms sinnvoller, sich in einem Klassenzimmer in aller Ruhe auf ihren Unterricht vorzubereiten. Obwohl sie viel zu tun hatte, freute sie sich auf den Abendkurs. Der Unterricht gab ihr im Moment, in dem Durcheinander der Ereignisse, die so nach und nach ans Licht kamen, einen gewissen Halt. Hier wusste sie genau, was sie machen musste und was dabei herauskam, kannte also Weg und Ziel. Bei den anderen Aktivitäten dagegen wurde sie das Gefühl nicht los, sie würde in einem trüben Teich fischen, ohne die geringste Ahnung, was sie am Ende fangen würde. Das entsprach eigentlich nicht ihrer Art. Nichtsdestotrotz hatte sie nicht vor, sich entmutigen zu lassen. Schließlich wäre es ganz schön, wenn sie Jan mit ein paar überraschenden Informationen imponieren könnte.

Eben jener Hoofdinspekteur, dem Leni so gerne helfen wollte, saß verärgert an seinem Schreibtisch. Er hatte das Gespräch mit der Institutsleiterin aufgrund der mangelnden Deutschkenntnisse seines Kollegen Pim fast alleine führen müssen. Zudem hatte es ihn viel Kraft gekostet, die ganze Zeit sachlich zu bleiben und die Regeln der Höflichkeit einzuhalten, weil er sich mehrfach verbal attackiert fühlte. Das Lieblingswort der Befragten hieß Diplomatenstatus, es fiel in jedem zweiten Satz. Im Gegensatz zu der Zeugin glaubte Jan aber nicht an die Geschichte mit dem Sonderstatus. In solchen Fällen sendeten die Botschaften normalerweise einen Vertreter oder zumindest ein entsprechendes Schreiben. Hauptursache seines Ärgers war jedoch weniger die Unterhaltung mit der Möchtegern-Diplomatin, sondern vielmehr das Gefühl, mit den Ermittlungen festzustecken. Das hatte er schon seit einigen Tagen. Auch das Gespräch mit Lenis Mitbewohnerin am Samstag hatte ihn nicht wirklich weitergebracht. Positiv war, dass ein Teil der Fingerabdrücke nun zugeordnet werden konnte: die vom Sprachabteilungsleiter, von der Institutsleiterin, vom Assistenten der Sprachabteilung und von Kathrin. Die ersten drei hatten angegeben, irgendwann einmal, aber nicht am Tatabend, in der Wohnung der Toten gewesen zu sein. Und Kathrin hatte leider am Dienstag niemanden gesehen. Oder war die Mitbewohnerin von Leni doch länger geblieben als angegeben und es gab einen Streit zwischen den beiden Damen? Vom Temperament her würde er einen tätlichen Wutausbruch am ehesten der Institutsleiterin zutrauen. Aber auch hier stellte sich die Frage nach dem Motiv. Wäre es für eine Leiterin nicht klüger, bei unlösbaren Problemen den Troublemaker einfach zu entlassen? Leicht wäre das in den Niederlanden sicherlich nicht, aber es wäre möglich. Jan hoffte nun darauf, dass es den IT-Experten bald gelingen würde, einen Zugang zum Laptop und zum Handy der Toten, die in ihrer Wohnung sichergestellt worden waren, herzustellen. Vielleicht bekäme er dort mehr Informationen, als die Anrufliste des Mobilfunkanbieters und die berufliche Plattform LinkedIn, auf der Beate Neumann aktiv war und 202 Kontakte pflegte, hergaben. Parallel dazu wollte er die Untersuchungen in einer anderen Richtung weiter vertiefen. Deshalb hatte er seine Kollegin Sandra Visser mit ihren guten Französischkenntnissen gebeten, morgen noch mal zur Alliance Française zu gehen, um sich die Teilnehmerlisten aller Kurse aus dem letzten, dem vorletzten und dem Jahr davor geben zu lassen. Bisher hatten sie nur die Teilnehmerlisten des französischen Opfers mit der Teilnehmerliste des deutschen Opfers abgeglichen, das hatte nichts gebracht. Irgendetwas musste doch irgendwo zu finden sein.

Kathrin stand in der Küche, vor ihr lag ein Kochbuch mit einem Rezept für Züricher Geschnetzeltes. Sie trug ein hellrotes, enges Kleid mit Ausschnitt, Absatzschuhe und hatte ihre dunklen Haare mühsam mithilfe eines Föhnzusatzes gelockt. Ihr Gast würdigte ihr Äußeres mit einem wohlwollenden Blick. Die Schuhe machten beim Laufen auf dem Laminat ziemlichen Lärm. Das mussten die Leute, die unter ihr wohnten, heute mal ertragen. Nout hatte sich, wie alle Besucher, die die Wohnung zum ersten Mal betraten, ans Fenster gestellt und schaute auf die Erasmus-Brücke. Der Anblick faszinierte ihn. „Eine nette Wohnung habt ihr. Man vermutet so einen gigantischen Blick gar nicht, wenn man das Gebäude betritt." Er zog sein Jackett aus und hängte es über die Stuhllehne.

„Ja. Der Blick auf die Maas und die Brücke bietet sich aber nur an einer Ecke des Hauses und erst ab Etage 14. Darunter schaut man nur auf die umliegenden Gebäude."

Der Besucher sah sich jetzt in der Wohnung um, trank dabei einen Schluck aus seinem Weinglas und belächelte in seinem Inneren die Einrichtungsgegenstände. Sowohl das Schlafsofa als auch Esstisch und Stühle hatte er bereits in mehreren Wohnungen alleinlebender Frauen gesehen. Das Sofa war mit bunten Kissen verziert, auch das hielt er für typisch weiblich. In seinen Gedanken gestaltete er das Appartement kurz um: Alles raus, was drin war, ein paar Designermöbel in ruhigen Farben rein, ohne Firlefanz. Dann würde der Ausblick noch besser zur Geltung kommen.

„Wann erwartest du deine Mitbewohnerin, also meine neue Lehrerin?"

„Normalerweise gegen halb zehn, sie hat bis 21 Uhr Unterricht."

Dann müssten sie sich im Bett ein bisschen beeilen. Nout spielte den Ablauf des Abends kurz durch und hoffte, dass das Schlafzimmer nicht aussah wie das Wohnzimmer.

„Unterrichtet sie jeden Abend?"

„Mit eurem C2-Kurs unterrichtet sie vier Abende. Aber sie hat noch andere Aufgaben von Beate übernommen, also das ganze Organisatorische für die Sprachkurse. Jetzt ist sie nicht nur abends, sondern auch den ganzen Tag im Institut. Wenn sie sich nicht gerade mit dem Polizisten trifft, der den Tod von Beate untersucht."

Plötzlich wurde Nout, der vorher nur mit einem halben Ohr zugehört hatte, aufmerksam. „Der hat uns auch schon befragt. Kennt deine Mitbewohnerin den Polizisten gut?"

„Ich glaube schon, dass sie eine gute persönliche Beziehung zu ihm hat, er ist schließlich ihr Lieblingskursteilnehmer. Jedenfalls weiß sie ziemlich viel." Kathrin legte die Kalbfleischstückchen in die heiße Pfanne.

Nout setzte sich auf den Hocker vor dem Küchentresen. „Was denn?"

Kathrin, die im Kochen wenig Routine hatte, war so auf die Fleischanbrataktion konzentriert, dass ihr Nouts steigende Anspannung entging. „Na, in welche Richtung die Polizei ermittelt", antwortete sie etwas verspätet.

„Und in welche Richtung ermittelt die Polizei?"

Jetzt legte Kathrin ihren Holzlöffel zur Seite und sah ihn direkt und mit zusammengekniffenen Augen an.

„Die suchen nicht nur im Kollegenkreis. Da gibt es wohl einen alten Fall, den haben sie noch einmal ausgegraben. Es geht um eine Lehrerin, die vor einem Jahr ebenfalls umgebracht wurde."

„Weißt du was darüber?" Nout war jetzt sichtbar nervös.

„Worüber?"

„Sag mal, spreche ich so schlecht Deutsch? Na, über den Fall mit der Französin."

Kathrin erstarrte, ihr Fleisch in der Pfanne wurde schwarz. „Woher weißt du, dass es eine Französin war, das habe ich überhaupt nicht erwähnt. Hast du was damit zu tun?" Jetzt nahm sie das noch vom Fleischschneiden neben ihr liegende Messer in die Hand und richtete die Klinge auf ihren Gast. „Raus hier, auf der Stelle."

Nout war perplex. Er stellte sein Glas ab, nahm sein Jackett von der Stuhllehne und ging, langsam und wieder gefasst, zur Wohnungstür. „Es stand damals in allen Zeitungen", rief er mit nach hinten gedrehtem Kopf in die Küche, dann fiel die Tür ins Schloss.

Als wäre sie gerade aus einem Albtraum erwacht, legte Kathrin das Messer zur Seite und stellte die Herdplatte ab. So hatte sie sich die Überraschung mit ihrer Bewerbung in Basel und der daraus folgenden Möglichkeit einer gemeinsamen Zukunft nicht vorgestellt.

Nout stand im Fahrstuhl und war mit sich selbst alles andere als zufrieden. Der Abend war total missglückt: kein Spaß zu zweit und keine 3.000 Euro – dabei hatte er den Umschlag mit den Scheinen schon auf dem Wohnzimmertisch erspäht. Sehr ärgerlich, das Ganze. Das mit der Französin hätte ihm einfach nicht rausrutschen dürfen, das war unüberlegt. Er nahm sich ganz fest vor, seine Kommunikation bei solchen Treffen noch weiter zu perfektionieren, zückte sein Smartphone und suchte nach einem Ersatz-Date für die nächsten Stunden.

Auch Lenis abendlicher Unterricht verlief anders als erwartet. Ihr Plan war, das Thema Kunst in einem Kommunikationskurs mit der Frage: *Was ist Kunst?* einzuführen. Dazu hatte sie im Netz einen kurzen, älteren Artikel rausgesucht, in dem beschrieben wurde, wie eine Reinigungsfachfrau in einem Dortmunder Museum diese Frage eigenständig interpretierte und einen Teil der Installation: *Wenn's anfängt durch die Decke zu tropfen* von Martin Kippenberger sauber putzte. Sie habe damit das Kunstwerk so beschädigt, dass es nicht mehr wiederzuerkennen sei, meinte anschließend der Leiter des Museums. Diese, wie Leni dachte, amüsante Geschichte sollte zur Einleitung einer munteren Diskussion dienen, als sich plötzlich eine Kursteilnehmerin, etwa Ende zwanzig, meldete und meinte, sie würde diesen Text verabscheuen und darüber auch nicht sprechen, weil er ein antiquiertes und frauenfeindliches Bild vermitteln würde. Daraufhin fragte Leni die anderen Teilnehmerinnen und Teilnehmer, ob sie das auch so sehen würden, denn ihr persönlich wäre das gar nicht so aufgefallen. Die

Männer verneinten, eine weitere Teilnehmerin hielt das im Text verwendete Wort Putzfrau für diskriminierend und nicht mehr zeitgemäß. Leni disponierte um und entschied sich kurzerhand, den Text, den sie auf einem A4-Blatt ausgedruckt hatte, zusammenzuknüllen und in den Papierkorb zu werfen. Eine Demonstration ihrer Einsicht. Damit begrub sie auch gleich ihr Vorhaben, noch den ähnlichen Fall mit der Fettecke von Joseph Beuys zum Besten zu geben. Wahrscheinlich hatte sie sich mit dem Genderkampf noch nicht in ausreichendem Maß beschäftigt. Glücklicherweise fiel ihr ein Bild ein, das letzte Woche in einer Onlinezeitung abgebildet war. Sie suchte also für alle sichtbar über das elektronische Whiteboard dieses Gemälde mit gelben und blauen Strichen und ließ die Teilnehmer, visuell unterstützt durch eben jenes Werk, über die eingangs vorgegebene Frage in kleinen Gruppen diskutieren. Dass das farbenfrohe Bild von einem Schimpansen im Zoo von St. Louis gemalt worden war, erwähnte sie noch nicht. Als sie selbst noch einmal auf das leuchtende Board sah, meldete sich ihr schlechtes Gewissen wegen ihres vorschnellen Abgangs am Sonntag. Sie holte ihr Handy aus der Tasche und schrieb eine kurze SMS an Michiel: *Tut mir leid wegen gestern.*

Kein Problem! – diese Antwort kam prompt. Mit einem Lächeln im Gesicht leitete Leni zur Ergebnispräsentation der Teilnehmergruppen über.

An der Rezeption saß heute die Praktikantin, neben ihr lag wieder ein Bücherstapel, diesmal etwas kleiner. „Musst du die noch alle einarbeiten?“, fragte Leni etwas mitleidig, denn es war kurz nach 21 Uhr.

„Nein“, sagte Gudrun, das rundliche, etwas schreckhafte Wesen. „Ich muss sie ausarbeiten.“

„Ausarbeiten?“

„Na ja, im Zeitalter der Onleihe und der vielen E-Books muss der Bestand an Papierbüchern drastisch verringert werden. Isabell hat die Bücher, die wegmüssen, heute aus den Regalen geholt und ich versuche nun, sie irgendwo anders unterzubringen.“

„Wo denn?“

„Das weiß ich noch nicht, das Gefängnis und die Rotterdamer Krankenhäuser wollen sie jedenfalls nicht. Mit denen habe ich schon telefoniert.“

„Könnt ihr die Bücher nicht verschenken? Macht doch einfach hier am Ausgang einen Stapel und jeder darf ein Buch mitnehmen.“ Gudrun zuckte mit den Achseln. „Das muss Isabell entscheiden.“

Also, leicht hat es die Bibliothek auch nicht, dachte Leni, als sie ihre Kaffeetasse in der Cafeteria abstellte und seltsame Geräusche aus dem Veranstaltungsraum vernahm. Sie öffnete vorsichtig die Tür und sah Hieronymus völlig zugekifft auf dem Boden sitzen. Er starrte wie elektrisiert auf das Urs Friedhelm-Video und ahmte Möwengeräusche nach. Der typische Cannabisgeruch wäre beinahe in die Cafeteria entwichen, wenn Leni nicht sofort die Tür geschlossen und die Notausgangstür zum Parkplatz geöffnet hätte. „Sag mal, bist du verrückt geworden? Das stinkt doch. Morgen früh riecht das hier jeder.“

„In den Raum geht doch sowieso keiner, außer mir. Jetzt setz dich doch erst mal und entspann ein bisschen. Das Video ist wirklich cool, man muss es nur lange genug ansehen. Irgendwann wird man selbst eine Möwe.“ Jetzt kreischte er wieder und ruderte mit seinen Armen.

„Hieronymus. Du musst jetzt hier verschwinden.“ Der winkte ab und gab sich den Meer-Möwen-Geräuschen hin. Leni änderte kurzentschlossen ihr Vorhaben, Hieronymus zur Beendigung seiner bewusstseinserweiternden Session zu bewegen, und hockte sich neben ihn. „Sag mal, Hieronymus. Was war eigentlich mit dir und Beate? Du konntest sie doch nicht ausstehen, oder?“ Die Fragen kamen ganz spontan. Vielleicht war das eine gute Gelegenheit, weitere Informationen für das Puzzle rund um Beates Tod zu sammeln. In seinem Zustand würde er ganz sicher die Wahrheit sagen und Leni wüsste gleich, ob Hieronymus in die engere Wahl der Verdächtigen käme.

„Nicht ausstehen? Nein, das trifft es nicht ganz. Beate wollte mir allen Ernstes verbieten, meine Fotos auf dem Rezeptionstisch auszulegen. Angeblich, weil ich die Kursteilnehmer damit belästigen würde. Und damit kam sie immer wieder, ließ einfach nicht locker. Das ist mir wirklich auf die Nerven gegangen. Aber“, jetzt hob er seinen rechten Zeigefinger, „mit Unterstützung einiger Entspannungsmethoden habe ich mir selbst beigebracht, sie komplett zu ignorierten.“ Wieder schwang er seine Arme parallel zu den Flügeln der Möwen. „Das solltest du auch lernen, das macht das Leben leichter.“

Nun hatte auch Leni das Gefühl zu fliegen, jedenfalls für einen kurzen Moment. Danach raffte sie sich auf, überließ Hieronymus seinem *Ich bin ein Vogel*-Trip und schloss die Tür zur Cafeteria leise und sorgfältig.

Draußen, vorm Institut, blieb Leni stehen und atmete tief durch, als wollte sie ihre Lungen erst einmal von der Haschischluft reinigen. Plötzlich trat von hinten jemand auf sie zu. Leni hörte und spürte es, trotzdem erschreckte sie die Hand auf ihrer Schulter. Es war die Hand von Michiel. Der kam wie am Sonntag aus dem Nichts und sah heute mit seiner dunklen Sommerjacke und einem Sportrucksack auf dem Rücken nicht im Entferntesten aus wie ein Anwalt.

„Michiel, du darfst mich nicht so erschrecken, sonst bleibt mir mal das Herz stehen."

„Tut mir leid, Leni. Ich habe mich so über deine SMS gefreut, da dachte ich, ich könnte dich vielleicht nach Hause bringen … und dich beschützen. Man weiß ja nie."

„Gut, aber ich muss zwischendurch mal bei Burger King Station machen und mir eine Tüte Pommes kaufen. Ich verhungere bald." Gegen so einen gemeinsamen Spaziergang am Abend sprach ja zunächst nichts. Abgelenkt durch den kleinen Schreck, hatte Leni nicht bemerkt, dass sie auch einen anderen Begleiter hätte haben können. Jan stand ebenfalls in der Nähe des Instituts, hatte aber im Eingang des Nachbarhauses Deckung gesucht, als er Michiel auf der Straße hin und her laufen sah. Von dort aus beobachtete er mit Unbehagen das Geschehen. Dieser Tag blieb irgendwie verkorkst, bis zum Ende. Jan wünschte sich jetzt eine Zigarette – aber er rauchte ja nicht mehr.

„Ich vermute mal, dass es für eine Essenseinladung bei mir zu spät ist. Oder?" Michiel gab sich alle Mühe zu lächeln. Die Eingeladene nickte und lächelte zurück. Das entging dem heimlichen Beobachter genauso wenig wie der Versuch Michiels, beim Gehen seinen Arm um Lenis Schulter zu legen, sowie deren elegante Abwehrreaktion.

Gegen zehn erreichte Leni mit einer leeren Pommestüte ihr Hochhaus. Sie war froh, dass sie ihre Mitbewohnerin als Entschuldigung dafür anführen konnte, ihren Begleiter nicht nach oben bitten zu können. Während des ganzen Heimwegs hatte nur Leni geredet, über ihren Tag, ihren neuen Job und ihre Kurse. Nur bei der Frage, was denn am Sonntag eigentlich los gewesen sei, fand sie nicht gleich die richtige Antwort. Sie brachte wieder die vielen Hausaufgaben als Entschuldigung vor und fügte noch ein paar Bauchschmerzen dazu. Über Michiel, das stellte sie bei ihrer Fahrt in die 16. Etage fest, hatte sie nicht viel erfahren.

Im Wohnzimmer ließ sich Leni auf die Couch fallen, auf der Kathrin mit aufgequollenem Gesicht und roten Augen saß und vor sich hinstarrte, fast wie Hieronymus, nur ohne Haschischgeruch und Möwengeräusche. „Wie siehst du denn aus? Ist was passiert?"

„Ich wollte mir mit Nout einen schönen Abend machen und dann ist das irgendwie in die falsche Richtung gelaufen." Die Tränen flossen wieder, das nächste Taschentuch musste seine Aufgabe erfüllen.

„Was ist in die falsche Richtung gelaufen?"

„Ich habe einen Fehler gemacht und etwas überreagiert. Aber ich kann im Moment nicht darüber reden."

„Alles gut, erzähl es mir einfach, wenn dir danach ist." Eine weitere Überraschung wäre an diesem Tag für Leni wirklich zu viel gewesen.

Dienstag, 8. Juni

Das Wetter meinte es wieder gut, Wärme und Sonne verbreiteten bei vielen Menschen gute Laune. Als Leni kurz vor 9 Uhr zum Institut lief, war die Innenstadt noch weitestgehend leer. Sie wagte einen kurzen Blick in die Schaufenster des Schuhladens mit den tollen Angeboten und überlegte in Erwartung ihres nächsten Gehalts, das durch die vielen Arbeitsstunden etwas höher ausfallen würde, ob sie in der Mittagspause einen kleinen Abstecher hierhin wagen sollte. Auf dem restlichen Weg schweiften ihre Gedanken zu dem A5-Heftchen in ihrer Tasche. Am Abend zuvor hatte sie sich im Bett noch ein paar Notizen gemacht, um die Fakten und Aussagen, die bisher auf dem Tisch lagen, mithilfe einer systematischen Analyse zu ordnen und so etwas Klarheit in die Sache zu bringen. Neben einem Strich in der Mitte hatte sie in die linke Spalte einige Namen eingetragen, in die rechte ihren bisherigen Kenntnisstand: *Klaus Dieter: Verhältnis, eventuell Erpressung – Kathrin: geklaute Projektidee, am Tatabend Besuch bei Beate – Hugo: One-Night-Stand mit Erpressung – Hieronymus: Ärger wegen Kunstfotos – Kursteilnehmer Michiel: ? – Kursteilnehmer Nout: ?* Das war zugegebenermaßen nicht viel, aber das war ihr erst klar geworden, als es schwarz auf weiß geschrieben stand. Die ersten vier Einträge könnte sie eigentlich wieder streichen, überlegte sie sich beim Gehen, diese Personen kamen nach den persönlichen Gesprächen mit ihr nicht in Frage. Vielleicht doch Michiel? Oder dieser Nout? Es wollte einfach kein überzeugender Täter oder keine Täterin, wie Kathrin jetzt anmerken würde, vor ihrem geistigen Auge auftauchen.

Im Institut saß, wie gestern Abend, die Praktikantin an der Rezeption. Hieronymus hatte durchgegeben, dass er sich verspäten würde. Nach dem obligatorischen morgendlichen Mail-Check beschloss Leni, wegen der vertraglichen Möglichkeiten mal bei Susanne vorbeizugehen. Die Verwaltungsleiterin wusste ziemlich viel und kannte sich in arbeitsrechtlichen Dingen gut aus. Als sie an ihrem Nachbarbüro vorbeilief, sah sie Hugo am Telefon, er war heute pünktlich! Ob das mit ihrem gestrigen Gespräch zusammenhing? Auch Marga Engels von der Kulturabteilung stakste mit Absatzschuhen an ihr vorbei, ebenfalls vor ihrem normalen Arbeitsbeginn. Die Tür zu Susannes Büro stand offen. „Hallo Susanne, hast du mal ein paar Minuten Zeit für mich?"

„Klar, komm rein, ich wollte sowieso einiges mit dir besprechen. Ich muss aber noch einen Anruf erledigen, die Sicherheitsfirma war heute Nacht im Institut, der Alarm wurde ausgelöst."

Jetzt verlor auch mal Leni ihre Gesichtsfarbe, denn ihr schwante Schlimmes. „Was ist denn passiert?", fragte sie vorsichtig.

„Keine Ahnung. Entweder hat jemand gestern Abend versucht, über den Notausgang hinten ins Institut zu gelangen oder Hieronymus hat aus irgendeinem Grund die Tür aufgemacht und vergessen, sie zu schließen." Leni schluckte. „Ich persönlich vermute, dass die Tür vielleicht noch offen war, dann sind ein paar Junkies gekommen und haben es sich im Veranstaltungsraum gemütlich gemacht. Als die Sicherheitsfirma kam, sind sie abgehauen. Der ganze Raum hat heute früh nach Cannabis gestunken, das kannst du dir gar nicht vorstellen."

„Hat das irgendwie noch ein Nachspiel?“ Leni überlegte, ob sie jetzt besser mit der Wahrheit herausrücken und über Hieronymus‘ bewusstseinserweiternden Trip als Möwe berichten sollte.

„Nein. Wir bezahlen ja die Sicherheitsfirma, damit sie in solchen Fällen vorbeikommt und nach dem Rechten sieht. Gestohlen wurde nichts und die Videoinstallation lief tadellos. Mit unserem Rezeptionisten muss ich aber mal ein ernstes Wörtchen reden, der sollte seinen abendlichen Rundgang etwas ernster nehmen.“

„Na, dann telefoniere erst mal. Ich hole uns in der Zwischenzeit einen Kaffee.“ Erleichtert verließ Leni das Büro und kam keine zehn Minuten später mit Kaffee und ein paar Keksen, die in einer offenen Schachtel in der Cafeteria herumlagen, zurück.

„Ich habe eigentlich nur eine arbeitsrechtliche Frage“, begann sie vorsichtig und in der Hoffnung, dass Susanne in der Zwischenzeit alles geregelt hatte.

„Wegen der neuen Tätigkeit?“

„Genau.“

„Da kann ich dir nur anbieten, was dir Klaus Dieter schon vorgeschlagen hat. Wir erweitern deinen Honorarvertrag um die Stunden, die du jetzt zusätzlich arbeitest. Erst wenn die Wiederbesetzung der Sprachkursbeauftragten-Stelle vom Regionalinstitut in London befürwortet und von der Zentralverwaltung in München genehmigt wird, kann sie offiziell neu besetzt werden, dann mit Vertrag natürlich.“

„Okay. Ich habe Klaus Dieter zugesagt, dass ich erst mal einspringe, dazu stehe ich jetzt auch. Dann machen wir es so.“ Leni war ja zugegebenermaßen froh, dass sie überhaupt etwas mehr Geld verdienen konnte. „Was hast du denn auf dem Herzen?"

Susanne friemelte an dem Tuch herum, das sie um den Hals trug.

„Ich habe gestern Nachmittag ein paar Minuten mit Hugo geredet, wegen der Polizei bei uns im Haus und so." Sie machte eine Pause, Leni legte ein motivierendes Lehrergesicht auf: lächelnd nicken.

„Hugo hat mir erzählt, dass der Kommissar dein Kursteilnehmer ist." Jetzt stand die Verwaltungsleiterin auf und schloss die Tür. „Und ich habe vor einiger Zeit, glaube ich, mal Mist gebaut."

Na ja, mit dem Mistbauen war Susanne nicht die Einzige, das wusste Leni nur zu gut, sich selbst eingeschlossen. „Hast du was mit dem Tod von Beate zu tun?" Die Frage passte jetzt nicht recht zum verständnisvollen Gesichtsausdruck, sie war eher die direkte Variante. Vielleicht hatten die sechs Jahre Niederlande doch schon ein bisschen abgefärbt.

„Nein, um Himmels willen!" Susanne war wirklich entrüstet. „Nein", wiederholte sie, „ich habe mich nur verplappert."

„Verplappert. … Du hast also jemandem etwas gesagt, was er oder sie nicht wissen sollte."

„Genau. Kennst du den Polizisten gut?"

„Er ist mein Kursteilnehmer, nichts weiter. Aber er ist nett und ich vertraue ihm."

„Gut. Dann beginne ich mal von vorn. Du weißt doch, dass ich jedes Jahr Ende Dezember mit dem Jahresabschluss beschäftigt bin. Am liebsten mache ich das zwischen den Weihnachtsfeiertagen und Silvester, wenn keiner im Institut ist, weil ich da meine Ruhe habe. Bei der Buchprüfung ist mir aufgefallen, dass die Reisekosten für die Institutsleitung wieder gestiegen sind. Sie sind jetzt viermal so hoch wie bei dem Vorgänger von Martina Müller-Bär."

„Wie geht denn so was?"

„In der Abrechnung standen Reisen zu diversen Kulturveranstaltungen im Ausland, zum Beispiel Fahrten nach Paris, nach London, nach Rom, nach Berlin usw. Immer übers Wochenende und immer wurden teure Essen für zwei Personen abgerechnet und sehr teure Hotelzimmer."

„Da hat sich wohl unsere Frau Müller mit ihrem Herrn Bär ein paar tolle Tage zu Lasten des Instituts-Budgets gemacht", sprach Leni mit einem Keks im Mund die auf der Hand liegende Vermutung aus. „Na ja, der Mann hat nicht so viel zu tun. Der muss bei Laune gehalten werden. Nur ein paar kleine Moderationen und Workshops reichen dafür sicherlich nicht aus." Susanne lächelte kenntnisreich in sich hinein. „Und weil wir gerade bei Herrn Bär sind … Von dem habe ich letztens in Beates Computer eine Abrechnung über eine Weiterbildungsveranstaltung zu deutsch-niederländischen Befindlichkeiten gefunden, auf der ich als Teilnehmerin geführt wurde und gar nicht dabei war. Lustig, nicht?"

„Genau das ist das zweite Problem. Michael Bär verdient sein Geld auf Honorarbasis mit Artikeln, Moderationen, Vorträgen und Seminaren. Und weißt du, wer sein Hauptauftraggeber ist?"

„Das Institut für deutsche Sprache und Kultur in Rotterdam?"

„Du sagst es. Und da Frau Müller-Bär nicht alles über ihr Kulturbudget abrechnen kann, kommt eben die eine oder andere Honorarabrechnung aus der Sprachabteilung. Da müssen natürlich auch Leute als Teilnehmer stehen, die in der Sprachabteilung arbeiten. Ich glaube mich sogar zu erinnern, dass er dieses Seminar mehrfach gegeben hat, auch für niederländische Deutschlehrer im Auftrag der Universität Amsterdam. Bezahlt wurde das aber von uns, also aus dem Topf der Sprachabteilung. Und weißt du, was das Schlimmste ist?"

„Geht es noch schlimmer?"

„Das Ärgerlichste ist, dass ich dann auch noch eins vom Regionalinstitut auf den Deckel kriege, weil wir immer über unserem Ausgaberahmen liegen."

„Hast du, nachdem du das mit der Reisekostenabrechnung entdeckt hast, irgendetwas unternommen? Mit der Institutsleiterin gesprochen oder so?"

„Nein, ich bin doch nicht verrückt. Ich habe einmal eine kurze Andeutung gemacht und mir gleich ihren Zorn zugezogen. Wenn ich alles gesagt hätte, was ich denke, dann hätte hier der Bär getanzt, das kannst du mir glauben."

„Die Bär." Der Einwurf erzielte sogar mal den richtigen Effekt: Susanne lächelte.

„Ich habe aber einen riesigen Fehler gemacht und dummerweise Beate vor ungefähr drei Wochen von der Reisekostenabrechnung erzählt. Das ist mir irgendwie beim Lunch mal so rausgerutscht. Hinterher habe ich mich über mich selbst geärgert."

„Und jetzt denkst du, dass Beate vielleicht …" Leni überlegte und wollte ihren Gedanken gerade weiterspinnen, als ihn Susanne vollendete. „… die Institutsleiterin über alles informiert und sie damit erpresst hat."

„Ich gehe inzwischen davon aus, dass Beate einfach über viele Leute im Institut etwas wusste und das ausgenutzt hat. Die Müller-Bär war nur eine davon. Mach dir also keinen Kopf. Ich werde Jan aber mal einen Tipp geben, vielleicht ist das ja ein Motiv."

Frau Müller-Bär rückte nun in den Kreis der Verdächtigen auf und sie war die Einzige im Institut, der Leni die Tat wirklich zutraute. Sie musste heute unbedingt noch mit Jan Kontakt aufnehmen. „Hast du eine Idee, wie dein Verdacht mit dem Abrechnungsbetrug eine gewisse Öffentlichkeit erreichen könnte, ich meine innerhalb des Instituts?"

„Ja. Ich wollte eigentlich am Freitag mit den Auditoren sprechen. Ich habe doch sowieso einen Gesprächstermin. Oder ich rufe in London an und spreche mit dem regionalen Verwaltungsleiter. Den kenne ich gut – von einer gemeinsamen Fortbildung."

„Gute Idee! Du kannst ja beides machen." Leni nahm noch einen Keks und verschwand.

Der Gesprächstermin von Susanne mit den Auditoren erinnerte Leni daran, sich zunächst weiter um die Vorbereitung des unmittelbar bevorstehenden Audits zu kümmern. Sie öffnete die entsprechenden Dokumente im Intranet und druckte zunächst die auf 50 Seiten aufgelisteten Beurteilungskriterien aus. Schon der Blick auf das erste Blatt verriet ihr, was zu tun war: Gebäude, innen. Punkt 1: Alle Schilder neben den Türen sind zweisprachig. Punkt 2: Die ausliegenden Werbematerialien für die Sprachabteilung werden in ansprechender Form dargeboten.

Sie blätterte noch ein bisschen weiter, griff dann zum Telefonhörer. „Rob, du musst dein Zeug aus dem Lehrerzimmer räumen. Die Auditoren beurteilen auch die Räume, zumindest die der Sprachabteilung."

Mit den Qualitätsmerkmalen und einem Stift in der Hand begann Leni auf dem Flur der zweiten Etage die Schilder neben den Türen zu kontrollieren. Die Tür von Hugos Büro war angelehnt, doch durch einen kleinen Spalt konnte Leni hören, dass er lauter sprach als sonst. Sie versuchte ein paar Wörter oder Sätze zu erhaschen, als sie plötzlich von hinten angefahren wurde.

„Was machen Sie hier?", Frau Müller-Bär stemmte ihre Arme in die Hüfte.

„Ich bereite das Audit vor und überprüfe die Beschilderung", dabei winkte Leni mit den Qualitätsbeschreibungen.

„Wie dämlich ist das denn? Sie können doch die Schilder, wenn sie nicht in Ordnung sind, bis übermorgen nicht mehr austauschen. Arbeiten Sie immer so uneffektiv?"

„Äh, ich dachte, wenn wir die Defizite schon vorher kennen, können wir vielleicht gleich proaktiv diverse Verbesserungsvorschläge in die Gespräche einbringen und so zeigen, dass wir alles in der Planung haben und auf einem guten Weg sind." Leni merkte, dass sie in puncto Schlagfertigkeit ein Stück vorankam.

„Dafür müssen Sie aber nicht fünf Minuten ein Schild anstarren, oder haben Sie gelauscht?"

„Was soll ich denn bei Hugo belauschen? Kundengespräche?"

„Das stimmt natürlich auch wieder."

Um die etwas peinliche Situation aufzulösen, bewegte sich Leni langsam auf ihr Büro zu.

„Ich habe übrigens etwas sehr Interessantes gefunden." Die Institutsleiterin folgte ihr hoffnungsfroh. Aus einer Ablage holte Leni die Projektbeschreibungen von Kathrin und Beate hervor und überreichte sie fast feierlich. „Beate war wahrscheinlich eine Betrügerin. Sie hat die Projektidee einer Kollegin gestohlen und als ihre eigene ausgegeben."

Frau Müller-Bär überflog kurz die ihr ausgehändigten Papiere. „Das ist alles? Mehr haben Sie nicht gefunden? Keine Leistungsbeschreibungen?"

„Ich habe noch nicht jedes einzelne Dokument durchsehen können, aber bis jetzt ist mir so etwas nicht untergekommen."

„Gut, dann machen wir das anders." Ihre Geduld hatte ein Ende. „Anstatt Schilder zu kontrollieren, die letztendlich sowieso niemanden interessieren, überlegen Sie sich bitte, welche Lehrkräfte bisher negativ aufgefallen sind. Ich erwarte eine Übersicht über diejenigen, die mit ihrer Arbeit am Institut nicht zufrieden sind, nach festen Verträgen schreien oder die 55 überschritten haben. Die Zukunft gehört den jungen, flexiblen Leuten, nicht den Quenglern und Bremsern. Wir sollten die Gelegenheit des Audits nutzen, um Probleme zu lösen, das haben Sie vorhin ganz richtig erkannt. Wir müssen die Problemkandidaten namentlich benennen und so für einen Austausch sorgen, damit sich das Institut in die richtige Richtung entwickeln kann."

Dass eine solche Absicht hinter der sogenannten Leistungsbeschreibung stehen würde, hatte sich Leni fast gedacht. „Wir haben da ein kleines Problem. Ich habe mich mit den Audit-Unterlagen intensiv beschäftigt", das war etwas dick aufgetragen, „und in den Richtlinien steht, dass man keine Namen nennen darf, nur die Funktion. Wir dürfen nur von einigen Lehrenden auf Honorarbasis sprechen. Konkreter dürfen wir nicht werden."

Die Antwort kam prompt und sehr laut. „Sie reden ja denselben Unsinn wie Ihr direkter Vorgesetzter. Jetzt fehlt nur noch das Märchen vom kollegialen Austausch. Ich dachte, Sie hätten Interesse an der Tätigkeit, die Sie jetzt vertretungsweise ausüben."

„Natürlich habe ich das."

„Zögerlichkeit ist keine Eigenschaft von Gewinnern. Bedenkenträgerschaft auch nicht. Merken Sie sich das." Die Projektbeschreibungen flogen auf Lenis Schreibtisch und Frau Müller-Bär sinnbildlich aus dem Raum.

Klaus Dieter starrte auf seinen Bildschirm. „Ich muss mal mit dir reden", begann Leni und setzte sich ihm gegenüber. Er sah auf. „Aber mach bitte die Tür zu."

„Frau Müller-Bär hat mich gerade beauftragt, eine Liste mit Lehrerkollegen über 55 anzufertigen und mit Kollegen, die, sagen wir mal, negativ aufgefallen sind."

„Du brauchst gar nicht weiterzureden", unterbrach er seinen Gast, „diese Idee ist vollkommen absurd. Die kenne ich schon. Beate hat das sehr ernst genommen und mir ihre Liste sogar gezeigt."

Lenis Hals schnürte sich zusammen, dieses Dokument hatte sie aus mangelnder Weitsicht gestern gelöscht.

„Sollte das Papier in Beates Computer irgendwo auftauchen, kannst du es vernichten." Der Stein, der Leni vom Herzen fiel, machte Lärm, so groß war er. Sie hatte Klaus Dieter unterschätzt. Er zeigte tatsächlich Haltung. Trotzdem beschloss sie, ihre Löschaktion für sich zu behalten.

„Beate hat ihre Liste aber nicht an die Institutsleiterin weitergegeben. Das ist sicher, sonst müsste ich sie ja jetzt nicht machen. Ich nehme an, Frau Müller-Bär möchte diese sogenannten Leistungsbeschreibungen als Vorlage für ein Gespräch mit den Auditoren verwenden."

„Das befürchte ich. Außerdem entbehrt die Sache nicht einer gewissen Komik, wenn man das nach dem tragischen Tod von Beate mal so formulieren darf. Martina hatte mich nämlich gebeten", er zeigte mit seinem Finger einmal mehr auf sich selbst, „ein paar Minuspunkte über Beate zu sammeln. Das war offenbar zum selben Zeitpunkt, als Beate mit ihrer Liste über die Kollegen beschäftigt war."

Für Leni war das eine weitere wundersame Wendung. Die Institutsleiterin war takt- und respektlos, aber ein gewisses Beurteilungsvermögen war ihr nicht abzusprechen.

„Hast du das Beate weitererzählt?"

„Ich habe in der letzten Zeit einige Fehler gemacht. Das war einer davon." Es entstand eine kleine Pause. „Ich dachte, Beate und ich hätten eine gewisse Vertrauensbasis. Ich hätte mir niemals vorstellen können, dass sie mit dieser Information gleich zu Martina rennt. Seitdem herrscht – na ja, nennen wir es mal so, wie es ist – eine Art Krieg zwischen uns."

„Das tut mir leid für dich. Wir werden das Audit so gut wie möglich über die Bühne bringen, mach dir keine Sorgen." Die Antwort diente eher zu ihrer eigenen Beruhigung, denn Lenis Nervosität wuchs, je näher die Ankunft der Auditoren rückte.

Um ihren Kontrollgang durch das Gebäude in Bezug auf Beschilderung und Auslagen fortzusetzen, ging Leni in die erste Etage. Aus einem Klassenzimmer drang die Stimme von Birgit Kaminski, die den Mackie-Messer-Song vor sich hin trällerte. Leni öffnete die Klassenzimmertür aus Versehen mit einem solchen Ruck, dass Birgit vor Schreck vom Stuhl fiel. Den hatte sie wahrscheinlich als Bühne genutzt.

„Tut mir leid, Birgit, ich wollte dich nicht erschrecken.“ Beim Aufhelfen fasste sie Birgit am rechten Arm und zog sie nach oben, wobei Birgits T-Shirt-Ärmel verrutschte. Ihr ganzer Arm war blau-grün. „Das ist aber nicht von dem Sturz eben.“ Diese Bemerkung brachte Birgit sichtbar in Verlegenheit. Das blieb auch Leni nicht verborgen, deshalb probierte sie es mit einem kleinen Ablenkungsmanöver. „Wie war denn dein Unterricht heute Vormittag?“

„Oh, der war ganz toll. Ich habe gute Leute. Richtig nett.“ Auch Birgit war erleichtert über den Themenwechsel. Sie begann den Dozententisch aufzuräumen und ihre Tasche zu packen.

„Schön.“ Leni wollte sich wieder den Schildern und Prospekten auf dem Flur widmen, überlegte es sich aber anders. „Sag mal, wie war eigentlich dein Verhältnis zu Beate?“

„Gut.“ Der Körpersprache nach zu urteilen war es das Gegenteil davon. Die Kollegin schaute plötzlich nach oben, ihre sonst üblichen Gesten blieben aus, ihre Haltung wurde steif.

Intuitiv entschied sich Leni dafür, mit einem guten Beispiel für Ehrlichkeit voranzugehen. „Ich hatte eigentlich keine gute Beziehung zu Beate. Ich fand sie nicht kollegial. Außerdem hatte sie fachlich nichts auf dem Kasten.“

Der Plan funktionierte. „Genau. Und ich sage dir noch was. Ich bin froh, dass sie nicht mehr da ist.“ Das Theatralische war in Birgits Stimme zurückgekehrt. Sie sah Leni wieder in die Augen und es war ihr auch überhaupt nicht unangenehm, dass sie genau das Gegenteil von dem erzählte, was sie kurz vorher von sich gegeben hatte.

„Warst du mal bei Beate zu Hause?“

„Warum willst du das wissen?“

„Also mir ist das vollkommen egal. Es ist nur so, dass die Polizei gerade dabei ist, Fingerabdrücke abzugleichen. Die Spurensicherung war gestern Vormittag im Institut, hier in diesem Kassenraum. Einige Lehrerkolleginnen waren leider nicht da, du ja auch nicht. Vielleicht kommt die Polizei deswegen noch mal, oder die Abwesenden müssen aufs Revier, das kann auch sein.“

Jetzt musste sich Birgit setzen. Sie fuhr sich mit den Händen durch ihre roten Haare und verschob dabei das giftgrüne Haarband mit den aufgestickten Marienkäfern, ohne dass sie es merkte. Das Band hing nun seitlich neben dem rechten Ohr.

„Beate wollte mir keine Kurse mehr geben. Das hat sie mir gesagt, nachdem sie bei mir hospitiert hatte. Sie fand meinen Unterricht katastrophal und meinte, ich würde viel zu viel reden.“

„Na ja, Birgit, möglicherweise ist dein Redeanteil beim Unterrichten etwas zu hoch. Aber das kann man abstellen. Das ist doch kein Grund, jemandem die Arbeit wegzunehmen.“

„Genau. Ich gebe mir wirklich große Mühe, das musst du mir glauben. Ab und zu gehen einfach die Pferde mit mir durch. Ich möchte den Leuten so viel erzählen …“

„Ich weiß. Daran kann man aber arbeiten. Darf ich dir für übermorgen einen Tipp geben? Wenn die Auditoren kommen, machst du mit den Teilnehmern einfach eine Dialogübung. Was hältst du davon, wenn wir uns noch mal treffen und deinen Unterricht am Audit-Tag gemeinsam vorbereiten?“

„Das wäre super. Dann kriege ich das sicher gut hin." Birgit machte eine Pause und wurde ernst. „Ich brauche diese Arbeit, ich brauche sie unbedingt. Mein Mann ist zurzeit arbeitslos."

„Das verstehe ich gut. Warst du nun in Beates Wohnung? Komm, sei ehrlich."

„Ja, vor zwei Wochen, aber sie hat mich gleich wieder nach draußen komplimentiert. Angeblich hatte sie keine Zeit, weil sie noch eine Verabredung hatte. Ich habe draußen, direkt vor dem Hauseingang, auch jemanden gesehen, einen Mann. Ich meinte sogar, ich würde den von irgendwoher kennen, mir ist nur nicht eingefallen, woher."

„Weißt du noch, wie er aussah? Kannst du ihn beschreiben?"

„Wenn du ihn mir zeigst, würde ich ihn vielleicht wiedererkennen. Aber ein Bild könnte ich von ihm nicht malen."

„Birgit, das müssen wir der Polizei erzählen, das ist vielleicht wichtig für die Ermittlungen. Ich versuche mal, mit meinem Kursteilnehmer aus dem Mittwochskurs Kontakt aufzunehmen, der leitet die Untersuchungen. Wir sehen uns später."

„Warte mal." Birgit packte Leni an der Hand. „Der blaue Arm, den du vorhin gesehen hast, kommt von einem Fahrradunfall, wirklich. Aber es ist schon so, dass wir zu Hause ein paar Probleme haben. Seit mein Mann seine Arbeit verloren hat, trinkt er zu viel. Er ist auch aggressiver geworden. Ich erkenne den Mann, in den ich mich damals verliebt habe, manchmal nicht wieder. In letzter Zeit denke ich häufiger daran, ihn zu verlassen. Aber wenn man so was mal weiterspinnt, wird einem schnell klar, dass das nicht so einfach ist. Ich wüsste gar nicht, wo ich wohnen sollte. Ich kann mir mit meinem Honorar keine Wohnung auf dem freien Markt leisten und auf eine Sozialwohnung müsste ich viele Jahre warten. Und in manchen Situationen tut mir mein Mann auch leid."

Leni nickte betroffen. Sie konnte sich das Dilemma sehr genau vorstellen. „Wenn du das nächste Mal über eine Trennung nachdenkst, sag mir einfach Bescheid. Wir können hier alle gemeinsam eine Unterkunft für dich suchen, ein Zimmer gibt es bestimmt irgendwo. Leidtun sollte dir dein Mann dann allerdings nicht mehr."

„Danke."

Bevor Leni den Raum verließ, richtete sie Birgits Haarband, damit der farbige Kontrastpunkt auf ihrem Kopf wieder richtig saß. Ihren Kontrollgang brach sie ab.

Es war Mittagszeit und ihr knurrender Magen trieb Leni ins Lunchcafé, den Besuch im Schuhladen hatte sie gestrichen. Als erstes schrieb sie Jan eine SMS: *Hi, muss unbedingt mit dir reden. Sitze jetzt für die nächsten 30 Minuten im Lunchcafé Weena 709.* Danach zog sie ihr A5-Heft aus der Tasche und betrachtete die erste Seite mit den zwei Spalten. Heute waren noch zwei mögliche Kandidaten dazugekommen, die heißeste Anwärterin hieß Müller-Bär. Jan würde vielleicht Augen machen, wenn sie ihm gleich ihre bisherigen Ergebnisse präsentieren würde. Um sich nachher nicht zu blamieren und Fehler bei ihrem Lösungsansatz auszuschließen, schlug Leni eine neue Seite auf und beschloss, alles noch einmal gut zu durchdenken. Sie bestellte Blueberry-Pancakes und einen Latte Macchiato und begann, ihre Argumente in eine logische Reihenfolge zu bringen. Was hatte sie bisher erfahren? Ihre neue Verdächtige Nummer eins, die Institutsleiterin, hatte erkannt, dass Beate fachlich nicht der hellste Stern am Himmel war, eventuell durch einen Beschwerdebrief der Kursteilnehmer, zu dem Kathrin ein paar Tipps gegeben hatte. Oder sie wusste schon seit längerem von dem Projekt-Ideenraub, möglicherweise durch einen Hinweis aus London. Frau Müller-Bär hatte die Absicht, neben ein paar Lehrkräften auch Beate loszuwerden und sah im Audit die Möglichkeit, diesem Vorhaben einen Schritt näher zu kommen und das Institut so wieder auf die Erfolgsspur zu bringen, was auch immer sie darunter verstand. Vor diesem Hintergrund erklärte sich auch ihre ablehnende Haltung gegenüber Beates Bewerbungsabsichten in München. Sie wollte auf jeden Fall verhindern, dass Beate eine ihr gleichgestellte Führungskraft wurde, mit der sie dann womöglich an irgendeinem anderen Institut hätte zusammenarbeiten müssen. Darum beauftragte sie den Leiter der Sprachabteilung, ihr ein paar negative Punkte zu den fachlichen Fähigkeiten von Beate zu liefern. Eine kleine Gemeinheit von ihr, da ihr das außerberufliche Verhältnis der beiden nicht verborgen geblieben war. Klaus Dieter informierte jedoch die Sprachkursbeauftragte über das Ansinnen seiner Vorgesetzten. Daraufhin beschloss Beate, dem Treiben der Institutsleiterin, zumindest was ihre eigene Person betraf, Einhalt zu gebieten, indem sie die Karte mit den Abrechnungen für Kulturfahrten am Wochenende ausspielte, die sie von Susanne bekommen hatte – sinnbildlich. Soweit die mehr oder weniger belegten Fakten. Vermutlich hatte Beate für diesen Schritt die Institutsleiterin in ihre Wohnung eingeladen, auch um zu verhindern, dass diese gleich Susanne kontaktierte und es zu einer Eskalation kam. Beate wollte, so malte es sich Leni aus, in aller Ruhe und in ihrer gespielt freundlichen Art ihre Widersacherin mit einem kleinen Hinweis auf ihr Wissen bekehren. Da Frau Müller-Bär ziemlich energisch sein konnte, wie Leni nun aus eigener Erfahrung wusste, kam es zum Streit und die zornige Leiterin hat Beate mit der gemeinsam geleerten Weinflasche, die Kathrin in der Wohnung hatte stehen lassen, eins übergebraten. Ein sehr wahrscheinlicher Ablauf. Alles glasklar. Fall gelöst. Glücklich über das Ergebnis ihres Nachdenkens verzehrte sie den ersten Blueberry-Pancake und musste immer wieder an Birgit, den blauen Arm und deren Probleme mit ihrem Mann denken. Gleichzeitig kam ihr die Französischlehrerin in den Sinn, die von ihrem Lebensgefährten, egal, ob er nun der Mörder war oder nicht, misshandelt worden war. Stimmte das mit dem Fahrradunfall wirklich? Der zweite Pancake war an der Reihe. Vielleicht spielte tatsächlich ein unbekannter männlicher Täter eine größere Rolle, als sie sich eingestehen wollte. Sowohl Kathrin als auch Birgit hatten berichtet, dass Beate abends noch verabredet war, Birgit hatte sogar einen Mann vorm Hauseingang gesehen. Erwartete sie einen Liebhaber? Wäre möglich. Einen Kursteilnehmer? Oder einen Kollegen? Klaus Dieter, Hugo, Hieronymus oder Rob kamen aber nicht in Frage, die hätte Birgit sofort erkannt. Und Martin stand beim Thema intime Beziehungen zu Frauen sowieso nicht zur Auswahl. Aber vielleicht war der Fremde nur zufällig dort oder Birgit hatte sich das nur eingebildet. Klaus Dieter hätte natürlich ein Motiv gehabt, denn er hatte, abgesehen von Lenis Mitleid und einer gewissen Sympathie ihrerseits, auch ein paar Minuspunkte vorzuweisen. Er hatte sich von der bauernschlauen Beate um den Finger wickeln lassen, ihr den Posten als Sprachkursbeauftragte gegeben und auch danach einiges getan, um ihre Karriere zu fördern, zum Beispiel ihr geraten, mit einem Projekt ihre fachliche Kompetenz zu demonstrieren. Allmählich war der aber ein Licht aufgegangen: Ihr körperlicher und zeitlicher Aufwand, den sie in den Leiter der Sprachabteilung investiert hatte, war eine Fehlinvestition. Der Schock, den die Mail aus London mit dem Hinweis auf die fehlende Unterstützung ihrer Bewerbung in München bei Beate ausgelöst haben muss, wird gewaltig gewesen sein. Sie war gezwungen, sich etwas einfallen zu lassen, damit sich doch noch ein Weg aus der Sackgasse auftat. Sie stellte Klaus Dieter zur Rede, der wiederum beteuerte, ihre Bewerbungsabsichten durchaus befürwortet und von dem negativen Bescheid der Institutsleiterin nichts geahnt zu haben. Aufgebracht wie sie war, lud sie Klaus Dieter am Dienstagabend zu sich nach Hause ein, um ihn vor die Wahl zu stellen: Entweder setzt du dich persönlich in London und München für mich ein oder deine Frau bekommt demnächst Besuch von mir. Klaus Dieter fühlte sich in die Enge getrieben und schlug zu, mit der Weinflasche. So oder so ähnlich könnte es auch gewesen sein. Jetzt schlichen sich noch weitere mögliche Abläufe in ihre Gedankenwelt. Kathrin schwebte an ihrem inneren Auge vorbei. Sie könnte nicht, wie behauptet, gegangen, sondern geblieben sein, mit Beate die mitgebrachte Flasche geleert und dann, mitten im hitzigen Wortgefecht, zugehauen haben. Nach Kathrin folgte Birgit. Sie war vielleicht nicht vor zwei Wochen, sondern am Dienstag vor einer Woche bei Beate und kämpfte um ihre Zukunft. Beate zeigte sich uneinsichtig und Birgit wehrte sich verbal und mit der Flasche. Und was war eigentlich mit Hugo? Vielleicht wollte er doch noch was von Beate? Jetzt wird es immer absurder, dachte Leni, die erste Variante war ihrer Meinung nach die beste.

„Hallo!“ Jan setzte sich neben sie. Leni spürte an der Art, wie er *Hallo* gesagt hatte, eine leichte Verstimmung. Das brachte sie einen kurzen Moment aus dem Konzept.

„Ich habe heute wichtige Dinge herausgefunden, die muss ich dir unbedingt erzählen. Ich glaube, ich weiß, wer es war.“ Leni konnte ihre Vorfreude auf Jans Gesicht, das er gleich machen würde, nicht verbergen.

„Da bin ich aber gespannt.“ Die Kellnerin kam, aber Jan bestellte nichts.

„Also, unsere Institutsleiterin hielt nicht viel von Beate, auch fachlich. Um zu dieser Einschätzung zu kommen, muss sie ein paar Infos aus der Sprachabteilung bekommen haben, denn dort wusste das eigentlich jeder, außer Klaus Dieter. Die Müller-Bär hat jedenfalls versucht, Beate loszuwerden und wollte sie bei dem anstehenden Audit in die Pfanne hauen. Das hat Beate in Erfahrung gebracht und die Institutsleiterin erpresst.“

„Was ist *in die Pfanne hauen* und womit hat sie die Leiterin erpresst?“

„Die Leiterin wollte etwas Negatives über Beate sagen. Und genau das wollte die verhindern. Sie drohte also der Institutsleiterin damit, den Auditoren zu erzählen, dass sie ihre Privatreisen über das Institut abrechnet.“

„Wer rechnet die Privatreisen ab? Beate oder die Leiterin?“ Manchmal war der wirklich schwer von Begriff. „Na, die Institutsleiterin! Das ist es doch, das Mordmotiv!“

„Und du denkst, da hat die Leiterin ganz viel Angst gehabt, ist zu der Beate Neumann in die Wohnung gegangen und hat sie mit der Flasche erschlagen.“

„Ja, im Streit. Das ist meine Theorie.“

„Leider hat deine Theorie einen kleinen Haken. Die Leiterin hat ein Alibi."

„Was für ein Alibi?" Das war jetzt eine ungute Wendung.

„Sie war mit einem Künstler, der am Donnerstag eine Videopräsentation im Institut hatte, und noch einer anderen Person essen, im Restaurant Fred. Wir haben das Alibi überprüft. Es stimmt."

„Bist du ganz sicher? Vielleicht ist sie während des Essens aufgestanden ..."

„Und hat so ganz nebenbei jemanden getötet? Nein, nein, Leni, das Alibi ist absolut sicher."

„Übrigens hat meine Kollegin Birgit Kaminski vor zwei Wochen einen Mann vor Beates Haustür gesehen." Leni gab nicht auf. „Die war auch in Beates Wohnung, falls ihr noch Fingerabdrücke gefunden habt, die ihr nicht zuordnen könnt."

„Kann sie den Mann beschreiben?"

„Nein, nicht genau." Das war kaum noch hörbar.

„Sie hat also irgendwann einmal einen Mann auf dem Eendrachtsweg gesehen, zufällig vor dem Hauseingang von Beate, den sie nicht beschreiben kann."

Jetzt nickte Leni stumm und rührte in ihrem Macchiato-Glas herum.

„Und was ist eigentlich mit dem Kursteilnehmer, von dem du dich abends nach Hause bringen lässt? Kommt der in deiner Theorie auch vor?" Das traf Leni, und zwar richtig. Deshalb war Jan so kurz angebunden. Er muss sie gestern mit Michiel gesehen haben.

„Tut mir leid, Jan, das wollte ich dir auch noch erzählen. Ich war am Freitagabend ..."

„Schon gut, Leni. Das finde ich alles selber raus. Ich habe jetzt noch ein Gespräch mit eurem Assistenten."

Nach diesem Abgang aß Leni noch ihren letzten, kalten Pancake, danach war ihr schlecht. Irgendwie war das Gespräch komplett anders verlaufen, als sie es sich vorgestellt hatte.

Auf dem Weg zurück ins Büro kam eine SMS von Michiel, ob Leni denn heute Abend frei hätte, es würde ein tolles Dinner auf sie warten. *Habe leider Unterricht*, schrieb sie zurück, zuerst mit einem Traurig-Smiley, den löschte sie jedoch vorm Abschicken wieder. Ihr schlechtes Gewissen wegen Sonntag hatte sich seit gestern Abend schon fast in Luft aufgelöst, nur ein klitzekleiner Rest war noch da. Sie musste den Kontakt zu Michiel unbedingt reduzieren, denn erstens war ihr ein gutes Verhältnis zu Jan sehr, sehr wichtig und zweitens war ihr prinzipiell ein so enger Kontakt zu einem Teilnehmer während eines laufenden Kurses nicht recht.

Bevor sie ihren Kontrollgang im Haus fortsetzte, checkte Leni kurz die Mails. Eine Nachricht aus München. Die Verantwortlichen für die Sprachkurse wurden aufgefordert, Teilnehmer für ein Webinar am 25. Juli zu akquirieren, mitten in der Urlaubszeit. Aber an einem Webinar könnte man, rein theoretisch, auch in den Ferien am anderen Ende der Welt teilnehmen, insofern war es für die Lehrkräfte vielleicht doch von Interesse. Auf dem Programm stand das digitale Lernen, seit vielen Jahren Lieblingsthema der Weiterbildner. Diesmal ging es darum, wie die Lehrenden mit einer bestimmten App selbst Übungen erstellen konnten. Leni war zwar nicht ganz klar, welche Lehrenden mit einem vollen Stundenumfang und der sowieso anfallenden Vor- und Nachbereitung des Unterrichts in ihrer freien Zeit gerne digitale Übungen bastelten, aber sie wollte das Webinarangebot den Kolleginnen und Martin auf keinen Fall vorenthalten. Es war ein weiterer Meilenstein zur Perfektionierung der digitalen Kompetenzen des Rotterdamer Lehrerkollegiums, nachdem es schon an Schulungen zum Einsatz von selbstgedrehten Videos, Twitter, QR-Codes, Mentimetern, Flashcards und diversen anderen Apps teilnehmen durfte. Leni schrieb das Thema auf die Tagesordnung für die Mittwoch-Sitzung. Es ging in Anbetracht des bevorstehenden Audits auch darum, wie man einen technisch versierten und digital kompetenten Eindruck machte. Die Erwähnung der Teilnahme an Fortbildungsveranstaltungen zu diesem Thema führte eventuell zu ein paar positiven Vermerken im Auditbericht. Und weil sie gerade dabei war, schaute Leni noch schnell in die Beurteilungskriterien für den Unterricht und überlegte, worauf sich die Lehrkräfte, also auch sie selbst, neben dem digitalen Feuerwerk noch konzentrieren sollten. Erwartet wurden abwechslungsreiche Sozialformen, kommunikative und kooperative Übungen, in den Kontext eingebettete, selbstentdeckende Grammatikarbeit, Phonetik-Korrektur, angemessenes Korrekturverhalten in den Bereichen Wortschatz und Strukturen und die Vermittlung eines modernen Deutschlandbildes. In Lenis Magen drehte sich wieder irgendetwas, vermutlich immer noch die Pancakes.

Zu einer Besserung ihres Magenproblems könnte sicher Klaus Dieter einen guten Beitrag leisten. Dem stattete Leni sogleich einen Besuch ab und fragte ihn, ob er zufällig noch etwas von der braunen alkoholhaltigen Flüssigkeit hätte, ihr sei gerade nicht gut. Der Sprachabteilungsleiter blieb zunächst ruhig auf seinem Stuhl sitzen und fragte stattdessen zurück, ob sie schwanger sei. Das sollte zwar ein Witz sein, erwischte Leni aber auf dem falschen Fuß. Denn obwohl es auf ihrer biologischen Uhr kurz vor oder vielleicht auch schon kurz nach 12 war, so jedenfalls die Meinung ihrer Eltern, hatte sie ihre Nachwuchspläne noch nicht ganz aufgegeben. Ihr fehlten dazu im Moment einfach der geeignete Partner, eine ausreichend große Wohnung und eine stabile finanzielle Grundlage. Das war nicht immer so, bisher vermisste sie meist nur ein oder zwei ihrer selbst definierten Voraussetzungen. Die Möglichkeit, einen festen Job zu bekommen, die sich mit ihrer Vertretungsarbeit vor knapp einer Woche aufgetan hatte, erschien ihr wie ein Silberstreif am Horizont. Eventuell könnte sie in ein paar Monaten ein grünes Häkchen hinter *regelmäßiges Einkommen* machen. Und was bedeutet schon Alter? Gibt es heute nicht sehr viel mehr Frauen, die …

„War ein Witz." Klaus Dieter war inzwischen aufgefallen, dass Leni nicht lachte. Er stand auf, ging zum Schrank und reichte ihr ein Gläschen mit seinem derzeitigen Lieblingsgetränk.

„Sehr lustig." Leni nahm einen großen Schluck. „Sag mal, Klaus Dieter, hast du eigentlich schon mal ein Audit mitgemacht, früher?"

„Natürlich, schon zwei." Er strahlte, fast so, als ob er schon lange darauf gewartet hätte, dass ihn das mal jemand fragte.

„Worauf haben die Auditoren denn beim Unterricht besonders geachtet?" Der Sprachabteilungsleiter legte den Kopf zur Seite. „Wegen morgen", schob sie nach, „dann kann ich den Kollegen gleich ein paar wichtige Tipps geben."

„Hast du vor vier Jahren das Audit in Rotterdam nicht mitgemacht?"

„Nein, ich hatte damals nur einen Kurs und war ja sonst an der Uni in Leiden beschäftigt. Das ist wirklich an mir vorbeigegangen."

„Es ist so", sagte Klaus Dieter in aufklärerischem Tonfall, „die Auditoren sind in der Regel Kolleginnen und Kollegen in der gleichen Position wie wir beide, also Sprachkursbeauftragte oder Sprachabteilungsleiter und -leiterinnen. Fast alle Verantwortlichen für die Spracharbeit werden als Auditoren eingesetzt und begutachten die Sprachkurse an anderen Instituten, meistens innerhalb der eigenen Region. Das heißt konkret, dass die zwei Kolleginnen, die übermorgen zu uns kommen, bei ihrem eigenen Audit irgendwann später auf dich oder mich als Auditierende treffen könnten. Dieses System sollte man immer im Hinterkopf behalten, wenn man einen überkritischen Bericht über eine andere Sprachabteilung verfassen will. Die meisten Auditoren haben logischerweise keine Lust auf eine Retourkutsche, denn so ein ganz kleines bisschen bleibt von einer harschen Kritik immer hängen. Und das ist schließlich nicht im Sinne des Erfinders. Wir können also davon ausgehen, dass uns die Kolleginnen wohlgesonnen sind. In dem letzten Bericht, den ich in Sofia gelesen habe, standen fast überhaupt keine Kommentare und die allermeisten Kriterien wurden zur vollsten Zufriedenheit erfüllt. Das erleichtert übrigens auch das Berichteschreiben und spart eine Menge Zeit. … Noch einen?", Klaus Dieter hielt seine Flasche hoch und goss Leni nach.

„Ich möchte natürlich trotzdem, dass wir den allerbesten Eindruck hinterlassen. Was meinst du, worauf sollten wir uns konzentrieren, im Unterricht, meine ich?"

„Lies dir einfach mal den Bewertungskatalog durch, da steht alles drin." Er weiß es also selber nicht genau – so interpretierte jedenfalls Leni die Empfehlung. Vermutlich hatte er sich mit den vielen Papieren noch kein einziges Mal näher beschäftigt.

In ihrem Büro warf Leni einen zweiten Blick in die Beurteilungskriterien und merkte, dass sich weder ihr Magen noch ihre Nerven entspannen wollten.

Nach dem Abendunterricht war die vorherige Müdigkeit verflogen. An ihre Stelle trat eine gewisse Aufgekratztheit, die sich bei Leni nach längeren Unterrichtsphasen öfter einstellte. Das hatte damit zu tun, dass sie sehr konzentriert arbeitete. Ihre Sinne wurden während des Unterrichtens aufs Äußerste beansprucht. Sie hörte, was die Lernenden in der letzten Reihe flüsterten, sah aus dem Augenwinkel jemanden gähnen oder die Stirn runzeln, interpretierte, was das Stirnrunzeln bedeuten könnte, versuchte gleichzeitig, fehlerfrei und deutlich zu sprechen und die Technik störungsfrei zu bedienen. Das war Multitasking fürs Gehirn, das nach der Anstrengung irgendwie weiterratterte und eine gewisse Zeit benötigte, um wieder einen Gang runterzuschalten. Aus Lenis Sicht verlief der Abend einigermaßen akzeptabel, auch wenn ihr das Unterrichtsthema Reisen zum Hals raushing. Nicht nur ihr, den Lernenden, die bereits einen oder mehrere Kurse besucht hatten, ebenfalls. Seit die Europäische Union den gemeinsamen Referenzrahmen für Sprachen entwickelt und mithilfe sogenannter Kann-Beschreibungen Lernziele auf insgesamt sechs verschiedenen Niveaus formuliert hatte, stand zum einen in allen Lehrbüchern für das jeweilige Niveau fast dasselbe drin, weil sich alle Autoren an den Referenzrahmen halten mussten, zum anderen kamen auf den verschiedenen Niveaus immer wieder die gleichen Themen vor, angepasst an den entsprechenden Schwierigkeitsgrad. Nachdem das Reisethema wieder einmal von vorne bis hinten durchgeackert worden war, brachte Leni ihre Unterlagen ins Büro. Auf der Treppe verabschiedete sie sich von Elli. „Komm gut nach Hause."

„Ich habe noch was für dich." Elli zog ein Papier aus ihrer Aktentasche. „Einen Unterrichtsplan als Beispiel für die Lehrersitzung morgen, damit du nicht alles alleine machen musst." Das war typisch für Elli: immer kollegial. Schon von Anfang an war sie für Leni die erste Ansprechpartnerin bei Fragen oder fachlichen Problemen und stand ihr mit Rat und Tat zur Seite, ohne eine Gegenleistung zu erwarten. Leni war wieder einmal berührt von Ellis Hilfsbereitschaft.

Im Wohnzimmer in der 16. Etage war eine Hälfte des Sofas bereits belegt, als sich Leni um 21:30 Uhr auf die Couch fallen ließ. Kathrin hatte ihren abendlichen Yogakurs geschwänzt und arbeitete stattdessen an der Wiederherstellung verlorener Pfunde und ihrer psychischen Stabilität, indem sie eine belgische Praline nach der anderen in ihrem Mund verschwinden ließ. Im Fernsehen lief ein *film voor mannen*, wie die Werbung des niederländischen Fernsehsenders RTL 7 ihr Filmprogramm gerne ankündigte. Lauter ältere männliche Filmstars ballerten in der Gegend herum und die Feinde gingen reihenweise zu Boden. Der Film war mit seinen kurzen Dialogen und dem eingeschränkten Wortschatz auch im Original gut verständlich. Genau das Richtige für heute, fand Leni, und griff in die Dose mit den Köstlichkeiten. Wenn Kathrin nicht von selbst mit ihrem Problem herüberkäme, würde sie sie auch nicht fragen.

Mittwoch, 9. Juni

Am Mittwochmorgen nahm Leni sofort den Kopierer in Beschlag, der das, was ihm aufgetragen wurde, ohne Fehlermeldung ausführte. Das tat er nicht immer. Mit ihren von der Maschine fein sortierten Papierstapeln ging sie zunächst bei Hugo vorbei und fragte, ob er mitkomme, die Lehrersitzung würde gleich beginnen. Hugo winkte ab, er komme später, er habe noch zu tun.

Von den insgesamt dreizehn Kolleginnen wurden neun erwartet und Martin als einziger männlicher Lehrerkollege. Die fehlenden Lehrerinnen waren in der glücklichen Lage, vormittags an irgendeiner Schule, Hochschule oder im Auftrag des Instituts in einer Firma zu unterrichten. Leni setzte das Whiteboard in Gang und tippte die Tagesordnung in den Laptop: *1. Besprechung Ablaufplan Audit, Unterpunkte: Befragung Lehrende, Befragung Lernende 2. Unterrichtsskizze 3. Wichtige Aspekte beim Unterrichten 4. Weiterbildung: Webinar Online-Übungen.*

Kathrin war die erste, die das Klassenzimmer betreten hatte, die anderen Kolleginnen trafen nach und nach ein, auch Martin Behrens war pünktlich. Elli hatte netterweise Restkuchen von einer größeren Geburtstagsparty mitgebracht, genauer gesagt zwei riesige Kuchenpakete. Die Stühle und Tische bildeten Lerninseln, sodass sich die Anwesenden paarweise auf die fünf Inseln verteilten.

Punkt zehn Uhr erschien nicht, wie von allen erwartet, der Leiter der Sprachabteilung, sondern Frau Müller-Bär. „Bin ich hier im Kindergarten?", war ihr erster Kommentar beim Betreten des Raums. Dabei sah sie verwirrt auf Stühle, Tische und Kuchen.

„Die Aufstellung der Möbel vereinfacht den Austausch und somit das kooperative Lernen", erläuterte Leni, nachdem sie begriffen hatte, worauf sich die Bemerkung bezog.

„Na hoffentlich sehen das unsere Besucher morgen auch so." Gleichzeitig wies ihr rechter Zeigefinger auf den Kuchen, der ausgepackt und auf kleinen Papptellern angerichtet, die Blicke aller auf sich zog. „Der kann aber nicht über das Institut abgerechnet werden, unser Bewirtungsbudget ist schon fast ausgeschöpft. Das verstehen Sie doch sicher."

„Den Kuchen hat Elli Geiger gespendet, der wird niemandem in Rechnung gestellt."

Auf diese Klarstellung ging Frau Müller-Bär nicht weiter ein. „Kommen noch mehr oder kann ich anfangen?"

„Anfangen. Die fehlenden Kolleginnen haben sich entschuldigt."

Leni bot der Institutsleiterin ihren Platz am Dozententisch an, doch die blieb etwas seitlich in Türnähe stehen. Vielleicht wollte sie sich nicht zu weit von einem möglichen Fluchtweg wegbewegen. „Herzlich willkommen, liebe Kolleginnen, lieber Kollege. Die eine oder andere von Ihnen kenne ich ja bereits von unseren Kulturveranstaltungen", ihre Augen richteten sich auf Birgit, „diejenigen, die mir persönlich noch nicht bekannt sind, lade ich herzlich ein, hin und wieder eins der zahlreichen Angebote der Kulturabteilung zu besuchen. Sie werden staunen, welche horizonterweiternden Effekte so eine Veranstaltung haben kann." Sie machte eine Pause und dachte kurz darüber nach, warum sie eigentlich vor diesen Leuten stand. „Aber ich bin nicht hier, um Werbung in eigener Sache zu machen, sondern um einige Worte zu den Ereignissen in der letzten Woche zu sagen. Sie haben sicher schon vernommen, dass unsere werte und hochgeschätzte Kollegin Beate Neumann am letzten Dienstag einem Verbrechen zum Opfer gefallen ist. Wir alle sind darüber tief bestürzt. Frau Neumann war eine wichtige Stütze in unserem Institut. Sie hat die Spracharbeit einen großen Schritt vorangebracht und das Kollegium ganz hervorragend betreut.“ Den Blicken einiger Kolleginnen war zu entnehmen, dass sie diese Aussagen wahrscheinlich nicht unterschrieben hätten. „Doch“, fuhr die Leiterin fort, „so tragisch das auch ist, wir müssen jetzt nach vorne blicken. Ihre Kollegin Leni Weber hat zunächst vertretungsweise den Aufgabenbereich von Frau Neumann übernommen und wird das Audit an deren Stelle begleiten. Ich bitte Sie alle herzlich, ihr Bestes zu geben. Und jetzt möchte ich nicht weiter stören, Sie haben sicher noch viel zu tun.“ Frau Müller-Bär hatte schon fast die Türklinke in der Hand, als Birgit aufsprang.

„Moment!“, rief sie ganz aufgeregt. „Ich möchte Ihnen für die warmen und aufmunternden Worte danken“, die Leiterin nickte wohlwollend, „und gleich die Gelegenheit nutzen, ein kleines Gedicht vorzutragen.“ Birgit griff beherzt nach einem Zettel in ihrer Mappe, während die Eröffnungsrednerin überlegte, wie sie sich das ersparen könnte, aber keinen Ausweg fand.

„Beate“, begann Birgit ausdrucksstark.

„So sicher wie der Anfang ist nur das Ende.
Dazwischen liegt ein ganzes Leben
mit Sorgen, Freuden, Weinen, Lachen,
mit Zögern, Hoffen, Zweifeln, Streben
mit Dingen, die Spaß und
solchen, die Arbeit machen,

mit Dingen, die Sinn ergeben,
und anderen ohne Belang.
Am Anfang weiß man nichts davon,
wann und wie man für immer geht,
und sollte man es doch erahnen,
ist es oft zu spät.
Die Nachwelt muss den Schmerz ertragen
und sie beantworten, die Fragen."

Erst als Birgit ihren Zettel senkte und damit das Ende ihres Gedichts signalisierte, klatschten alle drauflos, einige mehr, andere weniger enthusiastisch. Die Kulturverantwortliche drehte sich ohne Beifallsbekundung um und verließ den Raum. Das hatte ihr gerade noch gefehlt, eine dichtende Lehrerin, als gäbe es auf dieser Welt nicht schon genug untalentierte Schreiberlinge. Mit der Gewissheit, wieder etwas in die richtige Richtung geschoben zu haben, was eigentlich gar nicht zu ihrem Aufgabenbereich gehörte, stieg sie die Treppe hinauf. Genau dort kam ihr derjenige entgegen, dessen Aufgabe es eigentlich gewesen wäre, eine motivierende und alle begeisternde Eröffnungsrede zu halten. „Du bist mal wieder zu spät, die Sitzung hat schon angefangen. Ich habe sie eröffnet und den Kollegen Mut zugesprochen, damit sie morgen nicht untergehen."

„Danke, Martina, aber du musst dir keine Gedanken machen. Das Audit wird ganz normal verlaufen."

„Das hoffe ich für dich."

Klaus Dieter ließ seine Vorgesetzte stehen und eilte zur Konferenz, in der Leni gerade die Tagesordnung verlas und den Audit-Ablaufplan an alle verteilte.

Janett Burghard, die Einzige, die nach Birgits Gedicht nicht geklatscht hatte, schien die ganze Zeit etwas loswerden zu wollen, denn sie drehte ihren Kopf wie einen Kreisel und rutschte auf ihrem Stuhl unentwegt hin und her. Jetzt kam sie damit raus: „Wie kommt es, dass du den Job von Beate übernommen hast?“

Leni sah hilflos zu Klaus Dieter, der sich nun bemüßigt fühlte, aktiv zu werden und die Sache klarzustellen. Das hatte er eigentlich vermeiden wollen. Der Sprachabteilungsleiter erklärte, dass die Wiederbesetzung der Stelle offiziell genehmigt werden müsse und, wenn dies geschehen sei, sich alle um die Stelle bewerben könnten. Janett gab nach dieser Antwort vorerst Ruhe und Leni konnte zur Tagesordnung zurückkehren, also zum bevorstehenden Audit. Als die Lehrkräfte besprachen, bei wem die Auditoren wann zur Hospitation auftauchen würden, wer zur Befragung der Lehrpersonen komme und welche Kursteilnehmer am besten geeignet seien, beim Teilnehmergespräch positiv über ihren Sprachkurs zu berichten, schaltete Klaus Dieter innerlich ab und sinnierte vor sich hin. Alle vier Jahre dieselbe Aufregung, jedes Mal verbunden mit irrsinnig viel Arbeitszeit zur Vorbereitung – und das alles für nichts. Am Ende gab es einen Bericht, für den sich, außer vielleicht ein paar Lehrkräften, niemand interessierte, der in die Akten kam und dort in irgendeinem elektronischen Ordner ein Dasein als Dokumentenleiche führte. Im günstigsten Fall wurde er ein oder zwei Jahre später noch einmal kurz angeklickt, wenn jemand eine Inspiration oder Begründung für eine Maßnahme-Planung suchte. Und die Müller-Bär machte einen solchen Zirkus, die würde sich noch wundern. Aber das Schlimmste an seinem Job war, sich alle vier Jahre, nach einer

Versetzung an ein anderes Institut, mit einer neuen Leitung auseinanderzusetzen. In den seltensten Fällen seiner bisherigen Karriere ging das wirklich gut. Wie oft musste er sich bereits mit Vorgesetzten arrangieren, die unbedingt beweisen wollten, dass sie neben den Ortskräften auch die anderen entsandten Führungskräfte am Institut, meistens waren das die Leiterinnen und Leiter der Sprachabteilung, unter Kontrolle hatten? Bei Männern empfand er diesen internen Konkurrenzkampf als weniger unangenehm als bei Frauen und seine jetzige Vorgesetzte toppte alle bisherigen negativen Erfahrungen. Glücklicherweise gab es überall auf der Welt auch reizende Vertreterinnen des weiblichen Geschlechts, sonst wäre seine Tätigkeit mancherorts nur schwer auszuhalten gewesen. Diese netten Kolleginnen ließen ihn spüren, dass er attraktiv und wichtig war. Das war ein sehr gutes Gefühl. Er dachte an die bezaubernde Assistentin der Sprachabteilung in Sofia, an eine sehr hübsche Lehrerin in Istanbul und an Tanja in St. Petersburg. Nur Beate war ein Reinfall. Vielleicht war er inzwischen einfach zu alt für diese kleinen amourösen Abenteuer.

Während die Sitzung in vollem Gange war, hing Hugo eine Etage darüber am Telefon. Sein Telefongespräch wollte kein Ende nehmen. Fast flehend hörte ihn Rob sagen „Irma, es ist alles vorbei. Bitte, lass uns noch mal reden“, als er mit seinem Hausmeisterhandwerkszeug die Tür öffnete. Er zögerte kurz, trat dann aber ein und unterbrach Hugo in seinem Telefonat. „Das muss mal in dein Büro. Im Lehrerzimmer darf es nicht stehen.“

„Hier auch nicht. Nimm deinen Kram wieder mit!“, schrie Hugo ihn an und wendete sich erneut der Anruferin zu. Rob tat, wie ihm geheißen und überlegte sich einen anderen Platz.

Klaus Dieter konzentrierte sich jetzt wieder auf die Vorgänge um ihn herum, denn die Veranstaltung ging ihrem Ende entgegen.

„Zum Schluss möchte ich euch gern noch auf das nächste Webinar hinweisen. Es geht um die Erweiterung unserer digitalen Fähigkeiten. Das Thema dieses Webinars ist, wie man mithilfe einer App seine eigenen Übungen erstellen kann. Wer also daran Interesse hat und in seiner Freizeit genügend Kapazitäten, der sollte sich für das Webinar anmelden.“ Janett fand das Angebot ganz großartig, was sie überlaut Klaus Dieter mitteilte, der am Nebentisch saß. Der erfuhr gleich noch, dass Janett an allen anderen Webinaren zur Verbesserung digitaler Kompetenzen teilgenommen hatte und dass sie sowohl für ihre eigenen Teilnehmer als auch für einen sehr bedeutenden Verlag webbasiertes Übungsmaterial schreiben würde. Der Sprachabteilungsleiter nickte scheinbar angetan, obwohl ihn jegliche Aktivitäten der Lehrkräfte, die über den ordnungsgemäßen Ablauf des Unterrichtsgeschehens hinausgingen, überhaupt nicht interessierten. Solche Erfolgsbekundungen nervten ihn eher.

Im Gegensatz zu Janett reagierten die meisten Kollegen auf die Webinar-Ankündigung mit Zurückhaltung.

„Und damit wären wir eigentlich am Ende, oder gibt es noch Fragen?“

Zum ersten Mal seit Besprechungsbeginn meldete sich Martin. „Ich möchte mal etwas Prinzipielles loswerden, was wir vielleicht auch beim Audit zur Sprache bringen könnten. Viele homosexuelle Kursteilnehmer haben mir zu verstehen gegeben, dass sie sich in unserem Unterricht einschließlich der Lehrbücher, mit denen wir arbeiten, nicht wiederfinden, nicht ausreichend repräsentiert fühlen. Ich denke, es ist Zeit für ein Umdenken. Ich persönlich habe mir überlegt, wie wir mit ganz kleinen Veränderungen die gleichgeschlechtliche Partnerschaft in unseren Unterricht einbauen können. Zum Beispiel schreibe ich bei den Verben in der dritten Person Singular nicht mehr die Personalpronomen *er/sie/es* an die Tafel, sondern ich verwende jetzt ab und zu mal *er/er* oder *sie/sie*. Diese kleine Geste wissen einige Teilnehmer sehr zu schätzen."

„Wie muss ich mir das illustriert vorstellen? Schreibst du dann an die Tafel: *er/er isst und trinkt*?" Während der Zwischenfrage von Janett sahen sich Elli und Leni verwundert an, Kathrin zog die Augenbrauen hoch. Klaus Dieter dachte sofort an den Sprachunterricht in St. Petersburg und wollte sich gar nicht ausmalen, was da passieren würde, wenn eine Lehrkraft dort diesen Vorschlag umsetzen würde.

„Wie schon gesagt, das kommt bei einigen Lernenden sehr gut an." Martin blieb hartnäckig, es war ihm wichtig. „Vielleicht wäre das auch mal ein Vorschlag, den wir in der Region und bei den Lehrbuchverlagen vorbringen könnten."

„Das ist eine tolle Idee, Martin. Ich werde das demnächst auch mal ausprobieren." Birgits positives Feedback tat Martin gut.

„Es ist ein sehr wichtiges Thema, da gebe ich dir recht. Wir sollten das unbedingt im Auge behalten und darüber nachdenken, was wir in Zukunft verbessern können. Ich schlage aber vor, dass wir zunächst intern einen Erfahrungsaustausch organisieren und erst danach mit konkreten Vorschlägen in die Region gehen.“ Das hat er doch drauf, der Klaus Dieter, das elegante Abschmettern einer Idee, fand Leni.

Endlich betrat Hugo den Klassenraum. „Oh, bin ich zu spät? Ihr seid schon fertig. Tut mir leid. Ich hatte so viele telefonische Anfragen, ich konnte einfach nicht eher kommen.“ Er drehte sich gleich wieder um und entfernte sich als Erster.

Etwa zehn Minuten nach dem Ende der Sitzung standen Kathrin und Leni bei einem chinesisch-indonesischen Takeaway-Restaurant in der West-Kruiskade in der Schlange, um einen Pappbecher mit Nudeln zu holen. Wüsste man es nicht besser, könnte man in dieser Straße denken, man befände sich in einer Art asiatisch-arabisch-afrikanischen Mixstadt irgendwo auf einem anderen Kontinent. Doch dieses Durcheinander von chinesisch-indonesischen Restaurants, türkischen und marokkanischen Bäckern, Coffee-Shops, Geschäften mit traditionellen asiatischen Kleidern oder allen Varianten muslimischer Kopfbedeckungen, Frauen mit Hijab und Männern im Kaftan, Dealern am Straßenrand und Angestellten, die sich dort ihr Mittagessen kauften, gehörte ebenfalls zu Rotterdam. Immerhin hatte die Stadt vor einigen Jahren mithilfe verschiedener baulicher Maßnahmen den Versuch unternommen, etwas Ordnung in den Verkehr auf der West-Kruiskade zu bringen und die Autofahrer dazu anzuhalten, die allgemein gültigen Verkehrsregeln nicht als unverbindliche Empfehlungen zu interpretieren. Diese lobenswerten Bemühungen zeigten tatsächlich Wirkung, zumindest was Wendeaktionen auf der Straße betraf oder Staus, die durch längere Unterhaltungen mehrerer Autofahrer in verschiedenen Fahrzeugen verursacht wurden. Die Dealer sprangen jedoch noch immer auf die Straße, wenn sie aus den Autos herbeigewunken wurden, oft zum Ärger der nachfolgenden Verkehrsteilnehmer, die dann warten mussten, bis der Kunde bezahlt hatte und fleißig hupten, um den Vorgang zu beschleunigen. Die zwei Lehrerinnen ließen sich von dem bunten Treiben und dem Lärm nicht stören, alles eine Frage der Gewöhnung.

„Sag mal, der Martin hat sie doch nicht mehr alle, oder?" Kathrin schüttelte dabei den Kopf und wartete die Antwort nicht ab. „Wenn ich *er/er* oder *sie/sie* ans Whiteboard schreiben würde, würden alle denken, ich hätte einen Fehler gemacht."

„Ach, lass den Martin mal machen. Ich glaube, der hat eine ganze Reihe von Fans."

„Trotzdem." Die beiden liefen zurück zum Westersingel und setzten sich auf eine Bank. Recht geschickt führten sie dort die gebratenen Nudeln mit Holzstäbchen zum Mund.

„Was war eigentlich mit Nout?" Leni wagte jetzt doch einen Versuch, sie konnte ihre Neugierde nicht mehr unterdrücken.

„Ich weiß es nicht. Vielleicht habe ich einen Fehler gemacht. Vielleicht hat er einen Fehler gemacht. Vielleicht habe ich zu viel erwartet. … Keine Ahnung. Komisch war seine Reaktion schon. Als ich ihm nämlich erzählte, dass die Polizei einen alten Fall wieder ausgegraben hat, fiel von seiner Seite plötzlich das Wort Französischlehrerin, obwohl ich das mit keiner Silbe erwähnt hatte."

„Das ist in der Tat sehr seltsam", bestätigte Leni.

„Da habe ich ihm ein Messer vors Gesicht gehalten und ihn rausgeschmissen."

„Du hast was? Ihm ein Messer vors Gesicht gehalten? Kathrin, wir gucken die falschen Filme", jetzt mussten die beiden lachen. Plötzlich sah Leni in der Ferne einen Mann, der aussah wie Klaus Dieter, mit einem Blumenstrauß in der Hand den Westersingel entlang hasten. „Da drüben, ist das nicht Klaus Dieter?“ Die Sehstärke von Lenis Brille war seit einigen Jahren nicht angepasst worden.

„Natürlich, und mit Blumen. Ist er wieder auf Freiersfüßen?“

„Das glaube ich eigentlich nicht. Ich habe übrigens in den letzten Tagen die Erfahrung gemacht, dass man mit ihm gut klarkommen kann. Er lässt einen in Ruhe, redet nicht rein …“

„Also wirklich, Leni, der kann doch keinem Rockzipfel widerstehen. Vielleicht hat er sogar die Beate auf dem Gewissen.“

„Beate war kein sehr netter Mensch, das weißt du genauso gut wie ich. Klar, er könnte die Nerven verloren haben, wusste sich gegen de fiese Möpp Beate – so sagt ihr doch in Köln, oder? – nicht anders zu wehren und hat zugehauen. Aber ehrlich, traust du dem Mann das wirklich zu?“ Nach ein paar Schweigeminuten fuhr Leni fort: „Apropos Männer. Hat sich Nout nach dem Rausschmiss noch mal gemeldet?“

„Nein, aber kurz bevor er gegangen ist, hat er behauptet, er hätte es damals in der Zeitung gelesen. Soll ich mich für meinen Ausraster entschuldigen, was meinst du?“

„Das mit der Zeitung könnte stimmen, aber entschuldigen würde ich mich nicht. Wir sollten den sogar im Auge behalten.“

„Wenn das wirklich in der Zeitung gestanden hat, dann muss ich mich sogar entschuldigen.“

„Aber nicht heute, Kathrin. Lass ihn ein Weilchen zappeln.“

Noch während Leni mit den leeren Pappbechern auf der Suche nach einem Abfallbehälter war, simste Kathrin ein Traurig-Smiley und ein *Sorry* dazu.

Das nhow-Hotel in Rotterdam befand sich, wie das Hotel New York, auf der Halbinsel Kop van Zuid. Es war im ersten der drei De Rotterdam-Türme untergebracht, ganz in der Nähe vom Luxor-Theater und den Foodhallen mit ihren Restaurants und Bars. In einem blauen Sessel in der Lobby, die mit einem sehr langen Empfangstresen vor einer grauen Granitwand und einer Gitterdrahtdecke mit einer überdimensionalen Lichtröhre dem Gast sofort deutlich machte, dass es sich um ein Hotel im modernsten Design handelte, saß Klaus Dieter Wisch mit seinem Blumenstrauß. Er hatte schon vergeblich versucht, Charlotte Clemens, die Leiterin der Sprachabteilung in London, auf ihrem Handy zu erreichen. Jetzt fuhr ein Taxi vor, Klaus Dieter sprang auf und war schon im Begriff nach draußen zu laufen, da sah er zu seiner Überraschung zwei Frauen aus dem Taxi steigen. Neben Charlotte, die er schon lange kannte und der er beruflich immer mal wieder über den Weg lief, kletterte Christa Börne, die Leiterin der Region Nordwesteuropa, aus dem Auto. Das war suboptimal. Der wollte er auf keinen Fall in die Arme laufen, denn laut Auditbestimmungen waren persönliche Treffen der Auditierenden mit den Auditierten nicht erwünscht. Er wählte kurzentschlossen eine andere Richtung und ging an den Fahrstühlen vorbei auf die Männertoilette.

„Warum haben die euch so weit entfernt vom Institut untergebracht?“, fragte die Regionalleiterin, die ihren Flug und das Hotelzimmer erst am Vortag selbst gebucht hatte, nachdem sie Flugnummer und Unterkunft ihrer Kollegin in Erfahrung gebracht hatte. „Keine Ahnung. Die verstorbene Beate hat das organisiert und meinte, das sei in der Preiskategorie das beste Hotel in Rotterdam. Die wollte uns vielleicht einen Gefallen tun.“

Als Charlotte Clemens ihr Hotelzimmer betrat, war ihre Enttäuschung groß. Die prächtige Aussicht auf die Maas hatten nur die Zimmer auf der anderen Seite des Flurs. Sie legte ihren Koffer auf das Bett und sah sich um. Das Bad war eine gläserne Zelle, ganz weiß gefliest mit einer Dusche ohne Trennwand. Das Licht machte man nicht mit einem Schalter an, sondern man musste an einem Strick ziehen. Überall waren Griffe für Behinderte angebracht. Sehr vorbildlich, fand Charlotte, trotzdem hatte sie das Gefühl, sie sei in einem Krankenhaus. Gegenüber dem Bett befand sich ein riesiger Spiegel, in dem, das sah sie jetzt, auch ein Fernseher integriert war. Um sich zu vergewissern, dass die Entdeckung korrekt war, drückte sie auf die Fernbedienung neben ihrem Bett und tatsächlich, mitten im Spiegel erschienen auf einem Bildschirm die Nachrichten der BBC. Sie legte ihr Handy mit den Infos über drei verpasste Anrufe auf ihren Nachttisch, als es klopfte. Ihre spontan aufgetretene Befürchtung erwies sich nach dem Türöffnen als wahr: Klaus Dieter stand vor ihrer Tür.

„Klaus Dieter, was macht du denn hier? Na, komm rein."

„Hallo erstmal. Ich bin überrascht, dass ihr zu zweit gekommen seid." Er lächelte charmant und überreichte ihr die Blumen. „Ich dachte eigentlich, wir könnten uns einen schönen Abend machen."

„Du hattest schon mal klügere Einfälle. Erstens weiß ich nicht, was ich hier mit den Blumen anfangen soll, zweitens dürfen zumindest vor dem Audit keine privaten Treffen stattfinden und drittens riechst du nach Alkohol." Sie trat einen Schritt zurück und drückte ihm die Blumen wieder in die Hand. „Die gibst du mal besser deiner Frau." Jetzt versuchte sie, mit der Fernbedienung den Fernseher wieder auszumachen, aber es gelang ihr nicht. „Es ist außerdem gerade eine sehr unglückliche Zeit, um sich einen schönen Abend zu machen. Zu uns sind da so einige Sachen durchgedrungen …“

„Genau darüber wollte ich mit dir reden“, unterbrach Klaus Dieter seine Kollegin. Wieder klopfte es. Charlotte schob ihren Besucher ins Bad, merkte aber sofort, dass dies eine völlig idiotische Idee war. Die Wände bestanden aus Mattglas und waren demzufolge halb durchsichtig. Deshalb drückte sich Klaus Dieter an die Wand hinter der halb geöffneten Tür.

Christa Börne hatte sich schon umgezogen. „Bist du fertig?“

„Ja, sofort. Ich komme gleich, geh schon mal runter.“ Charlotte schloss die Tür.

„Ich gehe jetzt mit Christa in die Stadt und später etwas essen. Du wartest hier noch zehn Minuten und verschwindest dann. Ach, kannst du den Fernseher bitte ausschalten, bei mir hat das irgendwie nicht geklappt.“

Als die zweite Auditorin, Lisbeth Grünberg aus Helsinki, an der Hotelrezeption stand, sah sie zu ihrer Verwunderung den Rotterdamer Sprachabteilungsleiter mit einem Blumenstrauß durch die Lobby zum Ausgang rennen.

Leni hatte am Nachmittag die restliche elektronische Post bearbeitet, sodass sie sich in den nächsten zwei Tagen ganz auf das Audit konzentrieren konnte. Sie fuhr ihren Rechner herunter und ging noch mal zum Kopierer, um ein paar Arbeitsblätter für ihren Kurs zu vervielfältigen. Ihre Vorfreude auf den Unterricht hielt sich heute in Grenzen. Zum einen würde Jan sowieso nicht kommen, zum anderen hatte sie im Moment so viel um die Ohren, dass sie einfach nur hoffte, der Abend würde auch ohne Vorbereitung einigermaßen glatt über die Bühne gehen.

Die Tür zum Lehrerzimmer, an eine andere Bezeichnung für den Raum konnte sich noch niemand richtig gewöhnen, stand offen. Leni sah Martin vor seinem Laptop sitzen und vor sich hin fluchen. Das passierte selten. Sie ging sofort auf ihn zu. „Was ist denn los? Bist du sauer, weil wir deinen Vorschlag nicht gleich umsetzen? Wir probieren das demnächst mal aus, Martin, ich verspreche es dir."

Doch Martin war nicht zu beruhigen, er schüttelte die ganze Zeit seinen Kopf und sagte mehrfach hintereinander: „Das gibt es doch nicht."

Daraufhin zog Leni den Laptop zu sich rüber und schaute nach, ob sie den Grund für Martins Ärger dort finden würde. Sie musste nicht lange suchen. Der Mail-Account war noch geöffnet und eine Nachricht der Institutsleiterin groß auf dem Bildschirm zu sehen. Leni überflog den Text. „Lese ich das hier richtig? Die Müller-Bär will dir das Geld für ein Schulprojekt streichen und du sollst alle geplanten Termine absagen?"

„So ist es." Martin arbeitete als einzige Lehrkraft mit einem unbefristeten Vertrag für das Institut. Zu seinen Aufgaben gehörten neben dem Unterricht auch Tätigkeiten im Bereich der Kooperation mit Schulen und Universitäten. Das betraf zum Beispiel die Organisation und Abnahme von Prüfungen bei Partnerinstitutionen und die Unterstützung des Deutschunterrichts im Land durch diverse Projekte. Sein Lieblingsprojekt hieß: *Wir tanzen die deutsche Grammatik.* Es wurde von einem Germanisten der Universität Amsterdam geleitet und von der Sprachabteilung des Instituts personell und finanziell unterstützt. Ziel war es, Deutschlernenden mit experimentellen Mitteln aus dem Bereich Pantomime und Tanz abstrakte Inhalte wie den Unterschied zwischen Nominativ und Akkusativ oder die Zeitformen der Verben sinnlich und mit ganzem Körpereinsatz zu vermitteln. Leni hatte sich schon früher darüber Gedanken gemacht, wie das so funktionieren könnte. Den Unterschied zwischen den grammatischen Kasus konnte sie sich getanzt oder pantomimisch, mit mehreren Personen und Gegenständen, noch vorstellen. Zum Beispiel war der Satz: *Ich habe einen guten Lehrer.* ihrer Meinung nach einfach darzustellen: Eine Person tanzt den Nominativ, also das *Ich*, und eine weitere Person den Akkusativ, also *den Lehrer*. Oder: *Ich kaufe meiner Freundin zum Geburtstag eine Tasche.* Dann stellt die Tasche den Akkusativ dar, Person eins den Nominativ und Person zwei den Dativ. Alles machbar. Bei dem Satz: *Ich kaufe mir eine Tasche.* würde es dann doch etwas schwieriger, denn die Tasche bliebe zwar in ihrer Rolle, aber Person eins müsste nun sowohl den Nominativ als auch den Dativ interpretieren. Das wäre nicht so einfach. Bei der künstlerischen Umsetzung der Zeitformen fehlte Leni jedoch schlichtweg die Fantasie. Vielleicht hätte sie mal an so einem Seminar teilnehmen sollen, jetzt war es wahrscheinlich zu spät. Frau Müller-Bär begründete ihre Entscheidung in der Mail damit, dass die Zukunft der Spracharbeit im digitalen Fernlernen liege und gerade eine Institution wie das Institut für deutsche Sprache und Kultur Projekte mit untergeordneter Wichtigkeit nicht mehr finanzieren könne.

„Ich glaube, die Entscheidung hat mit dem Projekt nichts zu tun, Martin. Das ist eine ganz wunderbare, innovative Idee." Das mit dem *ganz wunderbar* entsprach nur so halb Lenis Auffassung, es sollte hauptsächlich aufbauend wirken. „Ich vermute hinter der Aktion eher ein Geldproblem. Unser Jahresbudget ist schon fast ausgeschöpft, und das mitten im Jahr. Da muss die Leiterin irgendwo sparen, und das wird sie nicht bei den Seminaren ihres Mannes tun."

„Ach, hör bloß mit dem auf, Leni! Der hat zum Thema deutsch-niederländische Befindlichkeiten ein Seminar für niederländische Deutschlehrer gegeben, bei dem zwei Drittel der Teilnehmer in der Pause gegangen sind. Das war für die Lehrer viel zu theoretisch. Ich habe mich richtig fremdgeschämt." Martin hielt demnach von den pädagogischen Fähigkeiten des Herrn Bär nicht allzu viel. Und die Ungerechtigkeit, die er jetzt empfand, brachte ihn fast zum Weinen.

„Weißt du was? Wenn ihr morgen beim Audit das Gespräch mit den Auditoren habt, kannst du das mit dem Projekt doch beiläufig mal erwähnen."

Martins Frustration schlug nach kurzem Innehalten in Kampfgeist um. Er sah tatsächlich in dem Auditoren-Gespräch eine Möglichkeit, sich gegen diese Entscheidung zur Wehr zu setzen.

Nach dem Unterricht nahm Leni die Kaffeetasse aus ihrem Büro und brachte sie wie gewohnt zurück in die Cafeteria. Kathrin war schon in der Pause nach Hause gegangen, sie fühlte sich nicht wohl. Die Geschichte mit Nout nagte mehr an ihr, als sie zugeben wollte. Die Tür zum Veranstaltungsraum stand sperrangelweit auf, als die Institutsleiterin mit einem Mann, schick gekleidet mit Anzug und Krawatte, circa Mitte vierzig, den dunklen Raum mit dem seit knapp einer Woche in einer Endlosschleife laufenden Video verließ. Beide waren so in ihr Gespräch vertieft, dass sie Leni, bewusst oder unbewusst, übersahen und an einem Tisch Platz nahmen.

„Wie kommt die Videoinstallation beim Publikum an?", fragte der männliche Begleiter von Frau Müller-Bär.

„Ganz hervorragend. Wir hatten schon über 330 Besucher. Das wird bei uns genau gezählt und dokumentiert“, berichtete diese nicht ohne Stolz.

„Tatsächlich? Ich hätte eher gedacht, dass zurzeit Gemäldeausstellungen im Trend liegen. Vor allem mit jungen Künstlern, die noch nicht so teuer sind. Der Kunstmarkt boomt doch. Wäre das nicht auch mal was für Ihr Institut?“ Der Mann schaute zu Leni, die vor der Kaffeemaschine stand. „Könnten Sie mir bitte ein Wasser bringen?“ Leni drehte ihren Kopf nach rechts und links, aber da sie die einzige weitere Anwesende war, fühlte sie sich angesprochen. Sie öffnete den Kühlschrank, nahm eine Wasserflasche heraus, goss dem Herrn ein Glas ein und brachte es an den Tisch.

„Mir bitte auch.“ Frau Müller-Bär würdigte Leni keines Blickes, sondern konzentrierte sich auf den Gast. „Wir achten darauf, dass schwierige Kunstformen und unbekannte Künstler die Möglichkeit haben, sich zu präsentieren. Und Sie sehen ja, wie toll das angenommen wird“, fuhr Frau Müller-Bär unbeirrt fort.

„Ich bin erstaunt, in der Tat. Urs Friedhelm ist aber durchaus kein unbekannter Künstler. Vielleicht liegt das Interesse ja darin begründet.“ Er nippte an seinem Wasserglas. „Hat sich eigentlich bezüglich dieses Unglücks an Ihrem Institut etwas ergeben? Ist der Fall schon gelöst?“

„Nein, leider nicht. Und ich verstehe ehrlich gesagt überhaupt nicht, wie mich die Botschaft in so einer Situation alleine lassen konnte.“

„Sind Sie denn verdächtig?“

„Nein, also wirklich, das wäre ja noch schöner!“

„Dann gibt es für uns auch keinen Handlungsbedarf. Wir vertrauen den ermittelnden Behörden vollends.“ Der Fremde stand auf. „Ich muss jetzt wieder zurück. Wir haben heute einen Empfang mit wichtigen Vertretern aus Wirtschaft, Politik und Kunst, da möchte ich wenigstens das Ende nicht verpassen. Ein paar Museumsdirektoren werden sicher auch da sein und mit denen würde ich gern über das Thema Malerei bei einem Gläschen Wein diskutieren. Sie wissen doch: Beziehungen knüpft man beim Essen und Trinken, oder wie wir immer sagen: *Wining and Dining* sind die besten Freunde der internationalen Kommunikation. Alte Diplomatenweisheit.“ Seine Wortwahl, vor allem das Wort „alte“ belustigte ihn, Frau Müller-Bär offensichtlich weniger. Sie zog ein säuerliches Gesicht und war innerlich empört, dass sie nicht eingeladen war.

Das zweite Wasser hatte Leni noch in der Hand und kippte es, als Frau Müller-Bär ihren Gast zum Ausgang begleitete, in den Ausguss. Hieronymus, der heute erst mittags an seinem Arbeitsplatz eingetrudelt war und seit seiner Möwen-Video-Session tat, als sei nichts geschehen, konnte Leni bei der Verabschiedung über die Identität des Besuchers aufklären: Es handelte sich um den neuen Kulturattaché.

Die Institutsleiterin machte sich jetzt ebenfalls auf den Weg nach Hause. Die Tatsache, dass sie dem Vertreter der Botschaft die erfolgreiche Videoinstallation hatte vorführen können, stimmte sie zufrieden. Schade, dass ausgerechnet heute kein Besucher da war. Doch weshalb hatte die Botschaft sie eigentlich nicht darum gebeten, an dem Empfang teilzunehmen? Das war seltsam. Lag das an dem immer noch nicht gelösten Fall? Könnte ihr diese Beate selbst nach dem Tod noch irgendwie schaden? Und was machte die Polizei bloß, dieser aufdringliche

Kommissar mit seinem Assistenten? Warum konnten die noch kein Ergebnis präsentieren?

Gegen halb zehn saß Jan de Rijk noch immer im Büro. Er dachte an Leni, ihre lustigen kleinen Augen hinter den dicken Brillengläsern, ihr nettes Lächeln, ihr hübsches Gesicht und daran, wie sie jetzt vom Unterricht nach Hause lief, hoffentlich alleine. Seiner Kollegin Sandra war es in der Zwischenzeit gelungen, sämtliche Teilnehmerunterlagen aus dem französischen Sprachinstitut zu besorgen, was sich etwas mühevoller gestaltete als gedacht. Die Kursteilnehmerlisten für alle Kurse im letzten, vorletzten und vorvorletzten Jahr waren einzeln ausgedruckt worden, das bedeutete einen riesigen Stapel Papier. Diesen Papierstapel hatte die Kollegin dann in mühevoller Arbeit mit den Namen der Kursteilnehmer des deutschen Opfers abgeglichen und sogar zwei eventuelle Treffer gefunden. Bei einem gewissen Arnout Cornelius Bakker könnte es sich um Nout Bakker handeln. Allerdings war auf beiden Listen, also auf der vom französischen und der vom deutschen Sprachinstitut keine Adresse angegeben, das heißt, der Teilnehmer hatte vermutlich bar bezahlt. Das war an sich nichts Ungewöhnliches, denn es gab noch ein paar andere Barzahler, meistens handelte es sich um Studenten. Der zweite Treffer betraf den Namen van Dijk. Es gab insgesamt sieben Teilnehmer mit diesem Nachnamen, davon drei mit einem M. als Abkürzung für den Vornamen. Bei einem der drei waren die Adressen in der deutschen und französischen Liste identisch. Da sich Jan bei dem Gespräch mit den Kursteilnehmern letzten Donnerstag alle persönlichen Daten hatte geben lassen, würde er beide Teilnehmer auf jeden Fall noch einmal einbestellen. So könnte er vor allem diesem Casanova, der um Leni herumschwänzelte, noch etwas Feuer unterm Hintern machen und dessen Alibi: *Ich war zu Hause, alleine.* mal genauer unter die Lupe nehmen. Die beiden Herren hatten unterschiedliche Kurse besucht, einer an dem Wochentag, an dem auch die ermordete Französischlehrerin Unterricht gab, allerdings war er in einer Gruppe auf einem niedrigeren Niveau, der zweite hatte einen Kurs an einem anderen Tag belegt, ebenfalls bei einer anderen Lehrerin, also nicht bei dem Opfer. Jan suchte die Kontaktdaten heraus und schrieb den potentiell Verdächtigen eine Mail, um sie für den nächsten Vormittag zum Gespräch einzubestellen. Es bestand natürlich nach wie vor die Möglichkeit, dass es überhaupt keinen Zusammenhang zwischen dem Tod der beiden Lehrerinnen gab, trotzdem blieb Jan entschlossen, auch diesen Ansatz weiterzuverfolgen. Kurz bevor er die Aus-Taste seines Computers drückte, kam eine Antwort von Arnout Bakker. Er bat um Verschiebung des Termins, weil er am nächsten Vormittag an einer Befragungsrunde im Institut für deutsche Sprache teilnehmen wollte.

Donnerstag, 10. Juni (1. Audit-Tag)

Susanne, die Verwaltungsleiterin, war, wie viele andere, extra früh im Institut erschienen. Sie suchte eine Dokumentenmappe aus der untersten Schublade und legte sie auf den Schreibtisch. Dann trat sie ans Fenster und schaute hinaus. Ein Lächeln huschte über ihr Gesicht, denn sie sah, was sie erhofft hatte: Die Auditorinnen, die sich mit Aktentaschen dem Institut näherten, kamen nicht alleine.

Im Büro der Institutsleiterin standen zur gleichen Zeit Leni Weber, Klaus Dieter Wisch und Martina Müller-Bär etwas nervös neben dem Verhandlungstisch. Leni hatte die Audit-Unterlagen noch in der Hand. Es war schon acht Minuten nach der vereinbarten Zeit und Frau Müller-Bär schaute minütlich auf ihre Uhr. „Also, Unpünktlichkeit mag ich gar nicht. Es wirft kein sehr gutes Licht auf die Auditoren."

„Meines Wissens sind die Gäste im nhow-Hotel untergebracht. Das sind gut dreißig Minuten zu Fuß, wenn man zügig läuft. Ich denke, die Damen haben sich zeitlich einfach verschätzt." Klaus Dieter verschwieg, dass die demnächst eintreffende Besuchergruppe aus drei Personen bestehen würde. Als Hieronymus die drei Besucherinnen kurz darauf in die zweite Etage brachte, rang Frau Müller-Bär sichtbar um Fassung.

„Guten Morgen!" Leni und Klaus Dieter begrüßten die Gäste fast gleichzeitig und boten ihnen mit entsprechenden Gesten einen Platz an. Die Gastgeberin kämpfte eine kurze Weile mit dem Schreck, der gerade in sie gefahren war, und bemühte sich vergebens, ein natürliches Lächeln in ihr Gesicht zu zaubern.

„Ja, herzlich willkommen! Wir haben eigentlich nur zwei Kolleginnen erwartet. Seit wann gehört denn ein Sprachkursaudit zum Aufgabengebiet einer Regionalleiterin?“

Die Frage kam für Christa Börne nicht unerwartet. „Das Audit führen, wie geplant, die beiden Expertinnen durch.“ Sie zeigte auf die Kolleginnen. „Ich nehme nur an diesem Gespräch teil und habe danach noch ein paar andere Termine, die sich kurzfristig ergeben haben. Deshalb konnte ich dich vorab leider nicht informieren.“

Martina Müller-Bär wusste weder, was sie davon halten, noch, wie sie jetzt am schlausten agieren sollte. Die regionale Vorgesetzte vor die Tür setzen? Oder so tun, als wäre das gar kein Problem? Sie entschied sich für die zweite Variante.

„Dann lasst uns beginnen. Möchte jemand noch einen Kaffee?“

„Ich hätte gern ein Glas Wasser nach dem langen Fußmarsch“, antwortete Charlotte Clemens, die beiden anderen nickten. „Ich auch“, „Ich auch“, kam es hintereinander. Hieronymus, der noch in der Tür stand, eilte davon und war kurze Zeit später mit dem bestellten Wasser zur Stelle.

„Also, noch mal ganz offiziell: Wir freuen uns, euch in unserem Institut begrüßen zu dürfen. Charlotte und Christa, ihr wart ja schon mal hier und kennt unser Haus bereits. Sie …“

„Lisbeth“, warf die Sprachabteilungsleiterin aus Helsinki ein. „Lisbeth, Sie besuchen uns zum ersten Mal. Ihnen gilt ein ganz besonderes Willkommen! Ich versichere euch, Ihnen, liebe Kolleginnen, dass sich alle Mitarbeiterinnen und Mitarbeiter bemühen werden, dieses Audit zu unterstützen. Und ich möchte auch gleich meiner Hoffnung Ausdruck verleihen, dass sich unsere Arbeit in angemessener Form in eurem, Ihrem

Bericht widerspiegelt." Angriff ist die beste Verteidigung. Frau Müller-Bär hatte sich wieder im Griff.

„Zuerst einmal vielen Dank für den netten Empfang und die Organisation im Vorfeld." Charlotte Clemens' Puls hatte sich nach der sportlichen Einlage am Morgen wieder normalisiert. Sie blickte zu Klaus Dieter und Leni. „Das mit der Infomappe hat ja im allerletzten Moment auch noch geklappt. In unserem Leitfaden steht, dass wir am Anfang den Sinn des Audits noch einmal beschreiben sollen, ich denke aber, allen ist klar, dass es sich bei dem Audit nicht um eine Kontrolle, sondern um einen kollegialen Austausch handelt." Klaus Dieter blieben die zuckenden Mundwinkel seiner Chefin nicht verborgen. „Gibt es von eurer Seite Veränderungen im Zeitplan?"

Leni sah auf die Papiere vor sich. „Bis jetzt nicht. Als erstes findet das Treffen mit den Kursteilnehmern im Klassenraum B statt. Ich hoffe, dass viele unserer Lernenden kommen werden."

Plötzlich wurde die Tür aufgerissen und Marga Engels stapfte wütend ins Zimmer. „Ich bringe diesen verdammten Hausmeister um. Der hat seinen ganzen Krempel in mein Büro gestellt!" Die Runde schaute sie entgeistert an. Jetzt merkte auch Marga, dass ihr Timing wohl nicht optimal war und verließ das Büro mit einem kurzen *Oh!* in erstaunlicher Schnelligkeit. Frau Müller-Bär verschlug es unterdessen die Sprache, Klaus Dieter tippte sich mit dem Zeigefinger an die Stirn und Leni durchsuchte verlegen ihre Papiere.

Im Lehrerzimmer saßen Elli Geiger, Martin Behrends und Janett Burghard an dem großen, ovalen Tisch. Elli und Janett schnitten Karten aus, Martin schaute in seinen Laptop und tippte etwas. „Also in die linke Spalte kommen die Lernziele, richtig?"

„Genau. Die müssen aber auch ans Whiteboard im Klassenraum, gleich zu Beginn. Ich werde im Unterricht hauptsächlich Spiele und Dialogübungen machen. Dann ist es egal, wann die Auditoren auftauchen. Wir hinterlassen auf jeden Fall einen kooperativen und interaktiven Eindruck." Ein Tipp von Elli.

„Gute Idee, das mache ich auch. Aber was schreibe ich dann in den Unterrichtsplan?"

„Beschreib einfach den ungefähren Ablauf, das kann bei nur 20 Minuten Hospitation in 135 Minuten Unterrichtszeit sowieso keiner so genau überprüfen."

„Ich bin gespannt, was die Kursteilnehmer über uns erzählen." Martin war tatsächlich ein bisschen aufgeregt. Elli auch, aber das wollte sie nicht zugeben.

„Also, ich weiß nicht, ob das funktioniert. Ihr nehmt das Ganze viel zu leicht." Dieser Einwand kam von Janett, die darauf hoffte, mit einer großartigen Unterrichtsleistung namentlich lobend erwähnt zu werden. Sie hatte sich außerdem vorgenommen, den Auditoren nach der Befragungsrunde der Lehrpersonen ein Lehrbuch zu übergeben, an dem sie mitgearbeitet hatte. Das würde sicherlich ihre Chancen bei der offiziellen Ausschreibung der Stelle von Beate erhöhen. Zuerst hatte sie sich überlegt, das Lehrbuch während der Hospitation auf die für die Auditoren bereitgestellten Stühle zu platzieren. Von diesem Plan war sie aber wieder abgekommen. Ihr Name stand leider nicht deutlich sichtbar für alle auf dem Cover. Der Verlag hatte, sehr zu ihrem Missvergnügen, ihren und noch weitere neun Autorennamen nur auf die erste Buchseite gedruckt. Man musste also das Buch aufschlagen, um sie als Autorin zu entdecken. Und ob die Frau aus London, die bei Stellenbesetzungen möglicherweise ein Wörtchen mitzureden hatte oder zumindest eine Empfehlung formulieren könnte, das auch tun würde? Eine persönliche Übergabe des Lehrwerks mit einem entsprechenden Hinweis auf ihre Fachkompetenz wäre sicher nachhaltiger.

Im Büro der Verwaltungsleiterin klopfte es an der halb geöffneten Tür. Susanne sprang auf und reichte der Regionalleiterin die Hand.

„Guten Morgen. Das ist aber nett, dass Sie nach meinem Anruf gleich nach Rotterdam gekommen sind."

„Guten Morgen, Frau Wolf. Ja, unser Verwaltungsleiter hat mir dringend empfohlen, bei Ihnen persönlich vorbeizuschauen. Ich würde mir gern die Beweise, das heißt, die Originalbelege ansehen und die eventuell auch mitnehmen."

Susanne übergab ihr die Dokumentenmappe auf ihrem Schreibtisch. „Ich habe schon alles für Sie rausgesucht."

„Sehr gut. Danke. Ich werde mich jetzt zunächst wieder zurück ins Hotel begeben, mir das alles in Ruhe ansehen und eventuell gleich mit den Kollegen in München Kontakt aufnehmen. Wenn ich Fragen habe, schaue ich noch mal vorbei. Mein Rückflug ist erst morgen."

Als die Tür wieder zuging, war Susanne mit sich und der Welt zufrieden. Sie hatte sich am Dienstagabend noch dazu durchgerungen, ihre Entdeckung ganz detailliert in einem Telefongespräch dem regionalen Verwaltungsleiter anzuvertrauen und auf diese Weise für ein bisschen Gerechtigkeit und Transparenz zu sorgen. Dieser hatte am Ende des Telefonats als Reaktion auf Susannes Bericht den Besuch von Frau Börne in Aussicht gestellt. Ein leises Siegesgefühl kam in ihr auf.

Leni hielt unterdessen ihr Versprechen, Birgit bei der Vorbereitung ihres Unterrichts zu helfen. Beide standen im Klassenraum A vor dem Whiteboard, das Birgit mit einem speziellen Stift beschrieb. Die Überschrift *Lernziele* war immerhin schon zu lesen. Da ihre Tür vollständig geöffnet war, wurden sie plötzlich von heftigem Lachen und lauten Stimmen gestört. Der Lärm kam von den Kursteilnehmern, die gerade ihr Treffen mit den Auditoren beendet hatten. Als Birgit zur Tür ging, um diese zu schließen, traute sie ihren Augen nicht, schaute noch ein zweites Mal hin und drehte ihren Kopf zu Leni. „Das ist er! Das ist er!"

„Wer?", fragte Leni verwundert.

„Na, der vor Beates Hauseingang." Manchmal dauerte es bei Leni etwas länger, bevor der Groschen fiel. Schließlich machte es klick und Leni eilte zur Tür. „Der mit dem grauen Jackett." Birgit zeigte mit dem Finger auf eine Person, die gerade zum Treppenhaus lief.

„Waaas? Bist du sicher?" Birgit zog ein Gesicht, als könne sie den Zweifel an ihrer Entdeckung nicht nachvollziehen. Leni war noch halb in der Tür, als sie ihr Handy aus ihrer Hosentasche zog und eine Nummer eintippte. „Kathrin, ich bin's. Du, Birgit hat gerade Nout erkannt. Der hat sich vor Beates Wohnung rumgedrückt." Sie machte eine Pause. „Ja, Birgit hat ihn dort gesehen!" Diese bestätigte die Aussage noch einmal mit einem heftigen Nicken. „Ganz sicher!"

Obwohl sie die ganze Aufregung nicht verstand, stellte sich Birgit neben Leni und versuchte, Kathrins Antworten mitzuhören.

„Nein, Kathrin, du wirst jetzt gar nichts mit dem besprechen. Hörst du, Kathrin?"

Leni senkte den Arm mit dem Handy. „Sie hat aufgelegt. So eine Sch…“ Das letzte Wort verschluckte sie und wählte gleich noch eine Nummer. Es dauerte fünf Sekunden, bis sie sprechen konnte. „Jan, wenn du das hörst, ruf mich bitte zurück. Es ist wirklich dringend.“

Birgit stand etwas verdattert in der Gegend herum. „Und du hast dich nicht geirrt?“ Lenis eindringliche Frage konnte sie ganz klar mit *Nein!* beantworten.

Klaus Dieter saß an seinem Schreibtisch und betrachtete etwas irritiert Martina Müller-Bär, die wie ein Panther im Käfig vor ihm auf und ab lief.

„Hast du das gewusst? War das deine Idee?“, fauchte sie.

„Jetzt beruhige dich doch erst mal.“ Ein Rat, der seine Vorgesetzte noch mehr in Rage brachte.

„Willst du mich fertigmachen? Warum? Warum willst du mich fertigmachen? Ich hätte es gleich wissen müssen.“ Ihr Gang wurde schneller.

Klaus Dieter schüttelte resigniert den Kopf. „Wir hatten einen Todesfall im Kollegium. Sicher ist sie deswegen gekommen.“

Plötzlich blieb Martina Müller-Bär stehen und warf ihren Kopf nach hinten. Sie hatte eine Eingebung. „Die Verwaltungsleiterin … diese … diese hinterhältige Person.“ Ihre Stimme war wieder fest. Ohne weitere Erklärungen stürmte sie aus dem Raum.

Rob hatte sich in sein kleines, fensterloses Kämmerchen neben dem Veranstaltungsraum zurückgezogen, nachdem Marga Engels ihn angeblafft hatte, er solle sein Werkzeug aus ihrem Büro räumen. Dieser Bitte im Befehlston war er nicht nachgekommen, denn in seinem winzigen Raum war kein Platz dafür. Er sah gerade auf seine beiden Bildschirme, als er die Institutsleiterin neben sich wahrnahm. Langsam schaute er nach links. „Kann ich was für dich tun, Martina?"

Oh, wie sie das hasste, dieses Duzen mit Untergebenen, sogar mit dem Hauspersonal. Warum mussten sich eigentlich die Institutsleiter immer an die örtlichen Gegebenheiten anpassen und nicht umgekehrt, die Ortskräfte an die Leitung? Immerhin hatte sie das Duzen auf die fest angestellten Mitarbeiter beschränkt, ein kleiner Protest ihrerseits gegen die Informalisierung ihres Arbeitsumfeldes. Sollte sie irgendwann einmal in eine höhere Leitungsebene aufsteigen, würde sie ein paar entsprechende Regeln aufstellen und versuchen, diese weltweit umzusetzen. Dazu gehörte an erster Stelle das Siezen der Institutsleitung durch die Ortskräfte. Aber heute machte sie gute Miene zum bösen Spiel. „Rob", säuselte sie, „ich brauche mal deine Hilfe." Sie sah sich im Raum um. „Mein Gott, ist das eng hier. Wir müssen dringend mal überlegen, wie wir deine Arbeitssituation verbessern können." Das hörte Rob gern, zumal er die Leiterin seit Jahren regelmäßig auf genau diese Situation aufmerksam machte. „Sag mal, gibt es eigentlich die Möglichkeit, die Mail-Accounts von Mitarbeitern zu überprüfen?"

„Wie meinst du das jetzt genau?"

„Na ja, wenn man zum Beispiel vermutet, dass sich jemand nicht korrekt verhalten, genauer gesagt, gegen die Regeln des Instituts verstoßen hat, kann man da den Mailverkehr nachverfolgen? Ist das rein technisch möglich?"

„Rein technisch ist alles möglich. Ich bin mir aber nicht sicher, ob das auch arbeitsrechtlich korrekt ist."

„Natürlich, im Falle eines schweren Vergehens ist das Recht auf meiner Seite. Ich bin ja schließlich die Leiterin und muss einem solchen Verdacht nachgehen."

„Okay. Um wen geht es denn?"

„Kannst du mir Zugang zum Mailverkehr der Verwaltungsleiterin verschaffen?"

„Im Prinzip ja."

„Dann mach das bitte, gleich." Rob brauchte nur ein paar Mausklicks und er war in Susannes Rechner. Unbemerkt von seiner Auftraggeberin bewegte er die Maus eine Weile wild hin und her, sodass Susanne, falls sie gerade vor ihrem Computer saß, mitbekam, dass eine fremde Person in ihrem Account eingeloggt war.

„Danke, jetzt lass mich bitte für ein paar Minuten allein."

Rob machte es sich mit einem Orangensaft in der Cafeteria gemütlich, während Frau Müller-Bär alle Mails anklickte, die von Susanne nach London oder München verschickt worden waren. Hektisch überflog sie deren Inhalt. Keine einzige Mail, in der etwas Verdächtiges stand. Sie hatte nichts in der Hand, was eine Abmahnung oder gar die sofortige Entlassung rechtfertigen könnte. Ohne sich zu bedanken, lief sie eilig, an Rob vorbei, zurück in ihr Büro. Steckte vielleicht doch Klaus Dieter dahinter?

Auf dem Programm der Auditorinnen stand nun das Gespräch mit den beiden Sprachverantwortlichen, also dem Abteilungsleiter und der Beauftragten für Sprachkurse, in diesem Fall der Ersatzfrau. Als sie das Büro von Klaus Dieter betraten, musste Charlotte Clemens erst mal das Fenster öffnen, denn sie hatte nicht nur einen Hauch von Cognac in der Nase, sondern auch das blumige Parfum der Institutsleiterin. Da das Büro nicht so groß war, saßen die Rotterdamer hinter und die Gäste vor Klaus Dieters Schreibtisch.

Um vorher eingeübte Lobreden auf die eigene Arbeit zu verhindern, entschloss sich die Auditorin aus London dazu, mit ihrem Lieblingsthema zu beginnen. „Wie läuft das bei euch mit dem digitalen Angebot? Wie viele Teilnehmer aus den Niederlanden gibt es denn in den regionalen Fernlern-Gruppen-Kursen?“ Die Antwort darauf hätte sie sich auch selbst geben können: Es waren ganze zwei. Und das ärgerte sie. Sie hatte in der Zentrale mit viel Mühe durchgesetzt, dass auch von London aus Kurse zum Onlinelernen für die gesamte Region Nordwesteuropa organisiert und abgerechnet werden durften, obwohl es ein ähnliches Angebot in München bereits gab und sich Interessenten genauso in die von der Zentralverwaltung geleiteten Kurse hätten einschreiben können, da der Standort des Anbieters bei Fernlernkursen bekanntermaßen keine Rolle spielte. Doch mit irgendetwas musste sie punkten, Erfolge vorweisen, und das bereitete ihr in Anbetracht der geringen Teilnehmerzahlen nun Kopfschmerzen. Sie hegte den Verdacht, dass sich die Kollegen in den Niederlanden nicht genug darum bemühten, Lernende zur Teilnahme an diesem Fernlernprogramm zu bewegen und stattdessen potentielle Kunden lieber selber betreuten. Vielleicht, so ihr Plan, könnte sie einfach ein bestimmtes Soll setzen, zum Beispiel die Vermittlung von 100 oder 150 Teilnehmern pro Jahr. Das wäre wirklich nicht zu viel verlangt.

Leni, der diese Hintergründe nicht bekannt und Klaus Dieter, dem sie egal waren, schauten etwas verwundert und wussten nicht, was sie antworten sollten. In manchen Situationen summen Handys im richtigen Moment, wie in diesem Fall. Leni schaute kurz auf das Display. „Die Polizei. Ich muss den Anruf entgegennehmen. Eine Kollegin ist vielleicht in Gefahr.“ Dann erhob sie sich und verließ den Raum. Das Auditgespräch war damit unterbrochen und alle drei noch im Raum befindlichen Personen lauschten gespannt den Worten von draußen, die sie mithören konnten, weil Leni direkt neben der Tür stand.

„Danke, dass du anrufst. Ich mache mir Sorgen um Kathrin. Birgit hat gerade Nout erkannt, den Teilnehmer aus dem C2-Kurs. Der stand vor Beates Haustür. Du erinnerst dich? Wir haben am Dienstag kurz über Birgits Beobachtung gesprochen. Und Kathrin will diesen Nout jetzt zur Rede stellen.“ Es entstand eine Pause. „Na ja, die zwei haben doch ein Verhältnis.“ Klaus Dieter verzog sein Gesicht, die Auditorinnen sahen sich vielsagend an. „Ich weiß, ich hätte dir das viel eher erzählen sollen. Tut mir leid. Bitte mach was. Kannst du vielleicht mal bei uns zu Hause vorbeigehen und schauen, ob mit Kathrin alles okay ist? Danke.“

Bei ihrer Rückkehr ins Zimmer sah Leni in sehr verwunderte Gesichter.

Als Kathrin die Wohnungstür öffnete, stand ihr Nout mit einem ähnlichen Gesichtsausdruck gegenüber. Was hatte die Frau schon wieder? Gestern kam noch eine Entschuldigung und heute wollte sie unbedingt ein Gespräch. Das ging ihm langsam auf die Nerven. Hoffentlich würde das jetzt wenigstens mit dem Geld klappen! Das hatte er schon fest einkalkuliert.

„Was ist denn passiert?“, fragte er mit echter oder gespielter Hilflosigkeit. Kathrin konnte es nicht deuten. Sie hatte sich ganz fest vorgenommen, zunächst die Unschuldsvermutung gelten zu lassen und sich in aller Ruhe anzuhören, was Nout zu den neuen Erkenntnissen zu sagen hatte. Sie bot ihm etwas zu trinken an, aber ihr Gast lehnte ab und sah sie noch immer fragend an. Die guten Vorsätze überstanden nicht einmal zwei Minuten.

„Du Lügner! Du Betrüger! Du warst vor Beates Haus. Eine Kollegin hat dich dort gesehen und dich heute wiedererkannt. Du warst in ihrer Wohnung, stimmt's? Warum? Hast du dich auch an Beate rangemacht? Hattest du ein Verhältnis mit ihr?" Es brach einfach so aus Kathrin heraus.

„Das ist alles ein Missverständnis", Nout gab sein Bestes, etwas Ruhe in die Unterhaltung zu bringen.

„So, ein Missverständnis? Dass ich nicht lache! Wer bist du? Ein Mörder? Ein Doppelmörder? Hast du Beate und die französische Kollegin auf dem Gewissen? Nennst du das ein Missverständnis?"

„Jetzt hör mir mal zu, Kathrin, ich kann dir alles erklären. Ich habe im letzten Jahr einen Französischkurs besucht. Das gebe ich gerne zu. Der Kurs war aber bei einer anderen Lehrerin. Ich habe das alles damals so am Rande mitbekommen. Und mit dem Tod von Beate habe ich nichts zu tun. Als ich an dem Dienstagabend gegangen bin, hat sie noch gelebt." Er versuchte, langsam und betont zu sprechen und bemerkte gleichzeitig, dass er gerade einen sehr unüberlegten Satz von sich gegeben hatte und seine Deeskalationsbemühungen komplett fehlschlugen. Sein Gegenüber wurde puterrot.

„Das gibt es doch nicht! Du warst bei dieser Frau zu Hause? Und bei mir hast du dich über ihren Unterricht beschwert!" Jetzt konnten vermutlich auch die Bewohner der 40. Etage hören, was Kathrin zu sagen hatte.

„Ja, deshalb habe ich sie ja besucht."

„Und jetzt lügst du mich auch noch an! Du hast dir mit ihr einen vergnüglichen Abend gemacht, das war der Grund. Hast du eine Vorliebe für Lehrerinnen? Kommt das aus deiner Kindheit oder so? Das ist ja total gestört! Weißt du was, mir reicht's. Ich rufe jetzt die Polizei an. Die sollen dich verhaften und verhören und dann sehen wir ja, ob du den Kolleginnen was getan hast oder nicht." Ihr Griff nach dem Handy, das auf dem Tisch lag, schlug fehl. Nout war schneller, er schnappte sich das Gerät zuerst. Kathrin stürzte wie von Sinnen auf ihn zu.

„Gib mir sofort mein Telefon zurück!"

Jetzt verlor auch Nout die Nerven. Er schlug ihr mit dem Handy in der Hand ins Gesicht, und zwar so heftig, dass sie stürzte, mit dem Kopf gegen den Tisch prallte und sofort zu bluten begann. Ohne sich um die Verletzte zu kümmern, warf er das Telefon auf den Boden und verließ fluchtartig die Wohnung. Als er den Ausgang des Hochhauses erreichte, sah er einen Polizeiwagen um die Ecke biegen. Er nahm die andere Richtung und rannte, so schnell er konnte. Noch bevor er die Brücke neben dem Schiffshotel h2otel überqueren konnte, packte ihn jemand von hinten am Arm. Er war zu langsam für Pim, den Polizisten.

Im Hauseingang drückte Jan mehrere Knöpfe, bis jemand den Summer betätigte. Beim Betreten der Wohnung – die Tür stand nach Nouts überstürztem Abgang noch auf – sah er Kathrin auf dem Boden liegen und wählte sofort die Notrufnummer. Glücklicherweise bewegte sie sich noch.

Vom Rest der Besprechung mit den Auditorinnen bekam Leni nicht viel mit, obwohl sie versuchte, einfache Fragen zu den

Punkten Kurssystem, Weiterbildungen, Zufriedenheit der Kursteilnehmer, Werbemaßnahmen und Firmenkursen zu beantworten. Sie musste sich sehr darauf konzentrieren, ihre Sätze einigermaßen professionell rüberzubringen. Das Handy hielt sie in der rechten Hand auf ihrem Oberschenkel, damit sie eine mögliche Vibration spüren konnte. Als sich das Telefon mitten in der Aufzählung einiger Firmenkunden bewegte, ging sie sofort ran. „Ja." Sie stand auf. „Welches Krankenhaus? … Ich komme."

Die Auditorinnen waren seit ihrer Ankunft in Rotterdam schon mit einigen ungewöhnlichen Vorkommnissen konfrontiert worden und schauten nun, nach dem zweiten mitgehörten Telefongespräch, eher neugierig, als würden sie gespannt auf die Fortführung einer Kriminalgeschichte warten.

„Es tut mir leid, ich muss unbedingt ins Krankenhaus. Kathrin wurde niedergeschlagen."

Klaus Dieter, der als Einziger einen wirklich betroffenen Eindruck machte, übernahm das Wort. „Natürlich, du kümmerst dich jetzt um Kathrin und wir brechen die Besprechung an diesem Punkt ab. Wenn es noch weitere Fragen von euch gibt, können wir das Gespräch gerne zu einem späteren Zeitpunkt fortsetzen."

„Das wird nicht nötig sein. Wir wissen eigentlich alles", Charlotte Clemens beendete die Zusammenkunft ganz offiziell. Ihr Fernlern-Gruppen-Kurs-Teilnehmer-Soll hatte sie leider in diesem Gespräch nicht unterbringen können.

Das über einen Zeitraum von acht Jahren renovierte Krankenhaus der Erasmus-Universität ähnelte einer kleinen Stadt, die aus vielen miteinander verbundenen Gebäuden bestand. Es gab

Straßen und Wege zur Orientierung, lichtdurchflutete Gänge sowie Räume mit einer üppigen Bepflanzung und modernem Interieur. All das lenkte die Menschen davon ab, dass sie sich in einem Krankenhaus befanden. So eine beklemmende Krankenhausatmosphäre, wie sie Leni von ihrer Blinddarmoperation als Jugendliche in Erinnerung hatte, kam hier nicht auf. Als sie nach fünfzehn Minuten Kathrins Zimmer erreichte, kam ihr Jan auf dem Flur entgegen. „Kathrin ist verletzt, aber nicht lebensgefährlich. Sie schläft jetzt."

Erleichtert setzte sich Leni auf einen der Stühle in der Besucherecke, sie musste erst mal tief durchatmen. Jan brachte ihr einen Wasserbecher aus dem an der Wand stehenden Behälter. „Danke. Was ist passiert?"

„Deine Mitbewohnerin hat Nout in eure Wohnung bestellt und ihn beschuldigt, ein Mörder zu sein. Das hat ihm wohl nicht gefallen. Da hat er zugeschlagen." Jan machte eine kurze Pause, sprach dann ruhig, ernst und in seiner Muttersprache weiter. „Das hätte alles nicht passieren dürfen, Leni. Das ist nun schon das zweite Mal, dass du mir Informationen verschwiegen hast und das macht unsere Arbeit nicht leichter. Abgesehen davon, dass du Kathrin und vielleicht auch dich selbst durch dein Schweigen in Gefahr gebracht hast. Ich dachte, ich könnte dir vertrauen."

Das saß. Leni schämte sich. „Es tut mir wirklich leid. Ich habe einen großen Fehler gemacht."

„Kathrin hat vorhin ausgesagt, dass dieser Nout zugegeben hat, am Tatabend in Beates Wohnung gewesen zu sein. Ich hoffe, dass er die Tat an Beate bald gesteht, damit wir diesen Fall endlich abschließen können. Für die Körperverletzung wird er sowieso zur Verantwortung gezogen. Ich muss jetzt los." Sein letzter Satz klang etwas versöhnlicher. Beim Aufstehen ergriff Leni seine linke Hand und drückte sie an ihre Wange. Jan strich ihr mit der anderen Hand über den Kopf und lief dann eiligen Schrittes davon.

Nachdem Martina Müller-Bär drei gute Bekannte in der Zentralverwaltung in München angerufen hatte, um sich zu informieren, ob da irgendetwas hinter ihrem Rücken gegen sie lief, ob jemand sie vielleicht angeschwärzt hatte, musste sie resigniert feststellen, dass sie keinen Schritt weitergekommen war. Dieser Klaus Dieter war doch gar nicht in der Lage, eine Intrige gegen sie zu spinnen, dessen war sie sich nun sicher. Es kann also doch nur die Verwaltungsleiterin gewesen sein, die sie schon im Januar nach den hohen Kosten ihrer Dienstreisen gefragt hatte. Auch die unsägliche Sprachkursbeauftragte hatte sie vor etwa zwei Wochen damit konfrontiert, dass sie etwas über sie wisse. Das war wahrscheinlich der klägliche Versuch einer Revanche für die Leistungsbeschreibung, die Klaus Dieter in ihrem Auftrag anfertigen sollte. Aus irgendeiner Laune heraus war sie auf das Gesprächsangebot dieser Person, verbunden mit einer Einladung zu Kaffee und Kuchen, eingegangen. In deren Wohnung. Was für eine Dummheit von ihr. In Erfahrung bringen konnte sie bei diesem Treffen nichts, denn sie hatte während ihres Besuchs der Gastgeberin zehn Minuten die Meinung gegeigt und dann beschlossen, auf Kaffee und Kuchen zu verzichten und wieder zu gehen, ohne dass Beate Neumann überhaupt zu Wort gekommen war. Leider hatte sie nicht nur die perplexe Mitarbeiterin in der Wohnung zurückgelassen, sondern auch ihre Fingerabdrücke. Deshalb wollte die Polizei ein Alibi von ihr. Zu blöd! Und jetzt wusste sie nicht, worum es bei der Einladung eigentlich gegangen war. Vielleicht um die Abrechnung ihrer Reisen? Die Ortskräfte kungelten doch alle miteinander, vor allem, wenn es gegen die entsandten Führungskräfte ging. Aber bevor sich jemand über ihre Abrechnungen aufregte, sollte derjenige erst mal so viel arbeiten wie sie, und das nicht nur von Montag bis Freitag, sondern auch am Wochenende. Natürlich übernachtete sie dann in einem guten Hotel, warum sollte sie sich mit irgendeiner Absteige zufriedengeben? Es gehörte nun mal zu ihren Aufgaben, kulturelle Veranstaltungen in Europa zu besuchen. Sonst könnte sie ja nicht entscheiden, ob es sich lohnen würde, die Akteure eventuell in die Niederlande einzuladen. Außerdem hatte sie sich bisher immer mit einem Kollegen oder einer Kollegin des am Ort ansässigen Instituts verabredet, um den fachlichen Austausch zu gewährleisten und so bei eventuellen Rückfragen einen Beweis liefern zu können, dass die Reise tatsächlich einen rein beruflichen Grund hatte. Gut, manchmal klappte das dann mit dem Treffen nicht, aber dafür konnte sie nichts. Und was hätte sie mit ihrem Ehemann machen sollen? Ihn zu Hause lassen?

In dem Bewusstsein, alles richtig gemacht zu haben, betrat sie das Zimmer der Verwaltungsleiterin und war kurz vorm Platzen. „Was ist hier los? Warum ist die Regionalleiterin hier?" Susanne wollte etwas sagen, kam aber nicht dazu. „Du glaubst doch nicht im Ernst, hinter meinem Rücken eine Intrige gegen mich anzetteln zu können? Wenn dir irgendetwas aufgefallen ist, was es zu beanstanden gibt, hättest du den Dienstweg einhalten und dich direkt mit mir in Verbindung setzen müssen. Die Nichteinhaltung des Dienstweges ist ein grober Regelverstoß und ich mahne dich hiermit offiziell ab. Sollte ich mitbekommen, dass du weiter irgendwelche Lügen über mich verbreitest, hat das die fristlose Kündigung zur Folge. Habe ich mich deutlich ausgedrückt?“

„Sehr deutlich!“ Das kam von Christa Börne, die in der Tür stand. „Und nur zu Info: Frau Wolf hat auf Nachfrage ihres Vorgesetzten, des regionalen Verwaltungsleiters, gehandelt. Und ich denke, es ist an der Zeit, dass wir zwei mal über das hier sprechen.“ Dabei wedelte sie mit den Beweismitteln, die sie sich in der Zwischenzeit genau angesehen hatte.

Wieder erwies sich Frau Müller-Bär als wahre Verwandlungskünstlerin. „Aber natürlich. Ich bin froh, dass du da bist. Wir können doch über alles reden. Selbstverständlich.“ Während sie zur Tür lief, drehte sie sich noch einmal zu Susanne. „Das war natürlich nicht ganz erst gemeint, vorhin. Ach, und sei so lieb, und hole Frau Börne und mir bitte einen Kaffee von unten. Danke.“

Susanne saß noch eine Weile regungslos auf ihrem Stuhl, bevor sie sich in die Cafeteria aufmachte. Den Kaffee musste sie dann selber trinken, denn als sie in der zweiten Etage ankam, war das Büro der Institutsleiterin verschlossen. Man hörte und sah sie an diesem Tag nicht mehr.

Am Abend stand Leni, noch immer mit einem fürchterlich schlechten Gewissen, vor dem Kopierer, als die Kolleginnen und Martin von der Befragung der Lehrpersonen durch die Auditoren in die dritte Etage kamen. Auch sie plapperten, wie die Kursteilnehmer nach ihrer Fragestunde, aufgeregt durcheinander.

„Wie geht es Kathrin?“, Birgit war die Schnellste mit der Frage.

„Ich habe sie nicht gesehen, sie hat geschlafen. Aber sie wird wieder gesund."

Birgit hatte schon mal ihre Hände vors Gesicht gehalten – wegen des Weinkrampfes, in den sie gleich ausbrechen wollte. Der kam aber nun nicht, deshalb nahm sie ihre Hände wieder runter. „Gott sei Dank! Und ich wusste es, ihr erinnert euch? Der Mörder ist ein Kursteilnehmer. Habe ich es nicht gesagt?" Sie schaute die anderen sehr aufmerksam an.

Leni nickte zustimmend. „Du hast es gesagt. Das stimmt."

„Findet das Audit jetzt trotzdem statt? Kommen die heute Abend zum Hospitieren?" Eine berechtigte Frage von Elli.

„Ich befürchte es. Kathrin hätte heute Abend sowieso keinen Unterricht gehabt, also alles bleibt, wie es geplant ist."

„Dann muss ich schnell noch mal an meinem Unterrichtsplan arbeiten." Birgit rannte ins Lehrerzimmer, die anderen hinterher.

Das wird nichts, dachte Leni, das fahren wir gegen die Wand.

Für Leni stand heute der zweite Abend des C2-Kurses an, ohne Nout. Das bedeutete, wenn die Teilnahme am Kurs so war wie vor einer Woche, nur noch vier von insgesamt vierzehn Teilnehmern. Und ausgerechnet heute kamen die Auditoren. Bevor sie die Klassenzimmertür öffnete, sah sie Michiel den Gang entlanglaufen. Sie wartete auf ihn. „Michiel, es tut mir leid, dass ich dich nicht noch mal angerufen habe. Ich hatte es mir die ganze Zeit fest vorgenommen, aber es ist so viel passiert. Sie haben heute Nout festgenommen. Kannst du dir das vorstellen?"

„Na ja, ich hatte ihn mal vor dem Haus der Lehrerin gesehen, deshalb kann ich es mir schon irgendwie vorstellen."

„Ah, darum hast du am Haus von Beate so nach oben geguckt. Hast du das der Polizei bei der Befragung letzten Donnerstag gesagt?“ Leni griff sich an die Stirn. „Nein, blöde Frage von mir, Nout war ja auch dabei.“

„Ich bin Anwalt und mit allen Aussagen sehr vorsichtig. Immer. Vielleicht hat er die Lehrerin besucht, vielleicht jemand anders. Wenn man keine stichhaltigen Beweise hat, sollte man lieber nichts sagen. Dennoch habe ich meine Beobachtungen heute Vormittag bei der Polizei zu Protokoll gegeben. Der Kommissar hatte mich einbestellt.“

„Ach so?“ Leni überlegte kurz, dann war ihr klar, dass es sich sicherlich um eine Zeugenvernehmung handelte. Wahrscheinlich waren sie Nout schon vor dem Zwischenfall mit Kathrin auf die Spur gekommen.

„Michiel, ich wollte dir …“, Leni hatte das Bedürfnis, noch etwas zu sagen, was sie eigentlich schon die ganze Zeit loswerden wollte, entschied sich aber in letzter Sekunde dagegen. Dafür war jetzt, so kurz vor der Hospitation, nicht der richtige Zeitpunkt.

„Ja“, Michiel sah sie erwartungsvoll an.

„Vielleicht doch lieber ein anderes Mal. Komm, lass uns ins Klassenzimmer gehen und den heutigen Abend irgendwie überstehen.“ Als sie die Tür öffnete, saßen immerhin sechs Teilnehmer im Raum. Es hatten sich also noch drei Interessenten gefunden, die den Kurs fortsetzen wollten.

Nachdem die Auditorinnen jeweils zwanzig Minuten Hospitation bei Leni Weber, Janett Burghard, Elli Geiger und dem Kollegen Martin Behrens abgesessen hatten, stand noch ein Kurs auf ihrem Programm, dann hatten sie es für heute geschafft. Obwohl sie den Klassenraum A ganz leise betraten, drehten sich alle Teilnehmer und Teilnehmerinnen nach ihnen um. Auf den für sie an der Seite bereitgestellten Stühlen lag der ausgedruckte Unterrichtsplan. Sie setzten sich mit einem begrüßenden Nicken und Lisbeth Grünberg begann sofort, sich Notizen zu machen. Hinter den Punkt: *Die Lernziele werden transparent kommuniziert.* machte sie gleich ein Häkchen, denn die standen für jeden sichtbar auf dem Whiteboard: *ein Telefongespräch führen, einen Termin vereinbaren, Tage und Uhrzeiten nennen.* Die Lernenden saßen in Zweiergruppen und sprachen die letzten Sätze eines Telefondialogs in die iPads auf den Tischen. Dann beendete Birgit Kaminski die Unterrichtssequenz.

„So, sind alle fertig? Haben Sie Ihre Gespräche aufgenommen?" Die meisten schauten zur Lehrerin und machten so das Ende ihrer Bemühungen deutlich. „Dann müssen wir jetzt nur noch eine Möglichkeit finden, die Gespräche zu hören." Dabei klickte Birgit wie wild mit ihrer Maus alles an, was auf dem Board anzuklicken war, bis man nichts mehr sah, das Whiteboard wurde schwarz. Lisbeth Grünberg vermerkte ein Fragezeichen hinter dem Punkt: *Die Lehrkraft beherrscht den Umgang mit den technischen Unterrichtsmitteln.* Birgit war kurz davor, rauszulaufen und laut loszuweinen, als sich ein Teilnehmer von Tisch eins nach vorn bewegte und mit zwei, drei Klicks das Ganze wieder zum Laufen brachte. Außerdem gelang es ihm, den Dialog, den er mit seinem Sitznachbarn auf dem iPad eingesprochen hatte, laut abzuspielen. Die gesamte Klasse hörte mit.

„Ja, hallo, hier ist Ruben Joustra. Kann ich bitte Frau Müller sprechen?"

„Hallo, Sie sprechen mit Frau Müller." Der zweite Kursteilnehmer sprach in gehobener Stimmlage, um eine Frau zu imitieren, was bei den anderen Teilnehmern zu lautem Gelächter führte und man das Gespräch nur noch mit Mühe verstand.

„Ah, Frau Müller, wie geht es mit Ihnen?"

„Mit mir geht es gut. Was kann ich für Sie tun, Herr Ruben?"

„Ich wolle gerne eine Absprache machen."

„Möchten Sie einen Termin ausmachen, Herr Ruben?"

„Ja, genau. ... ein Termin. Wann passt es Sie?"

„Es kann am Mittwoch."

„Okay. Mittwoch ist prima."

Dann war das Gespräch beendet. Birgit hatte während des Dialogs angestrengt überlegt, was sie nun am besten tun sollte. Die Fehler selbst korrigieren? Dann liefe sie Gefahr, zu viel zu reden. Die Fehler nicht korrigieren? Keine gute Idee. Also lobte sie erst mal die Akteure. „Ganz prima! Wirklich, ganz toll! Das haben Sie sehr gut gemacht!" Jetzt spürte sie einen verwunderten Blick von der Seite. Sie musste zwingend handeln und entschied sich für eine Variante, die ihr Leni heute früh empfohlen hatte. Sie spielte den Dialog ein zweites Mal ab und bat die Kursteilnehmer, Fehler, die sie hörten, aufzuschreiben. Kurz bevor die Lernenden die gehörten Fehler präsentierten, waren die zwanzig Minuten um und die Auditorinnen verließen den Raum. An ihren regungslosen Gesichtern konnte Birgit eine Beurteilung des Unterrichts nicht ablesen, aber sie hatte ein gutes Gefühl.

Elli, Martin und Leni waren ähnlich positiv gestimmt und recht glücklich über den Ablauf ihres Unterrichts, als sich alle in der Pause im Lehrerzimmer trafen. Janett war sich sogar ziemlich sicher, einen großartigen Eindruck hinterlassen zu haben.

Irgendwie hatte dieser chaotische und dramatische Tag für Leni dann doch noch ein gutes Ende.

Freitag, 11. Juni (2. Audit-Tag)

Leni war gegen sieben Uhr aufgestanden, hockte am Esstisch und schaute in die Fenster gegenüber. Die Frau unter dem Bücherwurm, dessen Kopf gerade durchs Wohnzimmer schwebte, saß wieder an ihrem Schreibtisch. Vielleicht hatte sie auch Schlafprobleme, wie Leni im Moment. Ihr ging zurzeit alles Mögliche durch den Kopf. Warum konnte sie in manchen Situationen ihre Klappe nicht halten und in anderen wiederum den Mund nicht aufmachen? Hätte sie Jan über alles informiert und am Donnerstag nicht Kathrin, sondern nur Jan angerufen … Es klingelte. Jan stand unten und winkte in die Videokamera, vielleicht so eine Art Gedankenübertragung. Leni empfing ihn vor der offenen Wohnungstür.

„Guten Morgen!"

„Hi, wie geht es dir?"

„Geht so", antwortete Leni schnell. „Es tut mir immer noch alles sehr leid, was gestern passiert ist. Ich hätte dir von Anfang an alles erzählen müssen, aber ich dachte die ganze Zeit, das Verhältnis der beiden hätte mit dem Fall Beate Neumann nichts zu tun." Dann erst fiel ihr ein, dass Jans frühes Auftauchen recht ungewöhnlich war. „Gibt es Neuigkeiten? Ist was mit Kathrin?"

„Ich habe nicht viel Zeit, ich wollte eigentlich nur schauen, ob es dir gut geht."

„Danke", flüsterte Leni, bewegt von seiner Fürsorge. Sie goss ihrem Gast einen Kaffee ein.

„Die Fingerabdrücke des Verdächtigen waren in Beates Wohnung, das steht fest. Er hatte neben Kathrin noch ein paar andere Liebschaften, zum Beispiel diese Beate. Offensichtlich war es eine Art Hobby von ihm, sich über Tinder mit Frauen zu treffen – und dem ging er auch intensiv nach. Leider haben wir noch kein Geständnis. Er behauptet felsenfest, dass die Frau noch lebte, als er sie am Tatabend verlassen hat. Und wie das Leben so spielt … Seit gestern hat unsere Technikabteilung auch Zugang zu Beates Laptop und Handy. Der Code war nicht so einfach zu knacken. Die Chatverläufe und privaten Mails haben aber nur bestätigt, was wir schon wissen: Die privaten Mail-Kontakte beschränkten sich in den letzten Monaten auf Klaus Dieter Wisch und Arnout Bakker." Jan trank seinen Kaffee und sah zum Fenster hinaus. „Sag mal, was ist eigentlich mit diesem Michiel, der dich am Montag nach Hause gebracht hat?"

„Der war es auf keinen Fall, der ist Anwalt."

Jan sah Leni skeptisch an. „Kennst du den gut?"

„Ich bin ihm zufällig bei einem Konzert im LantarenVenster begegnet, heute vor einer Woche. Dann hat er mich am Sonntag zu einem Museumsbesuch eingeladen. Der löste sich allerdings relativ schnell in Luft auf, weil das Museum geschlossen hatte. Und am Montag hat er mich nach Hause begleitet. Das war alles."

„Magst du ihn?"

„Ja, ich mag ihn – aber nicht so, wie du jetzt vielleicht denkst. Ich finde ihn nur nett, mehr nicht. Das wollte ich ihm gestern Abend vorm Unterricht auch sagen, damit er sich keine falschen Hoffnungen macht. Aber so auf dem Gang, vor dem Klassenraum, kurz vorm Unterricht, ging das nicht, das waren der falsche Ort und der falsche Zeitpunkt. Ich werde nächste Woche in aller Ruhe mit ihm reden." Sie sah Jan direkt an. „Dich finde ich viel, viel netter."

Der morgendliche Überraschungsbesucher lächelte. „Wie gut überprüft ihr eigentlich die Leute, die sich bei euch für einen Kurs anmelden?"

„Was heißt überprüft? Wir sind ja keine Privatdetektive. Die Leute geben ihre Daten an, bekommen von uns eine Rechnung und bezahlen den Kurs. Das ist alles. Wenn sie bar zahlen, brauchen wir nicht einmal ihre Adresse. Es gibt aber nur ganz wenige Barzahler. Ab und zu haben wir auch Fälle, bei denen Leute einen Kurs anfangen, nach vier Wochen aufhören und dann ihre Rechnung nicht begleichen. Meistens zahlen sie dann nach der dritten Mahnung, aber es kommt auch vor, dass wir auf einer unbezahlten Rechnung sitzen bleiben. Im C2-Kurs ist aber alles im grünen Bereich, da gibt es keine Schwarzfahrer, das habe ich schon kontrolliert. Warum willst du das wissen?"

„Nur so. Solange wir kein Geständnis haben, ist der Fall für uns noch nicht gelöst. Danke für den Kaffee." So schnell, wie er aufgetaucht war, war Jan auch wieder weg.

Den Weg zum Krankenzimmer fand Leni heute problemlos. Kathrin saß auf ihrem Bett und trank Tee. Um ihren Kopf hatte sie einen Verband, der unter dem Kinn begann und um die Ohren, die Stirn und den Hinterkopf gewickelt war. Mund, Nase und Augen waren nicht bedeckt. Die Haut unter dem linken Auge schimmerte in rot-bläulicher Farbe. Die drohte, wie bei einem frisch gemalten Bild, nach unten auszulaufen. Nur das typische Krankenhausbett mit der weißen Rückwand erinnerte Besucher und Patienten daran, wo sie sich befanden. Der Rest der Einrichtung hatte fast Hotelcharakter. An der großen Fensterfront standen neben einem bunten Sessel, den man auch in ein Besucherbett verwandeln konnte, ein Tisch und ein Stuhl. Den Versuch, Kathrin irgendwie zu umarmen, brach Leni nach einem lauten *Aua!* ab und setzte sich auf den Stuhl, den sie neben das Bett gestellt hatte.

„Ich kann mir das gar nicht erklären. Er war, abgesehen von den letzten zwei Treffen, wirklich nett, charmant und geistreich. Wie konnte ich mich nur so irren?" Diese Frage schien Kathrin mehr zu beschäftigen als ihre physische Wiederherstellung.

„Mach dir keine Vorwürfe. Ich fand ihn im Unterricht auch nett. Und offensichtlich hat er viele Frauen um den Finger gewickelt."

„Das macht das Ganze ja noch schlimmer."

„Jetzt kümmere dich erst mal um deine Gesundheit und vergiss den Idioten einfach. Was sagt der Arzt?"

„Das wird wieder, ich muss nur ein bisschen Geduld haben. Übrigens", Kathrin griff nach ihrem Handy auf dem kleinen Beistelltisch, suchte etwas und zeigte Leni das Display, „ich hatte bei allem Unglück auch etwas Glück. Hier, schau mal, ein Angebot von der Universität Basel. Das war heute in meinem Posteingang."

Leni traute ihren Ohren nicht. Sie ging zwei Schritte zum Fenster, kam wieder zurück, ging wieder zum Fenster, kam wieder zurück.

„Hast du dich etwa wegen dem in der Schweiz beworben?" Bei *wegen dem* zeigte sie mit ihrem Zeigefinger zum Fenster.

„Ja."

„Und? Nimmst du das Angebot an?"

„Vielleicht." Kathrin wusste, was das für Leni bedeutete. Es tat ihr jetzt leid, dass sie gleich mit der Nachricht herausgeplatzt war.

„Dann muss ich mir ja einen neuen Mitbewohner suchen."

„Ich könnte dir da so einen Polizisten empfehlen, der ziemlich gut Deutsch spricht." Sie versuchte zu lächeln. Leni versuchte es auch, aber es gelang ihr nicht.

Zum Institut ging Leni zu Fuß. Sie hatte sich von dem Schock, sich entweder eine neue Bleibe oder eine andere Person als Mitbewohner suchen zu müssen, noch nicht erholt. Auf der kleinen Straße, die am Museum Boijmans Van Beuningen vorbeiführte, fiel ihr der verkorkste Sonntagnachmittag ein und sie war froh, dass sie die Sache mit Michiel halbwegs wieder in Ordnung gebracht hatte. Vielleicht sollte sie gegenüber Birgit mal andeuten, dass demnächst ein Zimmer frei würde.

Am Vormittag hatten die Auditorinnen noch diverse Gespräche zu absolvieren, zum Beispiel mit dem Assistenten der Sprachabteilung, der Verwaltungsleiterin und der Leiterin der Bibliothek. Außerdem stand der Hausrundgang mit der Kontrolle der ausgelegten Werbematerialien auf ihrem Plan. Rob war am Mittwoch noch so geistesgegenwärtig gewesen und hatte die Plakate und Aushänge, die ausschließlich Kulturveranstaltungen bewarben, durch Plakate aus dem Sprachkursbetrieb ersetzt, die mit originellen deutschen Wörtern ursprünglich mal Kunden anlocken sollten und jetzt in seinem Zimmer langsam verstaubten. Zwei davon hingen ja auch in Lenis neuem Büro. Wie alle anderen merkten auch die Auditorinnen recht schnell, dass in dem doch ziemlich neuen Haus der Fahrstuhl fehlte und Rollstuhlfahrer nur die Räume im Erdgeschoss erreichen konnten. Hinter den Punkt: *Das Gebäude ist behindertengerecht.* kam ein dickes Minus.

Im Zimmer von Marga Engels herrschte gerade Panik. Die Institutsleiterin war wie vom Erdboden verschluckt. Auch über ihr Handy war sie nicht zu erreichen. Und das ausgerechnet heute, am Tag des Lesens in der Zentralbibliothek. Vergangenen Samstag hatte sie das Hotelzimmer der Autorin Anika Citron nach deren Beschwerde umgebucht und, da das Hotel New York den finanziellen Rahmen des Instituts sprengte, die Schriftstellerin im selben Hotel wie die Auditorinnen untergebracht. Jetzt hatte die Assistentin der Kulturabteilung die Dame am Telefon, die ihr mitteilte, an dem Event heute nicht teilnehmen zu können, weil ihr die Unterkunft den Schlaf geraubt habe. Eine schlaflose Nacht würde ihre Immunzellen derart schwächen, dass sie nicht in der Lage sei, sich unter Menschen zu begeben. Marga erfragte zunächst die Gründe der Schlaflosigkeit. Vielleicht könnte man die in der zweiten gebuchten Nacht abstellen. So erfuhr sie, dass das Zimmer, sehr zum Ärger der Künstlerin, auf der falschen Seite lag, denn der Blick auf die Maas war nach Meinung von Frau Citron eine Mindestanforderung an ein Hotelzimmer in Rotterdam. Zweitens, und das war noch viel schlimmer, waren die Fenster nicht zu öffnen. Es gab nur einen kleinen Spalt zwischen den bodentiefen gläsernen Rechtecken. Durch diesen Minispalt konnte zwar mithilfe einer Klappe etwas Frischluft ins Zimmer dringen, was jedoch bei Weitem nicht ausreichend war. Drittens musste sie dreimal den Hotelservice bemühen, weil zum einen der Fernseher erst nicht an- und dann nicht mehr ausging und es zum anderen nur kaltes Wasser gab. Aber der Höhepunkt war, dass sich eine Fliege im Zimmer verirrt hatte, die wegen der Fenster ohne Öffnungsfunktion den Weg nach draußen nicht gefunden und so die Schriftstellerin fast in den Wahnsinn getrieben hatte.

„Das tut mir alles furchtbar leid", log Marga in den Hörer. Hätte die Institutsleiterin auf sie gehört und anstelle der Diva eine jüngere Autorin eingeladen, wie die Sofia Meier, die Bekannte einer Freundin von ihr, dann hätte sie jetzt eine Reihe Probleme weniger. „Was halten Sie von der Idee, dass ich bei Ihnen vorbeikomme, wir ein anderes Zimmer für Sie auswählen und ich Sie anschließend zur Lesung und Autogrammstunde begleite?"

Den Abend hatte Marga eigentlich schon anderweitig verplant und jetzt hoffte sie darauf, dass der anspruchsvolle Gast ihren Vorschlag ablehnen und einfach wieder abreisen würde.

„Gut. Wenn Sie das bitte alles regeln und auch gleich meinen Umzug in das neue Zimmer organisieren, dann zeige auch ich mich kompromissbereit. Ich habe jetzt eine Verabredung mit einem Kollegen im Restaurant vom Hotel New York. Dort können Sie mich dann vor der Lesung abholen. Dieses Essen stelle ich Ihnen selbstverständlich in Rechnung, da ich mich ja während dieser Zeit nicht im Zimmer aufhalten kann. Warum übernachte ich eigentlich nicht im Hotel New York?"

„Das ist eine Budgetfrage, liebe Frau Citron. Ich werde alles für Sie organisieren und rechtzeitig bei Ihnen sein."

Den letzten offiziellen Programmpunkt für das Audit bildete das Abschlussgespräch. Klaus Dieter hatte sich heute in Schale geworfen. Er trug einen dunkelblauen Anzug und darunter kein Poloshirt, sondern ein Hemd. Zur Krawatte hatte es aber nicht gereicht. Die Gäste, der Sprachabteilungsleiter und Leni standen vor der verschlossenen Zimmertür der Institutsleiterin, die seit gestern Nachmittag auch von den Kolleginnen und Kollegen der Sprachabteilung nicht mehr gesehen worden war. Nur die Mitarbeiterin der Reinigungsfirma hatte sich heute früh um sechs Uhr darüber gewundert, dass ihr beim Betreten des Hauses eine Person mit Sonnenbrille, Kopftuch und einer großen Tasche entgegengekommen war. Zuerst hatte sie an einen Einbruch gedacht. Aber dann war ihr eingefallen, dass sie das Gesicht kannte.

„Wisst ihr was, wir gehen einfach in mein Zimmer und fangen schon mal an", schlug Klaus Dieter vor.

„Gibt es etwas Neues von der verletzten Kollegin?" Mit dieser Frage eröffnete die Sprachabteilungsleiterin aus London die Sitzung.

„Soweit wir wissen, befindet sie sich auf dem Weg der Besserung. Der Täter wird noch von der Polizei verhört." Klaus Dieter vermittelte den Eindruck, als hätte er alles, was ihm Leni vorher erzählt hatte, selbst in Erfahrung gebracht.

„Das war doch ein Kursteilnehmer, oder?"

„Ja. Der hat gestern auch an der Befragungsrunde teilgenommen. Er trug einen grauen Anzug, vielleicht können Sie sich noch an ihn erinnern?" Das war Lenis einziger Beitrag an diesem Nachmittag. Die Auditorinnen bedankten sich im Laufe des Gesprächs vor allem bei Klaus Dieter für die Organisation und Betreuung und zeigten Mitgefühl in Anbetracht der schwierigen Umstände. Leni erkannte sogar ein kleines Sympathiefunkeln in den Augen der Auditorinnen, bei der Frau aus London war es ihrer Einschätzung nach etwas mehr als nur ein kleines Funkeln. War sie vielleicht die Empfängerin des Blumenstraußes, mit dem Klaus Dieter am Mittwoch über den Westersingel gehuscht war? Am Ende versprachen die beiden Damen, den Auditbericht bis morgen Nachmittag, vor ihrem Rückflug, fertigzustellen, da sie in den nächsten arbeitsreichen Wochen absolut keine Zeit mehr dafür hätten. Der allerletzte Akt bestand in einer formellen Unterschrift unter den Satz: *Das Audit wurde ordnungsgemäß durchgeführt.* und das war es dann. So unspektakulär gingen die zwei Tage zu Ende, die im Vorfeld einige Mühe und Nerven gekostet hatten und denen Leni letztendlich ihre jetzige Aushilfstätigkeit verdankte.

Gegen 18 Uhr war Marga Engels im nhow-Hotel damit fertig, die Sachen von Frau Citron in ein Premium Zimmer mit Skylineblick zu bringen und wollte nun ins Hotel New York, um die Schriftstellerin zu ihrer Lesung abzuholen. Diese Umbuchungsaktion belastete das Budget der Kulturabteilung mit zusätzlichen 60 Euro. Sie genehmigte sich zur Stärkung noch einen Kaffee aus dem Automaten, der vor dem Frühstückssaal aufgebaut war, als sie Klaus Dieter herzlich lachend mit der Auditorin aus London in den Fahrstuhl steigen sah. So fröhlich hatte sie den Kollegen lange nicht gesehen. In ihr kam in Anbetracht des bevorstehenden Abends in der Bibliothek, dem sie nun ihre Freizeit opferte, etwas Missmut auf. Der steigerte sich noch, als ihr Frau Citron die Restaurantrechnung in Höhe von 100 Euro präsentierte, sie hatte ihren Gesprächspartner großzügigerweise eingeladen.

Bei der Mordkommission saßen nur noch zwei Kollegen im Büro: Jan de Rijk und Pim Jansen. Hoofdagent Jansen war davon überzeugt, dass es nur eine Frage der Zeit sei, bis der Verdächtige ein Geständnis ablegen würde. Trotzdem holte er einige Auskünfte über Michiel van Dijk ein, der am Donnerstag zum Gespräch im Polizeirevier war. Die Aussagen des Zeugen wurden von dessen Arbeitgeber, einer Anwaltskanzlei, bestätigt.

Der Anwalt besuchte also nicht, wie von seinem Kollegen Jan vermutet, unter falscher Identität einen Sprachkurs am Institut für deutsche Sprache. Seiner Meinung nach hatte sich sein Vorgesetzter irgendwie verrannt. Herr van Dijk hatte sich, laut Aussagen seiner Kanzlei, auf Scheidungsfälle spezialisiert und vertrat vor allem Männer, die sich von ihren Frauen auf die eine oder andere Weise betrogen fühlten. Pim legte sich nach seiner Recherche die Adresse der Kanzlei sicherheitshalber in sein oberstes Schubfach, möglicherweise könnte er so einen cleveren Rechtsverdreher irgendwann einmal gebrauchen.

Jan hatte sich von dem Verdächtigen Arnout Bakker die Namen seiner Liebschaften geben lassen und den Tag damit verbracht, eine nach der anderen anzurufen. Die Geschichten, die er am Telefon zu hören bekam, waren alle ähnlich: Match auf Tinder, nette Abende im Restaurant, wundervolle Nächte bei den Frauen zu Hause, großes Vertrauen, Geldsorgen von Nout, mehrfache finanzielle Hilfe. Ab und zu hatte er das geliehene Geld wieder zurückgezahlt und sich dann alsbald wieder neues geborgt, sodass die Frauen am Ende, wenn der Beschuldigte die Beziehung abbrach, immer mit einem finanziellen Verlust dastanden. Der Schaden betrug in der Regel zwischen fünf- und zehntausend Euro. Das Raffinierte an dieser Masche war, dass keiner der Frauen, die er über die Dating-Plattform oder in Sprachkursen kennengelernt hatte, der finanzielle Ruin drohte. War das der Grund, warum ihn noch niemand angezeigt hatte? Vielleicht war es den Betroffenen auch peinlich. Jan hatte ebenfalls in Erfahrung bringen können, dass dieser Nout schon seit drei Jahren nicht mehr bei der ABN AMRO Bank arbeitete. Das Geschäftsmodell mit den vielen Bekanntschaften garantierte ihm neben einem abwechslungsreichen Sexualleben auch seinen Lebensunterhalt. Und genau das stellte wiederum das Problem für den Hoofdinspecteur dar. Würde jemand, der so lebte, seine finanzielle Grundlage durch eine Straftat gefährden? Andererseits hatte ihn Kathrin so in die Enge getrieben, dass er sich nicht mehr unter Kontrolle hatte. Könnte das bei Beate Neumann genauso gewesen sein? Hatte sich dieser Nout auch von der Sprachkursbeauftragen Geld geben lassen und es nicht zurückgezahlt? War es dann zu einer Auseinandersetzung gekommen, die mit einem Schlag auf den Kopf endete, weil ihm das Opfer mit einer Anzeige gedroht hatte? Möglich. Trotzdem hegte Jan Zweifel an dieser Theorie.

Samstag, 12. Juni

Nach einem Besuch bei Kathrin wollte Leni am Nachmittag in das Geschäft mit den Objekten ihrer Begierde: den Schuhladen. Voller Vorfreude auf eine neue Fußbekleidung und gleichzeitig erleichtert über den glimpflichen Abschluss des Audits, besorgte sie auf dem Weg ins Krankenhaus noch etwas Obst als Mitbringsel. Kathrin ging es wesentlich besser als am Vortag. Sie saß im Bett und tippte auf ihrem Smartphone herum, als Leni das Zimmer betrat. Nun hatten sie endlich etwas Zeit, sich gegenseitig die dramatischen Vorgänge der letzten zwei Tage zu schildern. Leni schlug auch ein paar selbstkritische Töne an und gestand, dass ihre Kommunikation mit Jan nicht optimal und sie bei dem Gespräch mit den Auditorinnen nicht konzentriert und überzeugend genug war.

„Ist doch egal, du hast dein Bestes gegeben, das muss für den Auditbericht reichen. Außerdem hast du mich so ganz nebenbei gerettet, weil du so weitsichtig warst und deinen Polizisten in unsere Wohnung geschickt hast."

„Er ist nicht mein Polizist." Jetzt mussten beide lachen, denn einen ähnlichen Dialog hatten sie unlängst schon einmal geführt.

Leni wirkte heute gelöster als gestern, fand Kathrin. Deshalb verriet sie ihr ihren Entschluss, die Stelle in Basel anzunehmen und Rotterdam und die Enttäuschungen mit ihrem Exfreund, dem Anwalt bei Eurojust, und Nout, dem Frauenhelden und Betrüger, schnell zu vergessen. „Ich werde bei der Wohnungssuche in Basel darauf achten, dass ich dich auf jeden Fall aufnehmen kann, falls bei dir hier irgendetwas schiefgeht." Jetzt probierten es die beiden zum zweiten Mal mit einer Umarmung. Heute klappte es besser.

Als Leni das Krankenzimmer verlassen hatte und mit den neuen Schuhen im Kopf den Flur entlanglief, kam ihr Hugo entgegen, mit einer Flasche Rosé in der einen und einem Blumenstrauß in der anderen Hand.

„Hallo Hugo! Das ist aber nett, dass du kommst."

„Ich bringe den Blumenstrauß von den Kollegen und was zur Schmerzbekämpfung von mir." Er hielt die Flasche Rosé hoch. „Das ist zwar kein Wein von Schloss Wackerbarth, aber er schmeckt auch sehr gut." Schon beim Sprechen merkte Hugo, dass ihm gerade etwas herausgerutscht war, was ihm nicht hätte herausrutschen dürfen.

Leni schüttelte zunächst den Kopf, als hätte sie sich verhört. Dann fand sie nach kurzer Pause ihre Sprache wieder. „Woher kennst du diesen Wein, den von Schloss Wackerbarth, meine ich? Den kann man hier in den Niederlanden nämlich nicht kaufen, also ist er kaum jemandem bekannt. Außerdem bist du kein großer Weinexperte, sondern Biertrinker." Sie wartete ein paar Sekunden. Hugo reagierte nicht. „Wenn ich jetzt so darüber nachdenke und eins und eins zusammenzähle, kommt mir da eine sehr seltsame Idee", Leni schluckte, dann redete sie weiter. „Ich versuche mal, meine Gedanken etwas zu sortieren: Kathrin hat den Schloss Wackerbarth-Wein am Tatabend mitgenommen, als sie mit Beate sprechen wollte, und ihn in deren Wohnung stehen lassen. Das hat sie mir und der Polizei erzählt. Die Flasche wurde später, nach Kathrins Weggang, von Beate und ihrem Liebhaber geleert, das war Nout – der kennt diesen besonderen Rosé-Wein demzufolge auch. Aber was ist mit dir? Du kannst eigentlich nur etwas von dem Wein wissen, wenn du ebenfalls an diesem Dienstag in Beates Wohnung warst. Du hast mich also belogen und ich vermute jetzt sogar, dass du derjenige warst, welcher …“, Leni brach ihre Argumentation hier ab.

Hugo hätte sich selbst ohrfeigen können. Er überlegte, ob er wegrennen oder irgendeine Geschichte erfinden sollte, woher er den Wein kannte. Kathrin könnte den edlen Tropfen mal erwähnt haben – die lebte aber noch, deshalb würde diese Lüge schnell auffliegen.

Leni schien ihm seine Gedanken anzusehen. „Wir setzen uns jetzt mal hier hin und dann sagst du mir, was los war.“ Sie zerrte ihn in die leere Besucherecke und holte für jeden einen Pappbecher mit Wasser. „Na los, raus damit.“

Der Ertappte starrte wieder eine Zeit lang vor sich hin, wie vor kurzem in dem Lunchcafé. Jetzt griff Leni zu der Flasche Rosé, die mit einem Schraubverschluss und nicht mit einem Korken verschossen war, holte zwei weitere Pappbecher und füllte die Becher bis zum Rand mit dem Rosé-Wein. Nach dem vierten kräftigen Schluck Wein entschloss sich Hugo zu reden. „Alles, was ich dir erzählt habe, stimmte. Das Problem war nur, dass mich die Trennung von Irma völlig aus der Bahn geworfen hat.“ Er verstummte für einen Moment. „Sie war meine große Liebe, das heißt, sie ist es immer noch, auch wenn ich ihr das nie richtig gesagt habe. Und sie hat mir gefehlt. Ich habe wirklich alles unternommen, um sie zurückzuholen. Es war umsonst. Und dann habe ich meinen Kummer im Alkohol ertränkt.“

„Da hättest du ja mit Klaus Dieter einen Club gründen können.“ Der Hinweis sollte die Situation etwas entspannen.

„Am Dienstag vor einer Woche war es wie immer, ich habe mir in einem Pub die Birne zugeknallt und auf dem Weg zur

Metro bin ich an Beates Haus vorbeigekommen. Da habe ich bei ihr geklingelt und sie hat tatsächlich die Tür geöffnet. Offensichtlich hatte sie sich einen schönen Abend mit jemandem gemacht, auf dem Tisch stand jedenfalls eine leere Weinflasche mit einem ungewöhnlichen Etikett – weiß, mit riesigen Buchstaben. Vielleicht dachte sie, der Typ kommt noch mal zurück. Bis Donnerstag war ich noch der Meinung, es wäre Klaus Dieter gewesen. Als ich vor ihr stand, schaute sie mich verblüfft an. Und ich habe gleich losgelegt und sie beschimpft."

„Was hast du denn gesagt?"

„Ich habe sie gefragt, ob sie eigentlich weiß, was sie mir angetan hat."

„Und dann?"

„Dann hat sie zurückgeschlagen, also im übertragenen Sinne. Sie hat behauptet, ich würde sie mit meinem Gejammer nur langweilen und so weiter. Irgendwann kam dann der Satz, dass ich ihr aber nicht mehr lange auf die Nerven gehen würde, denn sie sei mich bald los. Ich war wie vor den Kopf geschlagen. Was soll das heißen?, habe ich dann gefragt."

„Und? Was sollte das heißen?" Leni versuchte, nicht locker zu lassen.

„Sie wollte mich feuern, das sollte das heißen."

„Hat sie das wörtlich so gesagt?"

„Nein, sie hat gesagt, ich solle einfach mal nachdenken, was sie wohl meinen könnte. Und das wäre ja auch nicht so schwer, wenn ich mir nicht den Rest meines Verstandes in den letzten Wochen weggesoffen hätte. Da habe ich die Flasche genommen und zugeschlagen. Ich war so wütend, das kannst du dir gar nicht vorstellen. Erst habe ich meine Partnerin verloren und dann drohte mir Beate auch noch mit einer Kündigung. Das war wirklich zu viel für mich."

„So ganz unschuldig bist du ja in diese Situation nicht hineingeraten."

„Das stimmt, leider. Aber unter normalen Umständen, mit einer normalen Frau, meine ich, wäre das bei einem kleinen Techtelmechtel geblieben. Ohne Drama."

„Wie einfach ihr Männer euch doch das Leben so vorstellt. Was ist denn in deinen Augen eine normale Frau? ... Wie auch immer, bei Beates Charakter hätte dir doch klar sein müssen, was da nachkommt."

„Es war wie in einem schlechten Film. Ich hatte am Ende so einen Hass in mir."

Leni wollte die genauen Details der Tat nicht unbedingt hören und unterbrach ihn. „Die Flasche hast du dann mitgenommen und entsorgt."

„Ja, in unserem Flaschencontainer. In diesem Moment habe ich auch den Namen des Weins gelesen. Der Container ist glücklicherweise zwei Tage später geleert worden."

„Hugo, ich kann deine Reaktion irgendwie nachvollziehen. Aber jetzt wäre es mir fast lieber, du hättest es mir nicht erzählt."

„Was machst du jetzt?"

Leni schwieg eine Weile. Dann gab sie sich einen Ruck. „Also, ich weiß nichts. Wir sind uns hier auf dem Gang nicht begegnet. Aber du musst es der Polizei erzählen, ein Geständnis ablegen. Sonst kann ich Jan auf Dauer nicht mehr in die Augen sehen. Und das habe ich nicht vor. Ich habe in der letzten Zeit schon viel zu viele Fehler gemacht."

„Danke. Ich melde mich bei der Polizei, darauf kannst du dich verlassen.“ Hugo schien irgendwie erleichtert. Leni stand auf und ließ ihn in der Besucherecke sitzen.

Die Lust am Kauf neuer Schuhe war verflogen. Was sollte sie jetzt mit dem verkorksten Samstag anfangen? Am liebsten hätte sie auf der Stelle Jan angerufen und ihm alles erzählt. Aber sie hatte Hugo versprochen, erst mal stillzuhalten. Sicher war der schon auf dem Weg zur Polizei und stellte sich. So eine Selbstanzeige dürfte sich auch positiv auf das Strafmaß auswirken. Da wollte sie Hugo nun nicht dazwischenfunken. Trotzdem breitete sich in ihr ein ungutes Gefühl aus, das sie irgendwie loswerden musste. Bloß wie? Mit wem konnte sie über Hugo und Beate reden? Leni wusste nicht warum, aber ihr fiel als erstes Hieronymus ein. Der würde die Geschichte garantiert für sich behalten. Sie suchte Hieronymus’ Telefonnummer in ihrem Handy, denn die war, wie auch die Nummer von Rob, als Notfallnummer für Probleme im Institut in ihrem Adressenverzeichnis gespeichert. Der malende Rezeptionist reagierte auf Lenis Anruf einigermaßen überrascht und teilte ihr mit, dass er gerade vor dem Rotterdamer Stadhuis stünde. Das war nicht weit. Nach etwa zehn Minuten erreichte Leni das imposante Rathaus, das als eins der ganz wenigen Gebäude im Zentrum von Rotterdam den Luftangriff im Jahr 1940 überstanden hatte. Gleich daneben sah sie die Polizeistation mit dem geschwungenen Dach, in der Jan arbeitete – hoffentlich nicht heute, sonst könnte er sie möglicherweise hier erspähen. Hieronymus stand mit weiteren neun Personen, drei Frauen und sechs Männern, vor dem Stadhuis und hielt ein Schild in der Hand mit der Aufschrift: *Geef kunst een kans.*

„Was ist los?“, fragte Leni zur Begrüßung. „Warum sollen die Menschen im Rathaus der Kunst eine Chance geben? Willst du hier ausstellen?“

„Die Stadt hat vor, die Gebäude, in denen sich unsere Ateliers befinden, an den Meistbietenden zu verkaufen. Das bedeutet, wir müssen da demnächst raus. Und Alternativen gibt es für uns nicht. Das Angebot an Ateliers ist viel geringer als der Bedarf, ganz zu schweigen von den Kosten. Das heißt, wir sitzen in absehbarer Zeit auf der Straße.“

Leni betrachtete die kleine Truppe mit ihren Plakaten, die von vorbeilaufenden Passanten entweder ignoriert oder belächelt wurde. „Wie lange steht ihr denn schon hier? Und warum ausgerechnet am Samstag?“

„Seit zwei Stunden. Der Kulturverantwortliche spricht heute mit dem Bürgermeister. Da drin.“ Hieronymus wies mit seinem Schild auf das Rathaus, griff mit der linken Hand in seine Jackentasche und zündete sich danach eine selbstgedrehte Zigarette an, die, nach ihrem Geruch zu urteilen, sicher seine Nerven beruhigen sollte.

„Hast du schon was gegessen?“, fragte Leni besorgt.

„Essen ist heute unwichtig. Wir bleiben den ganzen Tag hier stehen, als stummer Protest. Warum hast du mich eigentlich angerufen? Ist was im Institut?“

„Nein, nein. Ich wollte dich nur fragen, ob die Auditoren noch irgendetwas zum Haus oder zu den Werbemitteln gesagt haben. Das ist aber nicht wirklich wichtig.“ Leni hatte sich innerlich von ihrem Vorhaben, ihr Wissen zu teilen, verabschiedet und wünschte Hieronymus noch viel Erfolg. Sie entschied sich, einen Spaziergang zur Markthalle zu unternehmen. Dort würde sie bei dem Anblick der vielen Ess- und Lebensmittelstände und dem Verzehr eines Salats bei Jamie Oliver bestimmt auf andere Gedanken kommen.

Als Leni nach zwei Stunden wieder am Rathaus vorbeikam, um Hieronymus mit einem Becher geschnittener Früchte und einem Baguette Brie zur Nahrungsaufnahme zu bewegen, war dieser schon mit seinem Schild verwachsen und stand steif wie eine Betonsäule mit nur noch einem weiteren Mitstreiter an derselben Stelle wie vorhin. Er hatte einen ähnlichen Blick wie am Montagabend.

„Hast du dich jetzt von einer Möwe in ein menschliches Schild verwandelt?" Hieronymus lächelte. „Ach, übrigens, ist rein zufällig Hugo hier vorbeikommen und ins Polizeirevier gegangen?" Hieronymus lächelte noch mehr. „Und möchtest du vielleicht jetzt etwas essen?" Leni übergab ihm die kleine Stärkung, nachdem der Kopf ihres Kollegen direkt vom Schütteln ins Nicken übergegangen war und machte sich auf den Heimweg.

Sonntag, 13. Juni

Am Morgen hatte das Wetter mit seinen Regengüssen deutlich zu verstehen gegeben, dass es besser sei, noch eine Weile liegen zu bleiben und nichts zu tun. Diesen Hinweis hatte Leni richtig interpretiert und den Krimi weitergelesen, der seit elf Tagen unangerührt neben ihrem Bett lag. Unterbrochen wurde die Lesestunde nur von einem Telefongespräch mit Birgit. Gegen vierzehn Uhr fiel ihr Ellis Frage ein, ob sie am Sonntag, und das war heute, zu einer kleinen Gartenparty kommen würde. Die Einladung kam so beiläufig nach der Lehrersitzung, dass Leni sie beinahe vergessen hätte. Seit sie in Rotterdam wohnte, hatte sie sich nicht ernsthaft darum bemüht, ihre sozialen Kontakte auszubauen und sich einen eigenen Freundeskreis zu suchen, obwohl ihr zum Beispiel Elli sehr sympathisch war. Durch die Wohngemeinschaft mit Kathrin hatte sie immer eine Ansprechpartnerin, sie fühlte sich nicht einsam und konnte sich voll auf ihre Arbeit konzentrieren. Die stand auf ihrer Prioritätenliste ganz oben. Bei den üblichen Unterrichtsvorbereitungen hatte sie überdies entdeckt, welchen Spaß es ihr bereitete, selbst Übungen zu schreiben. Sie hatte sogar den Plan gefasst, eines Tages, wenn sie genug selbstgeschriebenes Übungsmaterial zusammen hätte, ein Buch daraus zu machen. Ein Exemplar, auf dem dann ihr Name ganz groß auf dem Cover zu lesen wäre – sie sah es genau vor sich – würde sie dann Janett schenken. Ein tröstlicher Gedanke, an dem sie eine Weile festhielt, denn im Moment bereitete ihr die Vorstellung, bald alleine leben zu müssen, tiefes Unbehagen. Sie hatte Angst davor, das gestand sie sich ein. Vielleicht hätte sie vorhin am Telefon etwas ehrlicher sein sollen, als sie Birgit angeboten hatte, in Kathrins

Zimmer zu ziehen, das demnächst frei würde. Warum hatte sie nicht, anstatt: *Ich kann dir helfen,* gesagt: *Wir können uns gegenseitig helfen?* Oder: *Ich würde mich freuen, wenn ich jemanden zum Reden hätte.* Oder: *Es ist sehr entspannend, nach dem Unterricht abends gemeinsam durch die Stadt nach Hause zu laufen.* All das hätte sie sagen können.

Leni machte sich eine Fertigsuppe warm und schob eine Scheibe Brot in den Toaster. Während sie die Karotten-Ingwersuppe im Topf umrührte, dachte sie an Kathrin und Nout, Hugo und Irma – und die Liebe. Einer liebte immer mehr als der andere, manche liebten gar nicht, die taten nur so. Irgendwie traurig. Das war vielleicht einer der Gründe, weshalb sie jeden Gedanken an eine Beziehung lange verdrängt hatte. Es gab aber auch ungefähr anderthalb Jahre lang niemanden, der ihr wirklich gefallen hätte. Das änderte sich im Januar nach dem Start des neuen Semesters. In Lenis Bauch begann es leise zu kribbeln, ganz leise, in einem bestimmten Kurs, bei einem bestimmten Kursteilnehmer. Jan war vom Äußeren her mit seinen rotblonden Haaren nicht unbedingt ihr Typ, aber er hatte Humor, ein sehr einnehmendes Lächeln und er strahlte Ruhe und Souveränität aus. Leni wollte das Kribbeln zunächst nicht überinterpretieren und redete sich ein, ihr plötzliches Interesse an ihrem eigenen Aussehen, ihre Anprobe-Exzesse vor dem Unterricht einmal in der Woche und der kritische Blick in den Spiegel hätten nichts mit diesem Teilnehmer zu tun, eher etwas mit ihrem Alter. Michiel war auch recht nett, fiel ihr in diesem Zusammenhang ein, irgendwie galanter, aber es kribbelte bei ihm nicht, nicht einmal ein klitzekleines bisschen.

Um nicht weiter vor sich hin zu grübeln und einem Gespräch mit Jan aus dem Weg zu gehen, dem sie nicht wieder etwas verheimlichen wollte, beschloss Leni, ihr Handy auszuschalten und Ellis Einladung zur Gartenparty anzunehmen. Es war das erste Mal, dass sie eine Rotterdamer Kollegin zu Hause besuchte. Der Regen hatte sich mittags verzogen, es war angenehm warm und sonnig mit einer leichten Brise. Mit der Straßenbahn Nummer vier machte sie sich auf den Weg ins vornehmste Viertel von Rotterdam, nach Hillegersberg. Elli wohnte mit ihrem Mann und zwei fast erwachsenen Kindern in einer Jugendstilvilla mit direktem Zugang zum See, dem Bergse Plas. Die Haustür stand offen, es waren kurz vor ihr Gäste eingetroffen, die Elli in der Küche begrüßten und einen Blumenstrauß überreichten. An ein Gastgeschenk hatte Leni nicht gedacht, wie peinlich. Zum Umkehren war es zu spät, Elli hatte sie schon entdeckt und gab ihr ein Zeichen, dass sie eintreten sollte.

„Es freut mich wirklich, dass du gekommen bist."

„Und ich freue mich, dass du mich eingeladen hast. Tut mir leid, ich habe nichts mitgebracht …"

„Das ist auch nicht nötig."

Im Wohnzimmer und im Garten standen viele gut gekleidete Menschen, zwischen denen sich zwei Frauen von einem Cateringservice mit Tabletts voller Fingerfood und gut gefüllten Gläsern hindurchschlängelten. Leni kannte niemanden, zumindest auf den ersten Blick. Als sie von Elli vorsichtig nach draußen zu einer kleinen Gruppe von Männern und Frauen geschoben wurde, sah sie den für niederländische Wohnverhältnisse riesigen Garten, der an den Seiten mit hohen Hecken begrenzt war, vor denen Rosenbüsche standen. Die Rasenfläche führte direkt zum See, in den man von einem kleinen Steg aus sofort hätte hineinspringen können. Dieses romantische Fleckchen Erde wollte so gar nicht zu ihrem Rotterdam-Bild passen. Bevor sie den Kreis mit den munter plaudernden Menschen erreichten, blieb Leni kurz stehen und schaute auf das glitzernde Wasser, den blauen Himmel und die vielen weißen Segelboote. Ein unglaublicher Anblick.

Bei der Vorstellung der kleinen Runde, ohne Handgeben, nur mit Zunicken, bemühte sie sich darum, die Vornamen nicht sofort wieder zu vergessen. Das fiel ihr schwer, weil sie sich Namen und Standort der Personen nicht wie gewohnt aufschreiben oder aufmalen konnte. Ellis Mann arbeitete beim Europäischen Patentamt in Rijswijk, einem Vorort von Den Haag. Der Arbeitgeber der meisten Gäste war daher nicht schwer zu erraten. Leni blieb zunächst artig bei der ihr zugeteilten Gruppe stehen, lächelte vor sich hin, hörte mit aufmerksamem Gesichtsausdruck und gelegentlich nickendem Kopf zu, und griff, wenn sich die Gelegenheit bot, nach einem Häppchen Essen auf dem Fingerfood-Tablett. Einer der Männer wurde von den anderen mit Bernhard angesprochen, den Namen konnte sich Leni nach einer gewissen Zeit tatsächlich merken. Bernhard war aus einem kleinen Ort in der Nähe von Kleve und vielleicht so alt wie Leni, Anfang 40. Er hatte eine Vorliebe für schnelle Autos und gab Storys von seinen regelmäßigen Fahrten nach Deutschland zum Besten, denn Bernhard besuchte jedes Wochenende seine Eltern. Während alle über die Geschichte lachten, in der er in seinem Lamborghini mit einem Motorschaden auf der Autobahn liegenblieb und abgeschleppt werden musste, fragte sich Leni, wie man auf die Idee kommen konnte, in einem Land mit so strengen Geschwindigkeitsbeschränkungen einen Lamborghini zu kaufen.

Aber irgendeinen Grund wird der Bernhard schon gehabt haben. Vielleicht mochte er seinen Beruf nicht besonders, hatte keine eigene Familie und das Auto war seine einzige Freude.

Irgendwie hatte sie Bernhard wohl etwas mitleidig angesehen, denn der kam zweimal aus dem Konzept und schaute irritiert zurück. Der Frau neben Leni, die noch nichts gegessen, dafür aber schon zwei Gläser Weißwein getrunken hatte, schien dieser Blickkontakt gar nicht zu gefallen. Sie rempelte Leni an, als die gerade dabei war, sich ein halbes Ei mit Lachs in den Mund zu schieben. Das landete aber trotz des Remplers nicht, wie sonst üblich, auf ihrer Bluse, sondern, wie vorgesehen, in ihrem Mund. Leni nahm es sportlich und verwickelte die Nachbarin in eine kurze Konversation. Bald erfuhr sie, dass die Frau mit dem übergroßen Schmuck Lehrerin für Französisch und Englisch war und, wie konnte es anders sein, beim Patentamt arbeitete. „Toll", rief Leni begeistert, „dann sind wir ja Kolleginnen! Ich arbeite auch als Lehrerin – am Institut für deutsche Sprache und Kultur. Wie läuft denn die Sprachausbildung im Patentamt so?"

„Wie bitte? Also, das ist ein Missverständnis. Ich bin fest angestellt, ich arbeite in der Eingangsabteilung. Über die Sprachkurse weiß ich nichts. Meines Wissens gehören die Lehrer nicht zum Patentamt, das sind Freelancer."

Es dauerte ein bisschen, bis Leni begriffen hatte, dass die Sprachlehrerkollegen nicht zu dieser Organisation gehörten und demzufolge auch hierarchisch in einer anderen, nein, eigentlich in gar keiner Liga spielten. „Und was macht man so in der Eingangsabteilung?"

„Wir sind für den korrekten Eingang der Patente verantwortlich, überprüfen einige Formalien und legen eine Akte an."

„Macht das Spaß?“ Keine gute Frage. Das merkte Leni aber erst, als sie das Gesicht der schmuckbehangenen Frau sah.

„Bei dem Gehalt macht vieles Spaß“, erwiderte die Patente-Eingangs-Prüferin giftig, drehte sich weg und prostete mit ihrem dritten Glas Bernhard zu. Der hatte das Gespräch mitverfolgt und fragte wiederum Leni, was denn die Tätigkeitsfelder des Instituts für deutsche Sprache und Kultur seien.

„Na, wir bieten zum Beispiel neben Deutschkursen auch ab und zu Niederländischkurse für Deutschsprachige an. Vielleicht hast du ja Interesse?“ Ein kurzes Auflachen, dann die ernüchternde Antwort: Die Einkäufe im Supermarkt könne er auch ganz ohne Sprache bewältigen und für den Rest brauche er kein Niederländisch. Er hätte in den 15 Jahren, die er schon in Den Haag wohne, noch keinen niederländischen Satz gesprochen.

„Wer braucht schon Niederländisch? Englisch reicht hier völlig aus.“ Die ehemalige Sprachlehrerin, die nun den Eingang von Dokumenten überprüfte, sprang ihrem Kollegen bei. „Und man darf ja auch nicht vergessen, dass wir in einem internationalen, multilingualen Umfeld arbeiten und bereits mehrere Fremdsprachen beherrschen.“

„Ja, klar“, sagte Leni, schluckte den Kommentar, der ihr gerade auf der Zunge lag, mit etwas Wasser hinunter und beschränkte sich wieder aufs Zuhören. Bernhard hatte noch andere schnelle Autos, mit denen er das eine oder andere Abenteuer erlebt hatte. Nach einer gefühlten Ewigkeit kam Elli vorbei und erkundigte sich, ob es allen gut ginge. Dabei zeigte sie auf eine Gruppe, in der zwei ehemalige Kursteilnehmer von Leni standen, ein Franzose und eine Italienerin. „Kommen die beiden dir nicht bekannt vor?“

„Doch, ich sage da gleich mal *Guten Tag.*“ Eine bessere Möglichkeit, sich zu entfernen, hätte sich Leni nicht bieten können.

Nach einem netten Gespräch mit den beiden Bekannten, weiteren leckeren Häppchen und zwei Gläsern Orangensaft schickte sich Leni an, die Party zu verlassen. Genau in dem Moment kam Martin. „Ich bin zu spät, ich weiß. Aber: Je später der Abend ...“

„Ich freue mich riesig, dich zu sehen. Sag mal, wie war denn das Gespräch mit den Auditoren? Hast du die Geschichte mit deinem Projekt irgendwie anbringen können?“

„Also, das Gespräch verlief eigentlich gut. Die haben ein paar Fragen von einem Zettel abgelesen und wir haben sie beantwortet. Ganz positiv natürlich, wir wollen uns ja nicht selbst schaden. Janett hat wie üblich rumgenervt und mit ihrer Fachkompetenz angegeben, aber das haben die zwei Frauen nicht weiter beachtet. Als wir dann zum Verhalten der Führungskräfte kamen, habe ich die Streichung der Mittel für mein Projekt ohne vorherige Kommunikation erwähnt. Leider haben die beiden auch dafür kein Interesse gezeigt und nur gesagt, das gehöre nicht zum Thema Sprachkurse. Na ja, das war es jetzt. Auch mit meinem Freund.“

„Was hat denn dein Freund mit dem Projekt zu tun?“ Wieder brauchte Leni etwas länger, bis ihr Gehirn die richtige Kombination fand. „Ah, der Germanist, der den Workshop geleitet hat, war dein Freund! Hat das Ende eurer Beziehung was mit dem Ende des Projekts zu tun?“

„Lass uns über was anderes reden, Leni.“ Da waren sie wieder, die Beziehungsprobleme. Und, als hätte sie an diesem Nachmittag noch nicht genug einsame Menschen getroffen, sah sie plötzlich Michiel in der Küche stehen, den sie auch dieser

Gruppe zuordnen würde. Er schaute heute sehr formell aus, mit einem dunkelblauen Anzug, weißem Hemd und gestreifter Krawatte. Als Elli an ihr vorbeilief, fragte Leni kurz, was ihr Kursteilnehmer hier machen würde, und ob sie Michiel vielleicht aus einem früheren Kurs kenne. „Nein“, sagte Elli, „ich habe ihn zwar mal in der Cafeteria gesehen und weiß daher, dass er bei uns Deutsch lernt, aber das ist auch alles. Der Herr daneben ist der Direktor meines Mannes. Eddi hat mir kürzlich erzählt, dass sich sein Direktor gerade scheiden lässt. Wenn du mehr wissen willst, kannst du gerne meinen Mann fragen. Der steht dort drüben.“ Sie zeigte auf eine Gruppe Männer, die schon den ganzen Nachmittag sehr viel zu lachen hatten.

„Nein, nein, ich hatte mich nur gewundert. Mein Kursteilnehmer ist Anwalt, vielleicht ist der Direktor deines Mannes sein Mandant. Ich werde ihm auf jeden Fall mal *Hallo* sagen und mich dann nach Hause begeben. Es war wirklich sehr schön bei dir, Elli.“

Nachdem sich Leni auch von Martin verabschiedet hatte, lief sie in die Küche. Michiel hatte sie auf den letzten Metern erkannt und winkte ihr zu, als sie näher kam. „Was machst du denn hier?“

„Hallo erst mal“, sagte Leni freundlich. „Elli hat mich eingeladen. Sie ist meine Kollegin.“ Michiel schien wirklich hocherfreut und stellte seinen Gesprächspartner vor.

„Ich will dich nicht stören. Ich habe mich gerade von der Gastgeberin verabschiedet und bin praktisch schon auf dem Weg nach Hause.“ Leni nickte dem Mann zu, der ihr gerade vorgestellt worden war, und begab sich zum Ausgang. Die Haustür war jetzt geschlossen.

„Warte!" Michiel rannte ihr nach und ergriff ihren Arm. Er strahlte immer noch über beide Ohren. „Leni, das ist doch kein Zufall, dass wir uns immer wieder über den Weg laufen. Das ist Schicksal. Lass uns noch ein Gläschen trinken, dann steigen wir in ein Taxi und fahren zu mir."

„Eigentlich wollte ich es dir schon am Donnerstag sagen." Sie machte eine kurze Pause und suchte nach der richtigen Formulierung. „Ich bin zwar alleine, das stimmt, aber ich bin nicht auf der Suche nach einem Mann. Und selbst wenn ich es wäre, wärst du nicht der Richtige, das weiß ich jetzt. Ich mag dich wirklich sehr, aber zu mehr reicht es einfach nicht. Es tut mir wirklich leid. Vielleicht können wir Freunde sein." Jetzt befreite Leni mit einem kräftigen Ruck ihren Arm, der immer noch umklammert war. Michiel starrte sie an und sagte nichts. Sein Blick hatte sich während ihrer kurzen Rede verändert, von voller Begeisterung zu voller Verachtung. Leni wurde nun klar, dass auch der heutige Tag nicht der richtige Zeitpunkt für das klärende Gespräch war. Sie versuchte, der Situation noch eine versöhnliche Wendung zu geben. „Ich wollte dich nicht verletzen, glaub mir das bitte." Den letzten Satz hörte der Angesprochene nicht mehr, er war schon auf dem Weg in den Garten.

Gegen acht Uhr saß Leni in der Straßenbahn und sah aus dem Fenster. Neben den Menschen, Häusern und Grünanlagen draußen flogen auch ein paar Gedanken an Michiel, Martin und die zwei ersten Gesprächspartner, Bernhard mit den schnellen Autos und die Frau aus der Eingangsabteilung, an ihr vorbei. Die Hoffnung, dass sie sich nach der Party vielleicht besser fühlen würde, hatte sich nicht erfüllt.

MONTAG, 14. JUNI

Auf ihrem morgendlichen Weg zum Institut wagte Leni beim Vorbeigehen wieder einen kurzen Blick in ihr Lieblingsgeschäft. Doch das Vorhaben, dort mal reinzugehen, gab sie in Anbetracht der ungewissen Wohnungssituation endgültig auf. Sie winkte den ausgestellten Objekten zum Abschied zu und betrat kurz darauf das Institut. Es war kaum zu glauben, aber Hieronymus strahlte sie an. Leni reagierte sofort auf den ungewohnten Gesichtsausdruck des Rezeptionisten. „Was ist los? Hattet ihr am Samstag Erfolg mit eurer Aktion? Oder habe ich irgendetwas verpasst?"

„Du sollst direkt und ohne Umwege zum Chef kommen."

„Welchem Chef?", fragte Leni zurück.

„Na zu Klaus Dieter."

Das war es jetzt mit der Ersatzfrau-Tätigkeit. Ein mulmiges Gefühl beschlich sie. Der Auditbericht war sicher schon da, mit einem vernichtenden Urteil über die Sprachkurse. Vielleicht war sie sogar all ihre Kurse los und durfte nie wieder unterrichten. Sie klopfte vorsichtig an der geschlossenen Bürotür des Sprachabteilungsleiters. Keine Antwort. Aus dem gegenüberliegenden Büro der Institutsleiterin vernahm sie eine fröhliche Stimme. „Ich bin hier."

Verwundert betrat Leni den großen Raum und erblickte Klaus Dieter am übervollen Schreibtisch von Frau Müller-Bär, auf dem noch immer all die Kunstkataloge und Flyer diverser Kulturveranstaltungen aus verschiedenen europäischen Ländern lagen. Klaus Dieter schob den ganzen Kram zur Seite, um sich Platz zu verschaffen. „Na, da staunst du, oder?" Jetzt machte sich Leni ernsthafte Sorgen. War der Bericht so negativ, dass die Cognac-

Flasche im Schrank schon früh am Morgen zum Einsatz gekommen war?

„Wenn die Institutsleiterin jetzt kommt und dich an ihrem Computer erwischt …"

Klaus Dieter winkte ab und lachte dabei laut. Es war aber kein herzliches, spontanes Lachen, sondern ein Lachen voller Schadenfreude, die jetzt aus seinem tiefsten Inneren heraussprudelte. „Die kommt nicht mehr. Frau Müller-Bär wird sehr dringend in Nowosibirsk benötigt."

„Nowosibirsk in Sibirien?"

„Genau dort, in Sibirien. Das ist ein sehr großes Institut. Im Vergleich zu Rotterdam ist das ein richtiger Karrieresprung." Er zog jetzt ein Gesicht wie ein Moderator in einer Satiresendung, der auf Lacher wartet.

„Und das ging so, von heute auf morgen?"

„So schnell kann eine Versetzung gehen. Meines Wissens verbringt die Kollegin erst einmal ein paar Wochen in München, lernt die russische Sprache und dann geht es ab, in den sibirischen Herbst. Wann beginnt eigentlich der Winter in Sibirien?" Klaus Dieters Mimik legte den Verdacht nahe, dass er sich an der Vorstellung, wie seine ehemalige Vorgesetzte in der sibirischen Kälte vor sich hin bibbern würde, regelrecht ergötzte.

„Keine Ahnung, wann es da richtig kalt wird. Ich war noch nie in Sibirien. Bekommen wir jetzt eine neue Institutsleitung?"

„Im Moment übernehme ich diesen Aufgabenbereich." In seiner Stimme klang etwas Genugtuung mit.

„Das ist ja prima! Ich gratuliere dir!" Leni war seine erste Gratulantin und er wartete ungeduldig darauf, wie die Kolleginnen und Kollegen in der Region reagieren würden.

„Und übrigens, der Auditbericht ist da. Ich habe ihn dir schon rübergeschickt. Alles ist genauso, wie ich vorhergesagt habe. Die Bewertungen sind durchweg gut oder sehr gut. Es gibt nur ganz wenige Kommentare. Einer davon ist, dass wir 150 Teilnehmer für die von London aus organisierten Fernlernkurse akquirieren sollen. Das stellt für uns sicherlich kein Problem dar. Und die obligatorische Kritik am nicht vorhandenen Fahrstuhl durfte natürlich auch nicht fehlen, aber für das Versagen der Architekten können wir ja nun wirklich nichts." Klaus Dieter machte einen sehr zufriedenen Eindruck.

„Und ich?", fragte Leni vorsichtig. „Soll ich noch weiter die Aufgaben von Beate übernehmen?"

„Aber natürlich! Jetzt kommen die Prüfungen und die Sommer-Intensivkurse, das muss ja alles organisiert werden. Zumal Hugo am Sonntag gekündigt hat."

„Hugo hat gekündigt?" Die nächste Überraschung, die aber eigentlich keine war. Denn was hätte Hugo tun sollen? Wieder ins Büro kommen und so tun, als sei nichts gewesen?

„Hat er einen Grund angegeben?"

„Ja, er hat geschrieben, er hätte eine Stelle im Ausland angenommen. Und mit all seinen Überstunden und Urlaubstagen kommt er bis zum Kündigungstermin Anfang August hin. Ich glaube übrigens, er ist schon weg. Aber das ist nur so eine Intuition."

„Wo hat er denn die Stelle gefunden? Auch in Sibirien?" Leni wollte nun ebenfalls einen humoristischen Beitrag leisten.

„Keine Ahnung. Wir werden jetzt auf jeden Fall unverzüglich zwei Stellen ausschreiben, die Assistentenstelle und die Stelle der Sprachkursbeauftragten. Ich habe bereits das Okay aus London, es ist mit dem Auditbericht gekommen. Und aus der

Zentralverwaltung kam ebenfalls grünes Licht. Du bewirbst dich doch, oder?"

„Selbstverständlich. Und ich mache mich auch gleich an die Arbeit." Manche Dinge bewegten sich an diesem Institut überhaupt nicht, andere wiederum versetzten mit ihrer Geschwindigkeit beteiligte und unbeteiligte Mitarbeiter in Staunen.

In ihrem Büro musste Leni erst einmal durchatmen, dann starrte sie eine Weile auf die Baumkrone vor ihrem Fenster. Hugo hatte also das Weite gesucht. Jetzt würde sie Jan reinen Wein einschenken müssen. Hatte sie sich mitschuldig gemacht? Könnte sie sogar bestraft werden, weil sie den Täter kannte und ihn nicht angezeigt hatte? Vielleicht doch lieber nichts sagen. Außer Hugo wusste ja niemand, dass sie die Wahrheit kannte. Ihr Magen zog sich zusammen und Enttäuschung machte sich breit, weil Hugo sein Versprechen nicht gehalten hatte.

Sie nahm sich zuerst den Auditbericht vor, in der Hoffnung, der Bericht könnte ihre Stimmung aufheitern. Dem war aber nicht so. In den vorgegebenen Formularen standen viele Kreuzchen und Häkchen an der einen oder anderen Stelle, Kommentare gab es nur ganz wenige. Der Bericht hätte in dieser Form vermutlich auch auf andere Institute in der Welt zutreffen können. Es gab keinerlei Hinweise auf irgendeine Besonderheit der Spracharbeit in Rotterdam, keine Tipps, wie man das eine oder andere noch verbessern könnte. Genauso, wie es Klaus Dieter orakelt hatte.

Die nachfolgenden Bürostunden verbrachte Leni mit Telefongesprächen, dem Beantworten von Mails und zwei Brötchen mit warmem Fleisch und süßsauren Gurken aus dem Akku, einem surinamisch-chinesisch-indonesischen Abholrestaurant auf der West-Kruiskade.

Gegen 15 Uhr summte ihr Telefon. *Hast du heute Abend wieder Unterricht? Würde dich gern besuchen. Jan.* Lenis Probleme lösten sich leider nicht in Luft auf. War das jetzt die Gelegenheit, Jan doch alles zu sagen, was sie wusste? Eigentlich hatte sie heute Abend einen Kurs. Sie beobachtete eine Weile die sich sanft bewegende Baumkrone und fasste zum ersten Mal seit sechs Jahren den Entschluss, ihren Abendunterricht mit der Entschuldigung, sich nicht gut zu fühlen, abzusagen und ans Kursende zu verschieben. Das teilte sie auch Klaus Dieter und Hieronymus mit und erntete bei beiden vollstes Verständnis. Klaus Dieter vermittelte ihr sogar das Gefühl, dass er mit dem Wort Sprachkurs nicht mehr viel anfangen könne. Die Kursteilnehmer wurden ebenfalls per Mail und Anruf informiert.

Habe Sprachkurs verschoben. Freue mich, wenn du kommst. Nach Versenden der SMS ging es Leni besser. Sie nahm sich vor, Jan gegenüber mit der Wahrheit herauszurücken, um den Fall für sich selbst endgültig abzuschließen und aus ihrem Kopf restlos zu verbannen.

Die dringendsten Anfragen waren für heute beantwortet, Leni schaltete den Computer aus. Genau in dem Moment klopfte ein etwa 35jähriger Mann, sehr gepflegt und gut angezogen, an ihrer Bürotür.

„Sind Sie Leni Weber?“

„Ja.“

„Darf ich mich ganz kurz vorstellen? Mein Name ist Lucas Kramer. Ich arbeite seit vielen Jahren als Lektor des Deutschen Akademischen Austauschdienstes in Ungarn. Herr Klaus Dieter Wisch hat Sie mir soeben als kompetente Gesprächspartnerin empfohlen.“ Er machte eine Pause und Leni wartete gespannt auf seine weiteren Ausführungen. „Ich habe die Absicht, mich um eine Führungsstelle im Bereich Sprache am Institut zu bewerben und würde Ihnen gern einige Fragen stellen. Oder soll ich gleich *du* sagen? Wir sind doch hier in den Niederlanden.“

„Meinetwegen.“

„Also, ich bin mir sicher, dass du mir ein großes Stück weiterhelfen kannst.“

„Das glaube ich eher nicht. Für Bewerbungsfragen auf Stellen von Führungskräften ist die Personalabteilung in München zuständig. Das hat mit unserem Institut hier in Rotterdam nichts zu tun. Und solltest du ein Empfehlungsschreiben benötigen, müsstest du dich an die Kollegen in Budapest wenden.“ Leni packte ihr Handy in ihre Tasche.

„Nein, nein, bei dir bin ich schon richtig. Ich brauche nur ein paar Auskünfte. Mich würde zum Beispiel interessieren, mit welchen Büchern das Institut arbeitet, wie die Lehrmaterialien ausgewählt werden, wie eure Sprachkurse im Hinblick auf die Niveaus eingeteilt sind, welchen Stundenumfang die Kurse haben, auf welche Kompetenzen ihr bei der Auswahl der Lehrkräfte achtet und wie die Qualität eurer Sprachkurse sichergestellt wird.“ Das kam wie aus der Pistole geschossen. Hatte der DAAD-Lektor das vorher auswendig gelernt? Lucas Kramer versuchte, charmant und spitzbübisch zu lächeln und holte aus seiner Tasche Zettel und Stift hervor.

Leni hatte in den letzten Tagen so viel erlebt, dass auch dieser Auftritt sie nicht mehr erschrecken konnte. „Tut mir leid“, konterte sie, „ich habe jetzt Feierabend. Du kannst fast alle Antworten auf deine Fragen im Netz nachlesen.“

„Kann ich vielleicht morgen noch mal vorbeikommen? Ich bin für drei Tage in den Niederlanden."

„Sorry. Ich bin im Moment alleine in der Sprachabteilung und habe sehr viel zu tun." Sie nahm ihre Tasche und ging zur Tür. „Auf Wiedersehen."

Lucas Kramer stand im Flur, immer noch mit Zettel und Stift in der Hand, und rief Leni nach: „Ich denke, wir werden uns ganz bald wiedersehen, dann in einer anderen Konstellation." Das klang jetzt nicht mehr so freundlich, aber Leni hatte sowieso nur den Anfang des Satzes gehört.

„Hallo! Da bin ich. Ich habe im Institut angerufen und Hieronymus hat mir gesagt, dass du heute Abend zu Hause bist." Es war 17:30 Uhr und Birgit stand mit zwei riesigen blauen IKEA-Taschen vor Lenis Wohnungstür. Sie war hinter jemandem durch die offene Tür ins Haus geschlüpft. Aus der linken Tasche schaute eine circa ein Meter lange Stoffpuppe hervor, die diegleiche Häkeljacke trug wie Birgit unlängst bei der Ausstellungseröffnung. Aus der anderen Tasche ragten einige Küchenutensilien wie ein Pürierstab, die Griffe eines Messersets und zwei Pfannenstiele.

„Na komm erst mal rein." Leni war froh, dass sie nicht direkt nach Büroschluss in die Markthalle gegangen war, sonst hätte ihr Überraschungsgast vor verschlossener Tür gestanden. Sie wollte am spanischen Stand ein paar Tapas für ihr kleines Dinner mit Jan kaufen.

„Hättest du jetzt schon eine Unterkunft für mich?", fragte Birgit, während sie sich mit den vollen Taschen ins Wohnzimmer begab.

„Na klar. Du kannst immer bei uns übernachten, selbst wenn Kathrin demnächst aus dem Krankenhaus entlassen wird. Aus dem Sofa kann man problemlos ein Bett machen. Ich freue mich, dass du da bist.“ Sie umarmte Birgit und fragte sich gleichzeitig, wie sie das unter diesen Umständen mit Jan und der Wahrheit nun hinkriegen sollte. Na ja, irgendwie würde das schon klappen. „Du, ich wollte noch mal schnell in die Markthalle, etwas einkaufen. Wir bekommen gleich Besuch.“

„Klar, ich packe erst mal aus“, antwortete Birgit mit ihrer Puppe in der Hand, die sie an den rechten Rand des Sofas setzte. „Das ist Else Lasker-Schüler. Wir dichten gemeinsam, die Else und ich.“ Witzig, fand Leni, Else Lasker-Schüler war im Studium eine ihrer Lieblingsdichterinnen. Ein gutes Zeichen.

Kurz vor sieben, Leni war mit zwei vollen Tüten Tapas bereits zurückgekehrt, kam Jan und staunte nicht schlecht, als er Birgit und die Puppe auf dem Sofa sitzen sah. Er blickte fragend zu Leni, die Birgit kurz vorstellte. Jan konnte Birgit sofort einordnen, sie war die Lehrerin, die Nout vor dem Haus des Opfers wiedererkannt hatte. Leni eilte zum Kühlschrank, um etwas zu trinken herauszunehmen.

„Es gibt heute Tapas. Wir hoffen, du hast Hunger.“

„Und wie. Ich habe heute übrigens eine E-Mail erhalten mit einem Geständnis.“ Er sah Leni sehr genau an, seine Augen bohrten sich richtig in ihr Gesicht. Die drehte sich um, öffnete die Kühlschranktür, kroch fast vollständig in den metallenen Kasten hinein und brauchte sehr lange, bevor sie mit der Flasche Weißwein, die Kathrin und Nout letzten Montag geöffnet hatten, wieder auftauchte. Hugo hatte also doch Wort gehalten.

„Was für ein Geständnis?“, fragte Birgit neugierig.

„Der Assistent der Sprachabteilung Hugo de Jonge hat den Totschlag im Affekt an Beate Neumann zugegeben. Wir haben ihn zu Hause leider nicht angetroffen. Jetzt läuft eine Fahndung nach ihm. Von euch weiß niemand zufällig, wo er sich aufhält?“

„Das glaube ich nicht. Niemals.“ Birgit sprang auf und setzte sich kurz darauf wieder. Sie hatte Mühe, in dieser Situation ihren Bewegungsdrang in den Griff zu bekommen.

Leni schüttelte den Kopf. „Und was ist mit Nout? Der wird doch für die brutale Aktion bestraft, oder?“ Ein kleines Ablenkungsmanöver, denn Leni war sich jetzt ziemlich sicher, dass Jan ahnte, wer den Täter zu dem Geständnis bewogen hatte.

„Die Körperverletzung während der Auseinandersetzung mit Kathrin bleibt natürlich als Tat bestehen, daran gibt es keinen Zweifel. Und ob die vielen Frauen, die ihm Geld geliehen haben, jetzt Anzeige erstatten, wo seine Betrugsmasche aufgeflogen ist, werden wir sehen.“

„Er hat die Frauen also nicht nur betrogen, er hat ihnen auch noch das Geld aus der Tasche gezogen. Das ist wirklich unglaublich. Hoffentlich hat ihm Kathrin kein Geld gegeben, die hatte doch von ihrer Tante in Köln ein paar tausend Euro geerbt. Die wollte sie eigentlich aufheben, für den Notfall.“ Leni war wirklich entrüstet.

„Möglich wäre es“, bestätigte Jan.

„Bei mir hätte der Typ lange betteln können“, warf Birgit ein.

„Bei mir auch. Aber bei uns hat er es ja nicht versucht. Vielleicht haben solche Menschen so etwas wie einen sechsten Sinn, der ihnen vorab sagt, ob sich ihre Bemühungen lohnen oder nicht.“

Birgit, die Leni beim Servieren der spanischen Köstlichkeiten half, nickte. Dann platzierte sie Else am Esstisch und setzte sich daneben. Jan wählte belustigt den Platz gegenüber der Stoffpuppe. Er hatte den ganzen Tag noch nichts gegessen, ihm knurrte schon der Magen. Beim Essen produzierte sich Birgit als temperament- und humorvolle Alleinunterhalterin. Das war ihre Art, mit ungewöhnlichen Situationen umzugehen. Ihr entging an diesem Abend nichts, auch nicht die Tatsache, dass sich die Blicke von Jan und Leni mehrfach länger kreuzten als normal. War sie vielleicht einen Tag zu früh bei Leni aufgetaucht? Nein, sie war zum richtigen Zeitpunkt am richtigen Ort. Das spürte sie. Auch sie hatte nämlich einen sechsten Sinn.

Um 22 Uhr verabschiedete sich Jan von seinen Gastgeberinnen. Leni räumte die Küche auf und Birgit zog sich in Kathrins Schlafzimmer zurück. Sie war todmüde. Beim Vorspülen des Geschirrs, das machte Leni immer, bevor sie es in die Spülmaschine stellte, klingelte es. Leni ging zur Tür, öffnete sie und lief gleich wieder zurück, um den noch laufenden Wasserhahn abzustellen. Jan hatte sicher etwas vergessen. Plötzlich legten sich von hinten zwei kalte Plastikhände um ihren Hals. Es gelang ihr noch aufzuschreien. Bei dem Versuch, sich mit Tritten nach hinten aus dem Würgegriff zu befreien, wurde sie gegen die Wand im Flur geschleudert. Sie spürte einen starken Schmerz am Kopf, sackte auf den Boden, dann wurde ihr schwarz vor Augen. Als sie kurz darauf wieder zu Bewusstsein kam, sah sie, wie Birgit im Nachthemd mit Else Lasker-Schüler auf jemanden einprügelte, der Plastikhandschuhe und einen Einweg-Schutzanzug trug. Die Puppe Else hatte schon fast ihren Kopf verloren und der Angreifer holte zum Schlag aus. Das geht nicht gut, dachte Leni und versuchte mit aller Kraft, sich aufzurichten. Aber ihre Beine versagten. Im gleichen Moment sprang Jan über sie drüber, stürzte sich auf den Eindringling, bevor dieser seinen Schlag ausführen konnte, drückte ihn zu Boden und legte ihm Handschellen an. Das alles dauerte nur wenige Sekunden. Als Leni in der Lage war aufzustehen, umklammerte Birgit ihren Retter so heftig, dass der Mühe hatte, sich zu befreien. Leni wankte an den beiden vorbei in die Küche, um endlich den Wasserhahn nach unten zu drücken. Mit der Hand am Hahn starrte sie vor sich hin und versuchte, das alles einzuordnen. Der auf dem Boden liegende Mensch in Plastikverpackung war Michiel van Dijk. Der Mann, mit dem sie sich fröhlich im Hotel New York unterhalten und der sie nach dem Unterricht nach Hause begleitet hatte, der Mann, der so nette Nachrichten schrieb – dieser Mann hatte gerade versucht, sie umzubringen.

Pim Jansen und der Notarzt trafen ein. Während die beiden Polizisten den Täter ins Auto verfrachteten und aufs Revier brachten, wurde Leni ins Krankenhaus gefahren, der Arzt bestand darauf. Birgit, die zumindest äußerlich nicht verletzt schien, bekam eine Beruhigungsspritze und durfte in der Wohnung bleiben. Im Krankenhaus musste sich Leni mehreren Untersuchungen unterziehen, unter anderem durch einen forensischen Arzt, der zur Beweissicherung jede Menge Fotos von ihren Blessuren an Hals und Kopf machte. Nach etwa drei Stunden, gegen eins, kam Jan, um Leni abzuholen. Er hatte vorher mit dem Krankenhaus telefoniert. Durch die Schmerzmittel etwas betäubt, ließ sie sich von Jan auf den Beifahrersitz schieben und sah auf die Straße. So langsam fand sie ihre Sprache wieder. „Wieso warst du so schnell da?“

„Reiner Zufall. Als ich das Haus verlassen habe, wollte ich noch ein bisschen in der Gegend herumlaufen, einfach so, zur Entspannung. Da habe ich Michiel an der Ecke einer Seitenstraße stehen sehen. Er beobachtete von dort aus den Hauseingang. Sicher hat er angenommen, dass du nach meinem Weggang alleine zu Hause bist.“

„Hatte er diesen Plastikanzug schon an?“

„Nein, den hat er wahrscheinlich erst im Lift übergezogen. Ich musste mich wirklich beeilen, damit er keinen allzu großen Vorsprung hatte.“

„Aber warum? Warum hat er das gemacht? Ich kann das überhaupt nicht verstehen.“ Leni ging für einen Moment in sich. „Gestern, auf der Gartenparty von Elli, gab es eine etwas eigenartige Situation. Als ich mich gerade von meiner Kollegin verabschiedet hatte, ist Michiel mit einem Mandanten aufgetaucht. Ich habe ihn nett begrüßt und mich gleichzeitig verabschiedet. Irgendwie kam er dann auf die Idee, dass wir zusammen zu ihm fahren könnten. Das habe ich natürlich abgelehnt und ihm gesagt, dass aus uns nichts werden kann, na ja, sinngemäß, nicht wörtlich. Dann ist er abgezogen. Allerdings, wenn ich jetzt so darüber nachdenke, mit einem sehr bösen Blick. Trotzdem, so eine – wie soll ich sagen? Klarstellung? – ist doch kein Grund, jemanden umzubringen.“ Jetzt griff sich Leni an den Verband an ihrem Hals. Schmerzen hatte sie keine, aber Probleme beim Schlucken.

„Wir werden das Motiv finden und ihn zu einer Aussage bewegen. Da kannst du dir sicher sein. Im Moment deutet tatsächlich alles darauf hin, dass er sich irgendwie betrogen fühlte. Vielleicht hatte er sich Hoffnungen gemacht, die du gestern zerstört hast. Auf der Fahrt zum Revier murmelte er jedenfalls das Wort Verrat vor sich hin. Wir müssen außerdem den Ablauf des Abends noch genau rekonstruieren. Sicher hat er versucht, dich vor dem Institut abzupassen. Als er gemerkt hat, dass du nicht unterrichtest, ist er zu dir nach Hause gelaufen und hat mich aus dem Haus kommen sehen. Morgen wissen wir mehr."

„Und diesen Plastikanzug hatte er zufällig dabei? Das ist doch total irre."

„Es kann sein, dass er den Schutzanzug immer in seinem Rucksack hatte. So ein Einweg-Anzug nimmt nicht viel Platz weg. Es kann genauso gut sein, dass er den Anzug erst heute früh eingepackt hat, mit dem Ziel, sich an dir zu rächen." Jan fuhr ziemlich schnell und ignorierte dabei die Farben der Ampeln. „Was für ein Glück, dass Birgit da war. Die und ihre verrückte Puppe – die hatte er nicht auf dem Schirm. Deine neue Mitbewohnerin redet zwar ziemlich viel, aber kämpfen kann sie gut, das muss ich sagen. Das hätte auch ins Auge gehen können." Jetzt schaute er zur Seite. Leni hielt sich zu seinem Erstaunen völlig verkrampft an ihrem Sitz fest und starrte auf die Straße. Den Angriff hatte sie überlebt, aber ob das auch für die Autofahrt zutreffen würde? Jan konzentrierte sich nun wieder aufs Fahren und berührte mir seiner rechten Hand Lenis linke. Das entspannte seine Beifahrerin aber in keiner Weise.

„Wir werden den Verdächtigen auf jeden Fall auch psychiatrisch untersuchen lassen", meinte Jan abschließend, „mal sehen, was die Experten zu all dem sagen."

Als sie die Wohnung erreichten, schlief Birgit auf dem Sofa und schnarchte. Sie hatte Else im Arm, deren Kopf schon wieder angenäht war.

Etwa zur gleichen Zeit hockte Martina Müller-Bär mit angezogenen Knien auf dem Sofa und grübelte – das machte sie schon die halbe Nacht. Auf dem Flur standen ihre gepackten Koffer. Morgen, sie sah auf die Uhr, nein heute sollte sie nach München fliegen und sie wusste eigentlich nicht, warum. Schon seit zwei Tagen zermarterte sie sich den Kopf wegen der Anweisung der Personalabteilung, die Niederlande umgehend zu verlassen, Russisch zu lernen und die Leitung des Instituts in Sibirien zu übernehmen. Sie verstand die Welt nicht mehr. Hatte sie nicht alles getan, um das Institut in Rotterdam weiter voranzubringen und gleichzeitig ihr Privatleben nicht scheitern zu lassen? Ja, sie hatte ihren Mann mit Aufträgen versorgt und versucht, ihm ein angenehmes und abwechslungsreiches Leben zu bieten. Na und? Machten das die männlichen Institutsleiter mit ihren Ehefrauen nicht genauso? Auch die dritte Tasse Kräutertee konnte sie nicht beruhigen, sie kämpfte mit den Tränen. Und derjenige, der sie nun hätte trösten sollen, hatte sich am Samstag nach Berlin verdrückt – wegen eines angeblich seit langem geplanten beruflichen Termins. Hatte sie es zu weit getrieben? Hätte sie ihrem zur Untreue neigenden Ehemann vielleicht schon längst den Laufpass geben sollen? Und, als ob das alles nicht schon ärgerlich genug wäre, wurde dem unfähigen Klaus Dieter Wisch jetzt die Leitung des Instituts anvertraut, zwar nur übergangsweise, aber immerhin. Diese Vorstellung war kaum zu ertragen. Als sich Martina Müller-Bär Kräutertee Nummer vier aufgoss und mit einem Schuss Rum verfeinerte, fasste sie den Entschluss, ihre düsteren Gedanken zur Seite zu schieben. Genug gejammert. Nichts war so schlecht, dass es nicht auch für irgendetwas gut war. Jahrelang hatte sie sich um einen Leitungsposten an einem großen Institut bemüht. Und jetzt wurde sie gebraucht, dringend, an diesem wichtigen Institut in Nowosibirsk. Fast alle Kollegen aus der obersten Managementebene in der Zentralverwaltung hatten vorher in Russland gearbeitet. Das war ihre Chance auf dem Weg nach oben. Und eines Tages würde sie auf diejenigen, die ihr jetzt in den Rücken gefallen waren, herabsehen.

3 MONATE SPÄTER, MITTE SEPTEMBER

Als Leni und Birgit am 15. September gegen 17 Uhr das Institut für deutsche Sprache und Kultur betraten, hatten sie ihre Zeugenaussage vor Gericht gerade hinter sich gebracht. Der Beschuldigte, Michiel van Dijk, benahm sich, wie ihn Leni aus dem Unterricht kannte. Mit wachen Augen und freundlichem Gesichtsausdruck verfolgte er das Geschehen. Alle Fragen des Staatsanwalts, der Richterin und seines Verteidigers beantwortete er ausführlich und höflich, ausgenommen Fragen zur Tat. In diesem Punkt hatte er sich auf sein Aussageverweigerungsrecht berufen. Selbst Leni hatte in manchen Momenten den Eindruck, es säße in diesem Gerichtssaal der falsche Mann auf der Anklagebank. Und sie konnte kaum glauben, dass es in dem Verfahren nicht nur um den Mordversuch an ihr, sondern auch um den Mord an der Französischlehrerin Sara Martin ging. Frau Martin hatte den Kurs einer kranken Kollegin übernommen, in dem unter anderem Michiel van Dijk saß. Mit ihm hatte sich die Lehrerin mehrmals in einem Café getroffen, einmal war sie sogar bei ihm zu Hause. Der Grund für die private Kontaktaufnahme von Seiten der Kollegin lag für Leni auf der Hand: Michiel war Anwalt und Sara hatte einen gewalttätigen Gatten. Sie wollte sich vermutlich juristisch beraten lassen und das hatte sie ihm sicher irgendwann mal gesagt. Der Angeklagte hatte den Anlass der Treffen, so die Schlussfolgerung der Staatsanwaltschaft, falsch interpretiert, sich in seinen Gefühlen verletzt gefühlt, ähnlich wie bei Leni, und den Plan geschmiedet, sich zu rächen. Laut Polizei und Staatsanwaltschaft begann der Beschuldigte, Sara Martin zu beobachten. Eines Abends verließ der Ehemann nach einer tätlichen Auseinandersetzung das Haus und Michiel van Dijk ergriff diese Gelegenheit, seinen Racheplan in die Tat umzusetzen. Im Haus zog er sich einen Einweg-Schutzanzug an, klingelte an der Tür, die von der bereits verletzten Sara geöffnet wurde, und erwürgte sie. Die Schwierigkeit bestand nun darin, diesen Tatablauf zweifelsfrei zu beweisen, denn dank der cleveren Idee mit dem Schutzanzug war es der Polizei nach dem Verbrechen nicht gelungen, auch nur eine einzige Spur des mutmaßlichen Täters am Tatort sicherzustellen. Der einzig mögliche Zeuge, der Mann der Ermordeten, der damals als Hauptverdächtiger ins Visier der Polizei geriet, hatte sich das Leben genommen. In den letzten Monaten war Michiel van Dijk zum Tod von Sara Martin mehrfach befragt worden, doch er schwieg beharrlich. Außerdem wurden drei Gutachten erstellt, die alle zu dem gleichen Resultat kamen und dem Verdächtigen eine schwere psychische Störung attestierten. Zum jetzigen Zeitpunkt der Verhandlung war noch nicht abzusehen, ob die dürftigen Beweise der Staatsanwaltschaft im Mordfall Martin ausreichen und inwieweit die Gutachten Einfluss auf das Urteil haben würden.

Nach ihren Aussagen und zwei kleinen Fläschchen Magenbitter zur geistigen und körperlichen Stärkung liefen Leni und Birgit direkt zum Veranstaltungsraum. Dort standen an den Wänden wieder Tische mit verschiedenen kleinen Happen wie belegten Brötchen, Kuchen und Chips. Der Raum war überfüllt. Zum Eröffnungsfest des neuen Kursjahres waren alle gekommen: die Mitarbeiter, viele alte und neue Kursteilnehmer, die Stammbesucher der Bibliothek und der Kulturveranstaltungen und die neue Institutsleiterin Anna Hornbach. Eigentlich wäre es Leni nicht unlieb gewesen, wenn Klaus Dieter noch eine Weile der Chef im Haus geblieben wäre. Er war in den Sommermonaten richtig aufgeblüht. Man sah ihn oft mit den Damen aus der Kulturabteilung in der Cafeteria sitzen und scherzen, seine Resignation war verflogen, es folgten ihm keine Alkoholwölkchen mehr und selbst seine Ehefrau wurde mehrmals im Institut gesichtet. In dieser Zeit war es den Kollegen vergönnt, mehrere Telefongespräche des kommissarischen Institutsleiters mitzuhören, in denen dieser überlaut darüber berichtete, wie oft er als Leiter an die Grenzen seiner Belastbarkeit komme, dass er Tag und Nacht arbeiten müsse und dass alles, aber auch wirklich alles an ihm hängenbleiben würde. An seiner fröhlichen Erzählweise spürten die Angestellten, dass es sich um lang ersehnte Telefonate mit Bekannten oder Kollegen handelte, die ihm eine solche Position nicht zugetraut hatten. Das kleine Wörtchen kommissarisch fiel dabei natürlich nicht, warum auch. Und was für ein Glück, dass er alle diese Gespräche noch im Juli geführt hatte, denn schon Anfang August erhielt er die Nachricht von der Neubesetzung seines derzeitigen Postens. Wieder eine Frau, wieder hatte er die Klärung der Machtverhältnisse vor sich, er hatte es so satt. Aber als langjährige Führungskraft war er erfahren genug, um sich in weiser Voraussicht noch im Juli mit dem Hintergrund seiner neuen Leitungserfahrung für eine Stelle als Leiter Sprache der Region Südosteuropa in Athen zu bewerben, wo es ebenfalls zu einem plötzlichen Personalwechsel gekommen war. Und seine Bewerbung war erfolgreich. Was für ein Gesicht wird wohl die gute Martina Müller-Bär ziehen, wenn sie irgendwann im fernen Sibirien erfährt, dass er, Klaus Dieter Wisch, alsbald eine übergeordnete Leitungsstelle übernimmt, also die Karriereleiter nach oben fällt und obendrein dann gehaltsmäßig mit ihr auf einer Stufe steht! Grün wird sie anlaufen! Klaus Dieter sah es direkt vor sich und allein diese Vorstellung bereitete ihm wahnsinnige Freude. Immer mal wieder lächelte er deshalb glückselig vor sich hin. Über die neue Institutsleiterin hatte er im Vorfeld auch schon einiges in Erfahrung bringen können. Sie galt als Workaholic, Pedantin und anerkannte Fachfrau. Vor allem die ersten beiden Eigenschaften riefen in ihm kein Entzücken hervor und er fragte sich, wie es Marga Engels verkraften würde, sollte ihr mal jemand genau auf die Finger schauen. Aber das alles war nun nicht mehr sein Problem.

Als Leni und Birgit mit Getränken in der Hand – der Getränkeausschank war heute in der Cafeteria – den Saal betraten, hatten sich schon die üblichen Grüppchen gebildet. Die Kulturleute erkannte man sofort, sie trugen entweder schwarz oder waren auffallend bunt gekleidet. Marga Engels stand neben Anna Hornbach und stellte ihrer neuen Chefin einen nach dem anderen aus der Runde der Kulturinteressierten und Künstler vor, zu denen auch Urs Friedhelm gehörte. Von den Bibliotheksbesuchern hatten es heute nur die älteren Stammkunden ins Institut geschafft, die Leni persönlich bekannt waren, weil sie oft stundenlang mit deutschsprachigen Zeitschriften in der Cafeteria saßen. Und der gut gekleidete Kulturattaché plauderte fröhlich mit Susanne, der Verwaltungsleiterin.

Die Kunden der Sprachabteilung standen auf der rechten Seite des Saals. Auch hier waren vor allem die älteren Teilnehmer präsent und Fans von Martin, die schon jahrelang Kurse besuchten. Einige standen etwas verloren in der Gegend herum und hofften darauf, dass noch jemand aus ihrem letzten Kurs auftauchen würde. Leni winkte Frau Hornbach zu, die es tatsächlich geschafft hatte, gleich an ihrem ersten Arbeitstag einen positiven Eindruck zu hinterlassen. Sie hatte sich bei allen Mitarbeitern an deren Arbeitsplatz persönlich vorgestellt und mit ihnen ein paar Sätze gewechselt. Diesmal hatten sie Glück, da war Leni sehr zuversichtlich. Die kleine zierliche Frau trat nun ans Mikrofon. Es wurde etwas stiller, wenn auch nicht ganz still. So mancher Gast hatte sich bei der Getränketheke schon ordentlich bedient. Die allgemeine Stimmung war heiter.

„Liebe Gäste, liebe Kolleginnen und Kollegen", begann Frau Hornbach, „ich möchte mich zunächst denjenigen, die mich noch nicht kennen, kurz vorstellen: Mein Name ist Anna Hornbach und ich bin seit drei Wochen die neue Leiterin dieses wunderbaren Instituts. Ich freue mich, dass Sie meiner Einladung gefolgt sind und wir heute gemeinsam den Beginn unseres neuen Kurs- und Ausstellungsjahres feiern können."

Birgit, Leni und Elli begaben sich ans andere Ende des Raumes, dort war noch etwas Platz. „Leni, ich gratuliere dir zum neuen Job als Sprachkursbeauftragte. Ich freue mich wirklich für dich", flüsterte Elli, denn die Eröffnungsrede war noch nicht beendet.

„Danke." Leni hatte sich auch darüber gefreut, dass sie trotz der starken Konkurrenz im Bewerbungsverfahren ausgewählt worden war. Zu verdanken hatte sie die Entscheidung zu ihren Gunsten sicherlich Klaus Dieter, davon war Leni überzeugt. Doch nicht nur sie. Auch Janett Burghard vermutete Klaus Dieter hinter der Auswahl der neuen Beauftragten und fragte schon Anfang September unüberhörbar in die Kollegenrunde hinein, ob da nicht noch andere Faktoren als die fachliche Kompetenz eine Rolle gespielt hätten. Denn sie selbst hätte ja ihr fachliches Können durch die Mitarbeit an einem modernen und erfolgreichen Lehrwerk bei einem weltweit angesehenen

Verlag nachgewiesen und diejenige, der in diesem Verfahren der Vorzug gegeben wurde, könne nichts dergleichen vorweisen. Vielleicht hatten andere Kolleginnen oder Kollegen noch weitere Einwände, die drangen aber nicht bis zur neuen amtlichen Sprachkursbeauftragten durch. Für Leni war es die erste feste Anstellung in ihrem Leben, mit über 40. Einen kleinen Wermutstropfen gab es allerdings, der Stellenumfang war vom Regionalinstitut in Absprache mit der Zentralverwaltung aus Kostengründen auf eine 0,6-Stelle reduziert worden.

Dass Leni ihren Job gut meistern würde, daran hatte sie keinen Zweifel. Klaus Dieter hatte es tatsächlich geschafft, sie schon Anfang August in einem Weiterbildungsseminar für neue Sprachkursbeauftragte in München unterzubringen. Dort lernte Leni eine Menge, angefangen bei den sämtlichen Funktionen des Kursteilnehmerverarbeitungsprogramms, von denen sie in Rotterdam maximal die Hälfte benutzen würde, über die Budgetplanung, die Ausgaben-Einnahmen-Kontrolle, die Berechnung der Arbeitszeiten fest angestellter Lehrkräfte, bis hin zum Qualitätsmanagement und den positiven Auswirkungen des Audits auf die Sprachkursarbeit. Der mit Abstand unterhaltsamste Teil der Fortbildungswoche war das Training zur Mitarbeiterführung. Leni hatte sich an dem Tag, an dem dieses Tool auf dem Programm stand, etwas verspätet. Als sie die Tür zum Seminarraum öffnete und sah, wie die Kolleginnen und Kollegen sich mit Zettel und Stift beim Malen eines Kaktus abmühten, musste sie sehr an sich halten, nicht laut loszulachen. Der Kursleiterin, Inka Krause, entglitten beim Anblick der Teilnehmerin aus Rotterdam kurz die Gesichtszüge. Diesmal wollte Leni nicht wieder kneifen. Im Gegenteil, sie machte alles mit: die Ich-male-einen-Kaktus-Übung, die Kopf-hoch-im-Kreis-geh-Übung, die Kopf-runter-im-Kreis-geh-Übung, die Ich-spreche-einen-Satz-nach-Übung und das Rollenspiel. Das war besonders schön. Leni sollte die Rolle einer Institutsleiterin während eines Auditgesprächs übernehmen. Als erstes fiel ihr natürlich Frau Müller-Bär ein, die den Sinn eines Sprachkursaudits auf ihre sehr eigene Weise interpretiert hatte. Deshalb bat Leni in diesem Spiel die beiden Kolleginnen in den Auditoren-Rollen um eine angemessene Beschreibung der Arbeit am Institut und ihrer eigenen herausragenden Bemühungen im Auditbericht. Zudem erwähnte sie kurz die Probleme mit drei Lehrkräften, die den reibungslosen Arbeitsablauf in der Sprachabteilung stören würden und ihrer Meinung nach ausgetauscht werden müssten, um das Institut weiter voranzubringen. Einige der zuhörenden Seminarteilnehmer schauten etwas irritiert, die meisten lachten oder lächelten zumindest. Nicht so Inka Krause, die Lenis Rollenspiel-Leistung im nachfolgenden Auswertungsgespräch als völlig unrealistisch, übertrieben und nicht zielführend beurteilte. Sie bescheinigte ihr außerdem, als Führungspersönlichkeit nicht geeignet zu sein und noch sehr, sehr viel an sich arbeiten zu müssen.

„Ich habe auch einen neuen Job“, verkündete Birgit mit lauter Stimme Richtung Elli, der dieser Fakt noch neu war, und holte Leni damit gedanklich wieder in die Realität zurück. „An der Hogeschool Rotterdam. Kathrin hatte mich netterweise empfohlen, bevor sie nach Basel umgezogen ist.“

„Toll“, das Lob kam von Martin, der sich inzwischen neben seine Kolleginnen gestellt hatte.

„Apropos Kathrin.“ Leni holte ihr Handy raus und zeigte allen ein Foto. „Hier, das habe ich heute bekommen: Kathrin und ihr neuer Freund vor dem Basler Münster.“

„Was ist eigentlich mit dem alten Freund? Wie hieß der doch gleich?“, fragte Elli, als einer nach dem anderen das Foto betrachtete.

„Nout. Der muss sich auf jeden Fall wegen Körperverletzung verantworten, die Verhandlung beginnt nächste Woche. Nach dem schriftlichen Geständnis von Hugo aus dem Nirgendwo kommt er ja für die Tat an Beate nicht in Betracht.“ Leni galt jetzt als Expertin für Kriminelles, denn ihr guter Draht zur Rotterdamer Polizei hatte sich auch am Institut herumgesprochen.

„Ich habe übrigens auch ein schönes Foto für euch.“ Jetzt holte Martin sein Smartphone aus seiner Jacketttasche, klickte ein Foto an und reichte es herum.

„Das ist ja Hugo! An einem Strand mit einem Glas … – Rum oder Whisky? – in der Hand“, rief Birgit erfreut, die das Foto als Erste zu Gesicht bekam. „Wo ist das denn?“ Elli und Leni drängelten sich daneben, sie wollten auch etwas sehen.

„Na, wo gibt es so schöne Strände? Und welches Land hat mit fast keinem Land auf der Erde ein Auslieferungsabkommen?“, fragte Martin ganz lehrerhaft. Leni machte eine Geste, die ausdrückte, dass sie es nicht wusste. „Kuba!“, rief Birgit aufgeregt, als hätte sie den Hauptpreis in einem Ratespiel gewonnen. Glücklicherweise war die Eröffnungsrede gerade zu Ende und Birgits kurzer Aufschrei ging im Applaus unter.

„Wer hat eigentlich die Stelle von Hugo bekommen?“ Birgit hatte noch immer das Wort. Alle zuckten mit den Achseln. Plötzlich griff Martin nach seinem Telefon und ließ es in Windeseile wieder in seiner Jacketttasche verschwinden. Leni sah ihn verwundert an und nippte ein weiteres Mal an ihrem Weinglas, als ihr Klaus Dieter von hinten auf die Schulter klopfte. Beim Umdrehen traf sie beinahe der Schlag. Neben Klaus Dieter stand Lucas Kramer, der Mann, der sich mit Lenis Hilfe auf ein Jobinterview in München vorbereiten wollte.

„Darf ich euch meinen Nachfolger vorstellen: Lucas Kramer. Er wird ab nächsten Monat meine Stelle hier übernehmen. Leni, du kennst Lucas ja schon." Leni rang um Fassung, sie konnte nur nicken. Birgit und Elli brachten es immerhin auf ein freundliches *Hallo!* und Martin hauchte ein *Hi!* in die Runde, das alles sagte, wenn man dazu noch seine Blicke, die sich mit denen von Lucas Kramer kreuzten, entsprechend interpretierte.

„Wo gehst du eigentlich hin?", wollte Elli von Klaus Dieter wissen.

„Nach Athen."

„Das ist ein großes Institut. Das Regionalinstitut für Südosteuropa, oder? Ein toller Karrieresprung. Gibt es denn schon einen neuen Assistenten oder eine neue Assistentin?", griff Elli Birgits Frage wieder auf.

„Wir haben nächste Woche noch eine Runde Vorstellungsgespräche, zu denen ich auch Lucas eingeladen habe. Dann treffen wir eine Entscheidung. Du wirst natürlich mit einbezogen, Leni."

Während die meisten Besucher der Party ans Buffet stürmten, legte Hieronymus Musik auf und, als wäre es irgendwie vorherbestimmt, war der erste Titel *It's a beautiful day* von *Gare du Nord*. Birgit begann sofort, laut mitzusingen. Und Leni wurde an der Hand auf die Tanzfläche gezogen, von Jan, der inzwischen auch eingetroffen war und sich leise dem Kreis der Lehrer genähert hatte. Sie sah ihren Tanzpartner eine ganze Weile verliebt an, dann schaute sie nach links und rechts.

Birgit tanzte direkt neben ihr. „Ich fand Ihre Videoinstallation ganz toll!", schrie sie Urs Friedhelm ins Ohr.

„Danke!", schrie dieser zurück.

„Mir ist zu Ihrem Video auch gleich ein Gedicht eingefallen."

„Wunderbar. Vielleicht könnten Sie mir das mal vortragen."

„Gerne."

Es gesellten sich noch weitere Personen auf die Tanzfläche. Martin und Lucas Kramer tanzten etwas entfernt. Ihren ersten Lucas-Kramer-Schock hatte Leni überwunden und nun hoffte sie, dass Martin vielleicht bald wieder mit dem einen oder anderen Freund und vielen Schülern die deutsche Grammatik tanzend interpretieren konnte. Auf der linken Seite erspähte sie Herrn Bär, der offensichtlich auf Sibirien als Lebenserfahrung verzichtete. Er schlängelte sich galant um Marga Engels und auch hier entdeckte Leni ein Funkeln, allerdings nur in den Augen von Herrn Bär.

Lenis neue Schuhe drückten nun heftiger, vor allem rechts. Zur Ablenkung konzentrierte sie sich wieder auf Jan. „Willst du dich eigentlich in diesem Semester für einen Kurs anmelden? Wir brauchen noch ein paar Teilnehmer." Die Frage war durchaus ernst gemeint.

„Wozu? Ich habe doch jetzt eine ganz wunderbare Privatlehrerin." Jan zog Leni ganz dicht an sich heran, obwohl sich, wie Leni fand, diese Musik überhaupt nicht zum Schmusen eignete.

ENDE